*Zum Buch:*

Die Worte des Lungenspezialisten sind eindeutig: Wenn es ihrem Sohn Emil besser gehen soll, muss Marieke mit ihm ans Meer ziehen. Schweren Herzens bricht sie ihre Zelte im Ruhrgebiet ab und betritt Neuland in St. Peter-Ording. Aber es dauert nicht lang, bis die Weite der See, der Sommerwind und die herzlichen Senioren am Ort den Schwung in ihr Leben bringen, der ihr gefehlt hatte. Als der attraktive Cafébar-Besitzer Marc sie zum Essen einlädt, spürt Marieke sogar wieder Schmetterlinge im Bauch. Doch mit ihrem frisch gegründeten Kuchen-Club scheint sie ausgerechnet ihm das Geschäft zu ruinieren!

*Zur Autorin:*

Tanja Janz wollte schon als Kind Bücher schreiben und malte ihre ersten Geschichten auf ein Blatt Papier. Heute ist sie Schriftstellerin und lebt mit ihrer Familie und zwei Katzen im Ruhrgebiet. Neben der Schreiberei und der Liebe zum heimischen Fußballverein schwärmt sie für St. Peter-Ording, den einzigartigen Ort an der Nordseeküste.

*Lieferbare Titel:*

Strandperlen
Krabbe mit Rettungsring
Friesenherzen und Winterzauber
Mit dir auf Düne sieben
Strandrosensommer
Dünenwinter und Lichterglanz
Das Muschelhaus am Deich
Dünentraumsommer
Wintermeer und Dünenzauber
Leuchtturmträume
Friesenwinterzauber

*Tanja Janz*

# Dünentraumsommer

Ein St.-Peter-Ording-Roman

HarperCollins

5. Auflage 2022
Originalausgabe

Dieses Werk wurde vermittelt durch die Literarische Agentur
Thomas Schlück GmbH, 30161 Hannover.
Umschlaggestaltung von bürosüd, München
Umschlagabbildung von Edith Laue, Udo Siebig / mauritius images,
mahey, Bo Valentino, JeDom, Twymanphoto / Shutterstock
Satz von GGP Media GmbH, Pößneck
Druck und Bindung von GGP Media GmbH, Pößneck
Printed in Germany
ISBN 978-3-95967-414-0
www.harpercollins.de

Klimaneutral
Druckprodukt
ClimatePartner.com/15109-2009-1001

MIX
Papier
FSC FSC® C014496

*Für meine Oma Friedel,*
*die den besten Käsekuchen der Welt*
*gebacken hat!*

# Prolog

*St. Peter-Dorf an der Olsdorfer Straße gegen Mittag. Die milden Temperaturen des Spätfrühlingstags ließen schon den bevorstehenden Sommer erahnen.*

Die Kirche St. Peter lag im ältesten Teil des Nordseebades St. Peter-Ording und war in Sichtweite eines der schönsten Strände Deutschlands. Manche sagten sogar, es wäre nicht nur der schönste Strand des Landes, sondern der schönste von der ganzen Welt. Einigkeit herrschte unter den Leuten zumindest darüber, dass es die größte Sandkiste der Republik und, mit einer Länge von zwölf und einer Breite von bis zu zwei Kilometern, einzigartig war.

Neben der aus Backstein gebauten Kirche stand ein hölzerner Glockenturm, der vor über zwanzig Jahren von freiwilligen St. Peteranern errichtet worden war. Das Gotteshaus war von einem kleinen idyllischen Friedhof umgeben, der auf den ersten Blick durch seine Wiesenfläche an einen Park erinnerte. Auf Bänken konnten Besucher Platz nehmen, um in der Nähe ihrer verstorbenen Angehörigen zu verweilen oder um nach dem Gottesdienst die besinnliche Stimmung noch etwas auf sich wirken zu lassen. Vogelgezwitscher und das leise Plätschern von Wasser aus einer Gießkanne, das waren die einzigen Geräusche, die Berta Tetens hörte.

»So, Hanni. Nun haben die Vergissmeinnicht wieder genug Wasser. Oder meinst du, ich sollte vorsichtshalber noch mal nachgießen?« Prüfend legte sie den Kopf schräg und blickte vom Grab zum blauen Himmel hoch, wo sie bloß ein paar Schleierwolken ausmachen konnte. »Es scheint heute nicht mehr zu regnen. Besser, ich hole noch etwas Nachschub«, entschied sie und ging mit ihrer Gießkanne zu der Wasserstelle, um sie erneut zu befüllen.

Jeden Tag kam sie hierher. Nach dem Tod ihres Vaters hatte sich ihre Mutter um die Grabpflege gekümmert. Als sie ein paar Jahre später ebenfalls gestorben war, hatten Bertas Schwester Hanni und sie die Pflege übernommen. Meistens hatten sie sich abgewechselt, manchmal waren sie auch zusammen zum Friedhof gegangen. Es hatte nie Streit darüber gegeben, wer sich wann um das Grab der Eltern zu kümmern hatte. In stiller Übereinkunft war es für sie beide eine Ehrensache gewesen, der Verantwortung gleichermaßen nachzukommen.

Doch dann war Hanni in jenem strengen Winter 2005 plötzlich von einem auf den anderen Tag schwer krank geworden. Eine hartnäckige Lungenentzündung hatte sie schachmatt gesetzt und sie zu absoluter Bettruhe verurteilt. Berta war froh gewesen, dass sie mit ihrer Schwester gemeinsam in dem großen Friesenhaus ihrer Eltern im

Ortsteil Ording lebte, so hatte sie sich, so gut es ging, um Hanni kümmern können. Sie hatte sie an die Einnahme des verordneten Antibiotikums erinnert und ihr Tee und heiße Suppe mit viel Knoblauch gekocht, nach dem alten Familienrezept, von dem niemand mehr wusste, wer es geschrieben hatte, aber das Schmerzen und Fieber sehr gut linderte. Aber Hanni war es trotz ihrer Fürsorge immer schlechter gegangen, bis sie schließlich ins Krankenhaus hatte gebracht werden müssen. Dort war sie gleich in der ersten Nacht gestorben. Mit gerade mal sechsundfünfzig Jahren. Das war nun fast fünfzehn Jahre her. Seitdem lag sie in dem Familiengrab, gleich neben ihren Eltern.

Berta fragte sich, wie viele Jahre ihr wohl noch blieben und ob es jemanden geben würde, der sich nach ihrem Tod um das Grab kümmern würde. Sie war weder verheiratet, noch hatte sie einen Lebensgefährten. Richtige Freunde hatte sie auch nicht. Doch das war ja ihre eigene Schuld. Seit Hannis Tod hatte sie sich sehr zurückgezogen. Manchmal wurde sie von Ditte zum Kaffeekränzchen auf ihren Pferdehof eingeladen. Aber viel mehr passierte in ihrem Leben nicht.

Gedankenverloren drehte Berta den Wasserhahn zu und zuckte zusammen, als plötzlich die Glocke im Turm erklang. Dann schwangen die schweren Kirchtüren auf. Der Pastor trat heraus, gefolgt von sechs Männern, die einen Sarg trugen. Dahinter ging eine Frau, die ein schwarzes Kostüm und eine überdimensional große Sonnenbrille trug. Ihr rotes Haar und der ebenfalls rote Lippenstift leuchteten grell im Sonnenlicht. In ihrer Hand hielt sie eine einzelne hellrote Rose. Neben ihr her ging ein Mann im eleganten dunklen Anzug, mit würdevollem und ernstem Gesichtsausdruck. Jetzt erkannte Berta sie. Es waren Petter Grube, der hiesige Bestatter von St. Peter-Ording, und Gertrud, seine eigenwillige Lebensgefährtin und Dittes Freundin. Berta reckte den Hals, um zu sehen, ob noch jemand dem Sarg folgte. Doch da war niemand.

Die kleine Trauergesellschaft kam in ihre Richtung. Berta grüßte sie mit einem ernsten Nicken, dann blieben sie mehrere Meter von ihr entfernt vor einer frisch ausgehobenen Grabstätte stehen. Die Rede des Pastors verstand Berta nicht richtig, aber sie konnte den Blick nicht abwenden, als der Sarg ins Erdreich hinabgelassen wurde. Sie beobachtete, wie Gertrud die Rose ins Grab warf, ohne eine Miene zu verziehen, bevor sie auf den hohen Absätzen ihrer Pumps kehrtmachte.

Überrascht zuckte Berta zusammen, als ihr klar wurde, dass Gertrud zielstrebig auf sie zu kam. Berta ließ das restliche Wasser auf den schwarzen Erdboden laufen.

»Moin, Berta!« Neben ihr blieb Gertrud stehen und nahm die Sonnenbrille ab.

»Moin, Gertrud.« Berta stellte die Gießkanne hinter den Grabstein. »Keine große Trauergesellschaft heute, was?«

Gertrud zuckte die Schultern. »Der Leichenschmaus fällt jedenfalls aus. Außer der Mitarbeiterin von der Sterbeversicherung hat sich keiner bei Petter gemeldet.«

»Wen hat es denn getroffen?«

»Den alten Erich Knoll – Gott hab ihn selig.« Gertrud bekreuzigte sich und warf einen dramatischen Blick zum Himmel. »Hatte keine Familie mehr, der alte Mann. Wahrscheinlich hat er alle überlebt, und die anderen haben schon vor ihm ins Gras gebissen. Hundertunddrei war er. Stell dir das mal vor.« Sie holte einen Klappspiegel aus ihrer Jackentasche und warf einen prüfenden Blick hinein.

»Ein trauriges Ende. Wenn nach so einem langen Leben niemand zur Beerdigung kommt, um Abschied zu nehmen«, sagte Berta betroffen.

»Tja.« Gertrud klappte geräuschvoll den Spiegel zusammen und verstaute ihn wieder in ihrer Jackentasche. »Er hat sein Ende ja nicht mitbekommen. Das ist der Vorteil, wenn man tot ist«, stellte sie ungerührt fest und setzte die Sonnenbrille wieder auf. »Ich muss zurück zu Petter. Sehen wir uns demnächst bei Ditte?«

»Bestimmt.« Berta rang sich ein Lächeln ab und schaute Gertrud nach, die mit wippenden Hüften zurück zu ihrem Lebensgefährten marschierte, der sich mit den Sargträgern und dem Pastor unterhielt. Beerdigungen waren Gertruds große Leidenschaft, das wusste jeder im Ort. Keiner war so gut über Erbschaftsstreitigkeiten informiert wie sie.

Seufzend zupfte Berta einige Blätter aus der Muschelzypresse, die der Wind hierher getragen haben musste. Dabei stellte sie sich ihre eigene Beerdigung vor. Wer würde hinter ihrem Sarg hergehen? Als ihr niemand einfiel, machte sich ein beklemmendes Gefühl in ihrem Magen breit. Nein, sie wollte nicht so enden wie Erich Knoll. Wenn sie sich ausmalte, dass Gertrud und Petter Grube aus reinem Pflichtgefühl hinter ihrem Sarg hergingen … Nein. Das wäre entsetzlich.

Wenn Hanni doch noch da wäre. Sie waren glücklich gewesen und hatten oft zusammen gebacken. Unzählige Torten hatte sie mit Hanni für Kirchenfeste gebacken, im Chor hatte sie damals gesungen, war sogar zu Tanz-Tees gegangen und hatte den Ruf einer guten Tänzerin gehabt. Doch das war ihr nach Hannis Tod irgendwie alles abhandengekommen. Stattdessen hatte Berta sich in dem Friesenhaus verkrochen, und das Leben war an ihr vorbeigezogen. Sie hatte nichts hören oder sehen wollen. Jetzt konnte sie sich gar nicht erinnern, wann sie das letzte Mal einen Kuchen in der großen Backstube gebacken hatte. Dabei hatte das Backen eine lange Tradition in ihrer Familie.

Früher hatte jeden Tag ein frischer Kuchen zur Kaffeezeit auf dem Küchentisch gestanden. Im Frühling hatten sie meistens Rhabarber- oder Brombeerkuchen gegessen. Im Sommer hatten Berta und Hanni oft mit ihrer Mutter zusammen fruchtigen Erdbeer-, Kirsch- oder Pflaumenkuchen gebacken und draußen im Garten genossen. Im Herbst, wenn die Tage langsam kürzer wurden, war die beste Zeit für Holunderbeerentorte, das hatte ihre Mutter oft gesagt. Und im Winter hatten neben Apfel-Ingwer- auch Kastanien-Schoko-Torten auf dem Tisch gestanden. Doch besonders hatte Berta Oma Irmgards köstlich saftigen Karottenkuchen geliebt, den es das ganze Jahr über gegeben hatte und von dem sie als Kind nie genug hatte bekommen können. Doch das war schon sehr lange her.

Seit dem Tod von Oma Irmgard hatte es nie wieder in der Backstube vom Reetdachhaus nach Karottenkuchen geduftet. Es war, als hätte ihre Oma den Duft und den Geschmack des Kuchens für immer mit ins Grab genommen. Zwar hatte das Rezept einmal in einem alten Backbuch existiert, das Oma Irmgard wie ihren Augapfel gehütet hatte, doch das war seit Jahrzehnten verschollen. Ihre Mutter hatte zwar weiter gebacken, sie hatte sich jedoch vehement geweigert, diesen speziellen Kuchen zu machen, obwohl sie das Rezept dazu auswendig gewusst hatte.

Berta seufzte. Warum erinnerte sie sich nach all den Jahren jetzt plötzlich daran? Und was hätte sie darum gegeben, noch einmal mit ihrer ganzen Familie am Kaffeetisch sitzen zu können. Wehmütig wischte Berta sich übers Gesicht.

Mit einem Mal fuhr eine tüchtige Brise durch die Krone der knorrigen schiefen Buche am Friedhofsweg. Berta kniff die Augen zusammen und beobachtete das Spiel der Blätter. Ihr lautes Rascheln nahm sie als Zeichen.

Auf dem Heimweg stand ihr Entschluss fest: Mit der Zurückgezogenheit musste endlich Schluss sein. Sie wollte wieder Freude am Leben haben, es genießen und vor allem wieder Kuchen backen und ihn mit anderen Menschen teilen.

Während Berta forsch in die Pedalen trat, wusste sie mit absoluter Gewissheit, was ihre Schwester dazu sagen würde: *Das wurde aber auch Zeit!*

# 1. Kapitel

*Ein paar Tage später im »Blumenmeer für alle«*
*um die Mittagszeit, in der Claudiusstraße in Herne.*

»Es soll auf keinen Fall trist aussehen«, wiederholte Marieke nachdrücklich und zog dabei die Stirn in Falten.

»Sie meinen, auf keinen Fall nach Friedhof?« Die Blumenverkäuferin guckte sie ruhig und freundlich über den Rand ihrer Brille an. Ihre Augen waren von unzähligen Lachfältchen umgeben, die nicht nur auf ein sonniges Gemüt, sondern auch darauf schließen ließen, dass sie nicht mehr die Jüngste war.

Marieke schätzte sie auf Ende sechzig. »Sie sagen es. Auf keinen Fall nach Friedhof.«

»Das weiß ich doch, Frau Schepat. Haben wir Ihrem Mann in den vergangenen Jahren jemals tristes Gewächs auf sein Grab gepflanzt?«

»Nein, natürlich nicht.« Sie schüttelte lächelnd den Kopf. »Aber ich sehe jedes Mal das Grab neben dem meines Mannes, und da schüttelt es mich innerlich, wenn Sie wissen, was ich meine.«

Die Verkäuferin nahm ihre Brille ab und lächelte sie an.

»Frau Schepat, Sie machen sich eindeutig zu viele Gedanken. Eine junge Frau wie Sie sollte das Leben in vollen Zügen genießen und sich nicht den ganzen Tag sorgen. Vertrauen Sie mir, die Bepflanzung wird nicht nach Friedhof aussehen. Versprochen.«

»Danke, da bin ich froh.« Marieke nickte und warf einen Blick auf die große Uhr, die an der Wand hinter dem Verkaufstresen hing. »Oh, schon so spät! Mein Sohn hat gleich Schulschluss. Ich muss mich beeilen.«

»Gehen Sie nur. Wir haben ja auch so weit alles besprochen.«

»Danke und bis bald.«

Nachdem Marieke die Ladentür hinter sich geschlossen hatte, ging sie mit strammen Schritten die Claudiusstraße entlang. Praktischerweise lag die Grundschule ihres Sohns in derselben Straße, sie würde in wenigen Minuten da sein. Während sie lief, hallten die Worte der Verkäuferin in ihrem Kopf nach. Natürlich hatte sie recht. Mit gerade mal vierzig Jahren sollte sie ihr Leben wirklich genießen. Keine Frage.

Doch das war einfacher gesagt als getan, denn sie war nicht nur seit neun Jahren alleinerziehend, sondern eben auch noch Witwe. Witwe. Früher hatte Marieke bei der Bezeichnung an alte Frauen gedacht, deren Partner nach einem langen erfüllten Leben vor ihnen gegangen waren. Inzwischen wusste sie, dass man nicht alt sein musste, um den Glauben an einen neuen Lebenspartner aufzugeben.

Daniel war Statiker gewesen und bei einem Arbeitsunfall auf einer Baustelle umgekommen, die er eigentlich nie betreten hätte, wäre sein Arbeitskollege nicht krank geworden. Damals war Marieke mit Emil im vierten Monat schwanger gewesen. Sie erinnerte sich daran, wie glücklich Daniel und sie über die Schwangerschaft gewesen waren und welche Zukunftspläne sie geschmiedet hatten. Emil war ein absolutes Wunschkind gewesen. Nach der Geburt hatten sie geplant, die Stadt hinter sich zu lassen und raus aufs Land zu ziehen. Am liebsten in ein Haus mit einem kleinen Garten, wo auch genug Platz für einen Hund gewesen wäre.

Aber all ihre Träume und Pläne waren in dem Moment zerplatzt, als die Polizisten vor ihrer Wohnungstür gestanden hatten, um ihr die Nachricht vom Tod ihres Mannes zu überbringen. Nach Daniels Beerdigung war sie in ein tiefes Loch gefallen und hatte nicht geglaubt, dass sie es jemals ohne ihn schaffen könnte. Sie hatte mit ihrem Schicksal gehadert und keine wirkliche Freude mehr empfunden.

Jeden Tag hatte sie sich gefragt, wie sie das bloß alles überstehen sollte. Doch glücklicherweise hatte es Emil gegeben. Das größte Geschenk, das ihr das Leben hätte machen können. Für ihn war Marieke stark und wollte alles schaffen.

Emil sollte keinen Nachteil dadurch haben, dass er ohne Vater aufwuchs. Meist gelang es ihr auch ganz gut. Obwohl sie bloß eine kleine Witwenrente bekam und in der

Bäckerei nicht viel verdiente, ermöglichte sie Emil so viel, wie sie konnte. Marieke wünschte sich, dass er aufwachsen konnte, ohne viel Verzicht zu üben. Er hatte ja schon seinen Vater verloren. Wenn Emil in der Schule war, arbeitete sie immer in der Bäckerei. Doch es blieb am Ende nie genug übrig, um mit Emil zusammen einen kleinen Urlaub zu machen oder Geld für ein neues Auto zu sparen.

Missmutig dachte Marieke an ihren alten Opel, der schon seit drei Monaten am Straßenrand vor ihrer Wohnung stand, weil er mal wieder den Geist aufgegeben hatte. Das letzte Geräusch, das der Wagen von sich gegeben hatte, war so scheußlich gewesen, dass ihr der Gedanke daran noch eine Gänsehaut verursachte. Seitdem fuhren Emil und sie Bus und Bahn. Das klappte auch. Irgendwie. Aber sie müsste dringend Zeit finden, um sich um das Auto zu kümmern. Später.

Als sie an dem Schulgebäude ankam, warteten schon andere Eltern an dem Tor zum Schulhof. Es waren hauptsächlich Mütter oder Omas. Die meisten Väter übernahmen das Abholen nur, wenn sie Urlaub hatten oder aus anderen Gründen nicht arbeiteten. Manche ließen sich gar nicht blicken. Für Marieke bedeutete das jedoch, dass ihr keine Fragen nach Emils Vater gestellt wurden.

»Hallo, Frau Schepat!« Als Marieke sich umwandte, sah sie die Mutter eines Klassenkameraden von Emil. An der Hand hielt sie ein kleines Mädchen mit blonden Zöpfen, das ein Stofftier im Arm hielt und auf und ab hüpfte.

»Hallo, Frau Lischke.« Sie beugte sich runter zu dem Mädchen. »Na, Amelie. Du hast aber ein hübsches Einhorn.«

»Das kann zaubern! Fass mal an!« Das Mädchen blieb ruhig stehen und streckte ihr das Plüschtier entgegen, damit sie das rosafarbene Horn berühren konnte.

Marieke streichelte lächelnd darüber. »Wunderschön.«

»Und jetzt was wünschen«, forderte Amelie bestimmt. »Aber nicht verraten! Sonst wird der Wunsch nicht wahr.«

»Okay.« Marieke schloss kurz die Augen.

Ach, hätte Amelies Einhorn doch wirklich magische Kräfte und könnte ihren sehnlichsten Wunsch erfüllen! Dann hätte sie sich Daniel zurückgewünscht. Doch das Wunder konnte kein Plüscheinhorn der Welt vollbringen.

Sie öffnete die Augen wieder, richtete sich auf und strich dem Mädchen lächelnd übers Haar. »Danke.«

Frau Lischke schmunzelte. »Amelie ist gerade total auf dem Einhorn-Trip. Sie hat jetzt sogar Einhorn-Bettwäsche und eine Einhorn-Lampe.«

»Bei Emil sind gerade LKW schwer angesagt.«

»Ach, da fällt mir ein: Hat Emil schon einen Zettel für die Klassenfahrt Anfang des nächsten Schuljahrs mitbekommen? Lenny meinte, es wurde noch nichts ausgeteilt.«

»Klar. Schon letzte Woche.« Marieke hob ihre Stimme gegen das Klingeln der Schulglocke.

Kopfschüttelnd stemmte Frau Lischke eine Hand in die Hüfte. »Das ist mal wieder so typisch mein Sohn! Ein

Chaot, wie er im Buche steht. Irgendwann vergisst er noch mal seinen Kopf.«

»Ach, das sind Kinder.« Marieke lachte und zuckte die Schultern. »Ich kopiere Ihnen das Infoschreiben.«

»Das ist wirklich sehr nett.«

»Kein Problem.« Marieke schaute zur Eingangstür und sah, wie sie geöffnet wurde. Schon stürmten die ersten Schüler aus dem Gebäude und rannten johlend über den Schulhof zu ihren Müttern oder Omas. Wenig später entdeckte sie Emil. Er war etwas schlanker als die anderen Neunjährigen, trug blaue Shorts und dazu ein weißes T-Shirt mit einem LKW darauf. Auf seinem Kopf saß eine gelbe Kappe mit einem aufgedruckten Dinosaurier. Zwischen den anderen Kindern wirkte er zerbrechlicher, fand Marieke, was seine blasse Hautfarbe zusätzlich unterstrich.

»Ich bringe Ihnen morgen die Kopie mit«, versprach sie, nachdem sie Emil in Empfang genommen hatte, und verabschiedete sich bei Frau Lischke.

Sie fasste ihren Sohn an der Hand. »So, mein Schatz. Wir müssen uns beeilen, damit wir noch den Bus bekommen. Du hast gleich einen Termin bei Doktor Kaufmann.«

»Ich habe aber keine Lust, zu Doktor Kaufmann zu gehen.« Prompt ließ er sich zurückfallen und zog schwer an ihrer Hand.

Marieke blieb stehen. »Aber Schatz, du weißt doch, dass es wichtig ist.«

Schon entzog er ihr seine Hand und verschränkte die

Arme vor der Brust. »Ich will keine Klammer auf die Nase bekommen und dann wieder ersticken.«

»Du wirst nicht ersticken. Das verspreche ich dir«, beruhigte sie Emil. Ihr Sohn hasste die Lungenfunktionstests, die er in regelmäßigen Abständen wegen seines Asthmas machen musste. Es führte kein Weg daran vorbei, aber Emil weigerte sich immer heftiger, je älter er wurde. »Und gerade weil du nicht ersticken möchtest, wird die Untersuchung gemacht.«

»Ich will das trotzdem nicht machen«, beharrte er.

»Danach gehen wir Spaghetti-Eis essen, ja?«, bestach sie ihn. Emil liebte Spaghetti-Eis über alles.

Nachdenklich presste er die Lippen zusammen. »Na gut«, gab er schließlich zögerlich nach.

Marieke gab ihm einen Kuss auf die Stirn und ging mit Emil weiter. »Wie war es heute in der Schule?«

»Gut. Null Fehler im Mathetest.«

Eine Dreiviertelstunde später hatte Emil die Untersuchung bereits hinter sich.

»Na, siehste! Hast du doch gut geschafft«, sagte Marieke, als er aus dem Behandlungsraum kam und sich auf den Platz neben ihr im Wartebereich setzte.

»Immer diese blöde Klammer. Ich musste voll husten«, erwiderte er genervt.

Sie wuschelte durch seine Haare und setzte ihm die Dino-Kappe wieder auf, die er vor der Untersuchung hatte abnehmen müssen. »Denk an deine Belohnung, und vergiss den blöden Husten.«

Wenig später wurden sie in das Sprechzimmer gerufen.

»Hallo, Emil. Hallo, Frau Schepat«, begrüßte Doktor Kaufmann sie und deutete auf zwei Stühle, die vor seinem Schreibtisch standen.

»Guten Tag.« Marieke und Emil setzten sich.

»Dann wollen wir mal sehen, was die Tests sagen.« Konzentriert las er etwas auf dem Bildschirm seines Computers und zog dabei die Augenbrauen zusammen.

Sein Gesichtsausdruck beunruhigte Marieke, sie versuchte sich aber nichts anmerken zu lassen. Stattdessen betrachtete sie Emil neben sich, der sich gelangweilt das aktuelle Bild eines Wandkalenders anschaute, auf dem ein Eichhörnchen abgebildet war.

»Also, die Ergebnisse sind nicht so, wie ich es mir gewünscht habe«, begann der Arzt. »Emils Lungenfunktion hat sich leider weiter verschlechtert.«

»Oh, nein«, sagte Marieke bestürzt und schaute wieder auf Emil, der nach wie vor auf das Eichhörnchen starrte, als hätte er mit der Diagnose nichts zu tun. »Was kann man denn da machen, um eine Verbesserung zu erzielen? Eine Kur?«

Der Arzt lehnte sich in seinem Stuhl zurück und wiegte leicht den Kopf hin und her. »Eine Kur wäre auf jeden Fall zu befürworten, aber nicht die Lösung des Problems.«

Marieke zog die Stirn in Falten. »Ich fürchte, ich verstehe nicht ganz, was Sie meinen.«

»Lassen Sie es mich so sagen: Was Emil bräuchte, um eine gesundheitliche Verbesserung zu erzielen, ist eine dauerhafte Luftveränderung. Die Luftbelastung im Ruhrgebiet ist für ihn langfristig Gift.«

»Sie meinen, wir sollten umziehen?«, fragte sie perplex.

Jetzt erst wirkte Emil interessiert.

»Genau. Suchen Sie sich einen Wohnort mit einem ordentlichen Reizklima, etwas direkt an der Nordsee. Emil ist noch jung, da ist der Zeitpunkt günstig, um solch eine Veränderung vorzunehmen.«

»Damit habe ich nicht gerechnet.«

»Umziehen ist doch voll cool, Mama! Der Paul-David ist auch umgezogen, und jetzt hat er ein großes Zimmer und einen Hund«, sagte Emil begeistert.

»Da hören Sie es. Emil ist schon mal einverstanden.« Doktor Kaufmann warf ihm ein Lächeln zu.

»Ja, es kommt nur … sehr überraschend.« Marieke wusste nicht, was sie sagen sollte.

Schließlich stand der Arzt von seinem Stuhl auf und hielt ihr die Hand entgegen. »Denken Sie in Ruhe darüber nach. Und falls Sie noch Fragen haben sollten, dann melden Sie sich gerne bei mir.« Er lächelte sie aufmunternd an und drückte ihre Hand.

Statt eines Eisbechers hatte Marieke sich in dem Eis-Café einen Espresso bestellt – einen doppelten. Nach dem Gespräch mit dem Lungenfacharzt brauchte sie jetzt was Starkes.

Ein Umzug an die Nordsee. Wie sollte sie das denn hinbekommen?

In Gedanken versunken schaute sie Emil dabei zu, wie er das Spaghetti-Eis in sich hinein schaufelte. Dabei fiel ihr wieder auf, wie ähnlich er seinem Vater war. Je älter Emil wurde, desto mehr Übereinstimmungen konnte sie feststellen. Angefangen bei den braunen Wuschelhaaren und den langen Wimpern, bis zu dem Grübchen, das auf seiner Wange erschien, wenn er etwas im Schilde führte. Sie liebte Emil einfach über alles.

Was hätte Daniel jetzt wohl gesagt? Im Grunde wusste sie es ganz genau. Er wäre natürlich an die Nordsee gezogen, damit es Emil besser ging. Daniel war nie ein großer Grübler gewesen, sondern hatte Entscheidungen, egal, ob große oder kleine, immer sofort getroffen. Für ihn hatte es keine Probleme gegeben, nur Wege. »Geht nicht, gibt's nicht«, hatte er immer gesagt und dann auch danach gehandelt.

Aber konnte sie das auch? Konnte sie so mutig sein wie ihr verstorbener Mann? Was sie alles für einen Umzug organisieren müsste … Natürlich müsste sie zu allererst eine bezahlbare Wohnung finden. Ob es an der Nordsee überhaupt eine Wohnung gab, die sie sich mit ihren bescheidenen Mitteln leisten konnte? Drei Zimmer wären ein Traum. Notfalls würde sie sogar im Wohnzimmer schlafen.

Dann müsste sie einen Transporter mieten, um ihre Möbel an Ort und Stelle zu bekommen. Ein paar helfende Hände müssten auch organisiert werden. Und natürlich bräuchte sie auch einen Job. Stellen in der Gastronomie oder in Hotels waren vermutlich in Küstenorten immer zu bekommen, doch die Arbeitszeiten waren bestimmt nicht familienfreundlich. Darüber hinaus gab es bestimmt tausend andere Dinge, die eingestielt werden müssten …

»Mami?«, fragte Emil. Ihm tropfte etwas rote Soße vom Kinn.

»Ja?«

»Ziehen wir denn um?«

»Du scheinst darauf ja richtig Lust zu haben.«

»Umziehen ist wie ein Abenteuer. Ich wollte immer schon ein Abenteuer erleben«, antwortete er mit kindlicher Leichtigkeit.

Sie stützte ihr Kinn auf einer Hand ab. »Ein Umzug würde bedeuten, dass wir ziemlich weit wegziehen. Du könntest nicht mehr hier zur Schule gehen und würdest deine Freunde auch nicht mehr sehen.«

»Das ist egal. Da, wo wir hinziehen, gibt es bestimmt auch eine Schule und neue Freunde für mich«, eröffnete er ihr mit einem strahlenden Lächeln.

Marieke musste lächeln. Ja, er kam ganz nach ihrem verstorbenen Mann. Und für ihn würde sie alles tun.

# 2. Kapitel

*Früher Nachmittag im Garten eines alten Reetdachhauses am Gräftendiek im Ortsteil Ording.*
*Vom Himmel strahlte die Sonne, eine leichte Brise wehte über den Deich und sorgte für erträgliche Temperaturen.*

Berta hatte den Rasen gemäht, die blühenden Rosen geschnitten, sämtliche Fenster geputzt und einen Sonnenschirm auf der Terrasse aufgespannt. Sogar einen Kuchen hatte sie gebacken, mit frischen Kirschen aus dem Garten, die sie am Morgen gepflückt hatte. Nachdem sie den Kuchen mitten auf den Terrassentisch gestellt und einen Tortenheber danebengelegt hatte, trat sie einen Schritt zurück und begutachtete das Ergebnis prüfend. Obwohl sie lange keinen Kuchen mehr gebacken hatte, war ihr gleich wieder das Rezept für den Boden eingefallen. Das war vermutlich wie Fahrradfahren: Konnte man es einmal, verlernte man es nicht mehr.

Berta drehte den Kuchen und rückte ihn noch weiter in die Tischmitte. Dann nahm sie Servietten und legte sie neben die zwei Kuchenteller, die schon auf dem Tisch bereitstanden. Kuchengabeln folgten, ihre Porzellandose mit Kluntjes und einer kleinen Zange ebenfalls. Den Tee wollte Berta erst aufbrühen, wenn Ditte da war. Und die Teesahne beließ sie besser auch noch im Kühlschrank, bevor sie bei dem warmen Wetter einen Stich bekam. Obwohl es so heiß war, wollte sie auf ihren Tee nicht verzichten. Selbst die Beduinen tranken heißen Tee, weil er von innen kühlte. Und gegen die Wüstenhitze waren die sommerlichen Temperaturen in St. Peter allenfalls eine erfrischende Brise.

Berta war aufgeregt. Schön wollte sie es machen, alles sollte perfekt sein. Sie hatte so lange keinen Besuch mehr gehabt und fühlte sich gänzlich aus der Übung. Als sie das letzte Mal Gäste in dem alten Reetdachhaus empfangen hatte, hatte ihre Schwester noch gelebt. Vielleicht sollte sie noch ein paar Rosen schneiden und sie in einer Glasvase auf den Tisch stellen?

Sie schaute auf die Armbanduhr. Viertel vor drei. Der Bus kam um fünf vor drei an der Haltestelle Utholm an – aber meistens hatte er Verspätung. Das schaffte sie noch. Sie ging ins Haus, um eine Gartenschere zu holen.

Es wird schon werden, sagte sie sich. Ditte und sie waren ja auch gewissermaßen Schwestern im Geiste. Auch sie war, nachdem ihr Mann Matthias auf See verschollen war, in ein tiefes Loch gefallen und hatte erst lange Zeit später seinen Tod akzeptiert. Deshalb hatte Ditte Verständnis für ihre Situation. Und hoffentlich konnte sie ihr bei ihrem Anliegen helfen.

Um zehn nach drei klingelte es an der Tür.

Berta strich sich das Kleid glatt, bevor sie öffnete. »Moin, Ditte!«

»Moin, Berta!«

»Komm rein.«

Ditte betrat die Diele, in ihrer Hand hielt sie einen bunten Blumenstrauß. Sie hatte ihr graues Haar zu einem Dutt festgesteckt und trug einen knielangen blauen Hosenrock mit passender Bluse und braunen Sandalen. Wie immer wirkte sie um einiges jünger, als sie in Wirklichkeit war. »Die sind für dich.« Sie hielt Berta die Blumen hin.

»Sind die schön! Das wäre aber nicht nötig gewesen.« Berta roch an den Blüten. »Wie gut sie duften! Geh ruhig schon mal vor auf die Terrasse. Ich stelle den Strauß noch schnell in eine Vase und mache uns Tee.«

Während sich Berta in der Küche um die Blumen kümmerte und Tee kochte, überlegte sie noch einmal, wie sie am besten ihr Anliegen formulieren konnte. Normalerweise war sie nicht auf den Mund gefallen, aber sie mochte andere Leute nicht gern um Hilfe bitten. Doch in diesem Fall war sie auf Unterstützung angewiesen, wenn sie vorwärtskommen wollte.

Sie goss heißes Wasser durch das Teesieb in die Kanne und verschloss sie mit einem Deckel. Dann stellte sie die Blumen, das Sahnekännchen und die Teekanne auf ein Tablett und ging zur Terrasse.

Ditte hatte unter dem Sonnenschirm Platz genommen, stand aber auf, als sie Berta mit dem Tablett kommen sah. »Komm, ich helfe dir.« Sie nahm die Teekanne und stellte sie auf den Tisch.

»Danke.« Berta fand Platz für die Sahne und die Blumen. »Dann dürfte nun alles da sein.« Sie griff nach dem Tortenheber. »Welches Stück möchtest du?«

»Ruhig ein großes. Bei mir ist nämlich das Mittagessen ausgefallen, weil der Hufschmied da war.« Ditte hatte einen Gutshof, auf dem sie Friesen züchtete. Neben der Zucht gab es dort aber auch einen regulären Reitbetrieb, und sie bot Reiterferien an. Sie führte den Gutshof mit Unterstützung ihres langjährigen Mitarbeiters Hauke, der für die Stallungen und Pferde zuständig war. Und ihre Nichte Inga kümmerte sich neben ihrem eigenen Café um die Vermarktung.

»Iss so viel, wie es dir schmeckt.« Berta hob ein großes Stück Kirschkuchen auf ihren Teller und schenkte anschließend Tee ein.

Während sie sich ebenfalls Kuchen und Tee nahm, probierte Ditte den Kuchen. »Schmeckt wunderbar!«

»Danke! Das freut mich! Dabei habe ich so lange keinen Kuchen mehr gemacht.«

»Hast nichts verlernt.« Ditte trank einen Schluck Tee. »Danke übrigens für deine Einladung. Ich habe gar nicht damit gerechnet, mich aber sehr gefreut.« Sie schaute Berta fragend an.

Verlegen ließ Berta die Kuchengabel sinken und räusperte sich. »Ja, ich wollte etwas mit dir besprechen.«

Ditte nickte. »Dachte ich mir, dass es nicht nur ums Kuchenessen geht.«

»Natürlich wollte ich dich auch zum Kuchenessen einladen. Ich dachte mir nur, dass es sich so besser besprechen lässt.«

Erwartungsvoll schaute Ditte sie an. »Dann spann mich nicht länger auf die Folter. Um was geht es?«

»Na ja, es ist jetzt schon lange her, dass Hanni gestorben ist. Seitdem lebe ich hier ganz alleine.« Berta griff nach ihrer Serviette und faltete sie umständlich. »Ich habe das Alleinsein satt.«

»Na, bravo! Das wurde auch langsam mal Zeit«, sagte Ditte vergnügt und aß noch ein Stück vom Kuchen.

»Und ich wollte dich um deine Hilfe bitten«, brachte Berta schließlich hervor.

Ditte lächelte zufrieden. »Ich bin ganz Ohr. Was hast du vor?«

»Du kennst doch die Einliegerwohnung in der ersten Etage?«

Ditte überlegte kurz. »In der haben doch ganz früher deine Großeltern gelebt, richtig?«

»Stimmt genau. Und jetzt möchte ich die Wohnung gerne vermieten«, kam Berta zur Sache.

»Das ist doch eine sehr gute Idee!«, fand Ditte und aß den Rest ihres Kuchens. »Inga kennt die Leute, die das

Gastgeberverzeichnis erstellen, ziemlich gut. Es dürfte kein Problem sein, deine Wohnung in den Prospekt zu bekommen.«

Berta seufzte. »An Feriengäste habe ich nicht unbedingt gedacht.«

»Das wäre aber sehr lukrativ für dich. Gerade, wo St. Peter-Ording doch regelmäßig ausgebucht ist«, gab Ditte zu bedenken. »Bekomme ich noch ein Stück?«

Berta schob ein zweites Stück Kirschkuchen auf Dittes Teller. »Ich weiß, aber es geht mir nicht in erster Linie ums Geld. Natürlich kann ich Einkünfte gut gebrauchen. Aber eigentlich möchte ich die Wohnung lieber dauerhaft vermieten.« Sie trank einen Schluck Tee. »Weißt du, Feriengäste kommen und gehen. Ich hätte gerne für die Wohnung Mieter, die dort über einen längeren Zeitraum bleiben. Vielleicht eine junge Familie.«

»Klingt gut!«

»Allerdings gibt es dabei für mich ein Problem. Früher hätte ich die Wohnung ja einfach in einer Zeitung inseriert, mittlerweile geht doch allerdings alles über das Internet. Soviel weiß ich. Und ich kann E-Mails lesen und schreiben und über die Suchmaschine Seiten finden. Da hört es nur leider dann schon auf mit meinen Internet-Fähigkeiten.«

Ditte lächelte ihr aufmunternd zu. »Das kriegen wir hin! Wir müssen nur zuerst schöne Fotos von der Wohnung machen.«

Daran hatte Berta noch gar nicht gedacht. »Ich habe bloß eine ganz alte Kamera, die bestimmt schon über dreißig Jahre auf dem Buckel hat«, erwiderte sie ausweichend.

»Daran soll es nicht scheitern. Inga hat eine tolle Kamera, ist aber im Café unabkömmlich. Was hältst du davon, wenn wir eben rüber zu Lilo in die *Strandperle* gehen. Soweit ich weiß, haben ihre Nichten Insa und Stephanie auch eine gute Kamera, mit der sie die Fotos vom Campingplatz machen. Die leihen wir uns einfach aus.« Vorfreudig klatschte Ditte in die Hände.

»Einverstanden!«, sagte Berta erfreut. »Ich wusste ja, dass du mir helfen würdest.«

Ditte stand gleich auf. »Dann lass uns sofort vorbeigehen.«

Der Campingplatz *Strandperle* lag direkt am Ordinger Deich, bloß wenige Gehminuten von Bertas Haus entfernt. Zu dem Campingplatz gehörte auch ein Imbiss, die *Miesmuschel*, die von Insa betrieben wurde.

Kaum angekommen, lugte Ditte durch die Glasfront in das Restaurant. »Insa arbeitet. Lass uns reingehen und fragen, ob Lilo da ist.«

Ditte und Berta betraten die *Miesmuschel*, in der reger Betrieb herrschte. Sie mussten einen Moment warten, bis Insa Zeit für sie hatte.

»Moin, Insa. Wir suchen Lilo«, kam Ditte direkt zur

Sache, da sich hinter ihnen schon wieder eine Schlange von Gästen gebildet hatte.

»Sie müsste bei Joris am Wohnwagen sein.«

»Danke! Können wir uns eventuell eure Kamera ausleihen?«

»Klar, von mir aus! Aber das muss Lilo entscheiden.«

Ditte und Berta überquerten den Campingplatz, auf dem es kein freies Plätzchen gab, bis zur Parzelle, auf der Joris' Wohnwagen stand. Vor dem Wagen saßen Lilo und ihr Lebensgefährte an einem Tisch und spielten Karten. Wie so oft trug Lilo einen breitkrempigen Strohhut mit roter Schleife. Neben ihr lag ein mit Blumen gemusterter Fächer auf der Tischplatte.

»Moin!«

»Moin!«, rief Lilo und legte die Karten verdeckt ab. »Was macht ihr denn hier? Falls ihr für jemanden einen freien Platz sucht: Wir sind restlos ausgebucht. Keine Chance.« Sie griff nach dem Fächer und wedelte sich Luft zu.

Joris grüßte, indem er mit dem Zeigefinger an seine Mütze tippte. In seinem Mundwinkel hing eine qualmende Pfeife, die einen angenehm würzigen Geruch verströmte.

»Nein, wir suchen keinen freien Platz. Wir wollten zu dir und fragen, ob du uns eure Kamera ausleihen kannst«, übernahm Ditte die Gesprächsführung. Sie war lange mit Lilo befreundet und kannte sie besser als Berta.

»Spricht nichts dagegen. Was habt ihr vor?«

Berta hatte gewusst, dass sie mehr Menschen einweihen musste als ihre Freundin Ditte. Und am Ende würden es ohnehin alle wissen. Trotzdem fühlte sie sich nicht ganz wohl, während sie Lilo und Joris von ihren Plänen erzählte.

Lilo reagierte begeistert und klappte den Fächer zusammen. »Das finde ich gut! Gerade Mietwohnungen sind in St. Peter doch Mangelware. Und dann die tolle Lage in Strandnähe, die Wohnung ist bestimmt in kürzester Zeit weg. Wie groß ist sie denn?«

»Ungefähr siebzig Quadratmeter, drei Zimmer mit Balkon«, erzählte Berta.

Lilo zog die Augenbrauen hoch. »Jetzt hast du mich richtig neugierig gemacht.«

»Ihr könnt gerne zum Fotografieren mitkommen, wenn ihr wollt«, schlug Berta vor und freute sich, noch mehr Unterstützung gefunden zu haben.

»Was meinst du? Gucken wir uns die Wohnung an?«, fragte Lilo Joris.

»Natürlich. Ich verliere eh gerade gegen dich.« Er zwinkerte ihr zu.

»Dann hole ich mal den Fotoapparat.«

Ditte, Lilo und Joris standen hinter Berta, während sie die zweite Eingangstür vom Haus aufschloss. »Die Wohnung ist in der ersten Etage.«

Berta ging voran und führte ihre Besucher über die

Treppe bis zu einer weißen Tür. Es kam ihr immer noch seltsam vor, andere Menschen hier zu haben. Aber es fühlte sich gut an, der Raum voller Stimmen – und nicht nur ihre einsamen Schritte auf den Stufen zu hören.

Dann schauten sie sich neugierig in der hellen Wohnung um.

»Etwas stickig hier«, merkte Ditte an.

»Oh, Entschuldigung.« Berta öffnete ein weißes Sprossenfenster. »Ich habe schon länger nicht mehr gelüftet.«

»Aber sonst sieht es ganz passabel aus. Der Schiffsboden sieht ja noch fast wie neu aus.« Lilo schaute in die Küche. »Was für eine schöne gemütliche alte Friesenküche!«, rief sie kurz darauf überwältigt. »So eine hatte meine Oma auch. Und dann die hübschen Delfter Fliesen! Der Ofen ist auch ganz bezaubernd! Falls die neuen Mieter die nicht haben wollen, ich nehme sie sofort!« Lilo machte sofort ein paar Fotos von der Küche.

Berta lächelte. »Gut zu wissen!«

»Ich fürchte, die alten Möbel müssen aber erst einmal raus, bevor wir Fotos machen können«, merkte Ditte an. »Und dann solltest du die Wohnung einmal komplett weiß streichen lassen oder machst einen Nachlass auf die Kaution, wenn die neuen Mieter das Streichen in Eigenregie übernehmen wollen.«

Lilo öffnete die Balkontür und trat hinaus. »Ist das herrlich! Allein für diese Aussicht solltest du mit dem Mietpreis hochgehen!« Sie machte wieder Fotos.

Joris trat neben seine Lebensgefährtin. »Das Bad ist ganz okay, mach da auch gleich ein paar Bilder.«

»Das ist das Einzige, was vor ungefähr achtzehn Jahren komplett neu gemacht wurde, weil wir damals einen Rohrbruch hatten. Seitdem wurde es aber nicht genutzt, weil die Wohnung die ganze Zeit unbewohnt war«, erklärte Berta und runzelte dann die Stirn. »Aber was machen wir mit den alten Möbeln? Alleine kann ich sie nicht aus der Wohnung schleppen. Teilweise sind sie massiv.«

»Der Sohn eines Bekannten von mir hat einen Entrümplungsdienst. Ich kann da bestimmt einen fairen Preis für dich aushandeln«, bot Joris seine Hilfe an.

»Das wäre prima. Vielen Dank«, sagte Berta erleichtert.

»Die Fotos machen wir zusammen, und Insa kann dann bestimmt eine Online-Anzeige für dich schalten«, meinte Lilo, die noch immer den Fotoapparat in der Hand hielt. »Wir bräuchten allerdings noch die genauen Daten. Kaltmiete, Nebenkosten, genaue Quadratmeter und so weiter.«

»Das machen wir zusammen.« Bevor Berta antworten konnte, hatte Ditte ihr die Hand auf die Schulter gelegt.

Berta konnte ihr Glück gar nicht fassen. Sie hatte sich völlig umsonst gesorgt.

Nachdem Lilo und Joris mit ihnen noch ein Stück Kuchen gegessen hatten, saßen Berta und Ditte allein am Tisch auf der Terrasse.

»Was meinst du, wie lange dauert es wohl, eine Wohnung zu entrümpeln? Und wie schnell hat so eine Firma wohl Zeit?«, überlegte Berta. »Ich habe damit gar keine Erfahrungen.«

»Wenn du Glück hast, haben sie gerade ein Sommerloch und rücken schon in den nächsten Tagen an. Ich denke mal, dass sie in zwei bis drei Tagen mit der Wohnung durch sein müssten, und dann schalten wir die Anzeige.«

»So schnell?« Berta lächelte unsicher. »Weißt du, ich habe lange mit mir gekämpft, um diesen Schritt zu machen. Die Wohnung aufzulösen, bedeutet endgültig loszulassen, sich unwiderruflich von Erinnerungen zu trennen. Ich muss zugeben, es ist schon ein etwas merkwürdiges Gefühl, sozusagen die eigene Vergangenheit zu entsorgen.«

Ditte nickte verständnisvoll. »Es ist aber eine viel größere Belastung, an der Vergangenheit festzuhalten und zu versuchen, sie in der Gegenwart mit allen Mitteln am Leben zu halten, obwohl das unmöglich ist. Glaub mir, Berta, ich spreche aus eigener Erfahrung. Damit habe ich mich lange genug herumgequält. Und es hat mir nichts gebracht.«

»Du hast ja recht. Und ich möchte mich auch endlich wieder lebendiger fühlen.«

»Das wirst du. Versprochen!«

»Also, gut! Dann gehen wir es an!«

Ditte beugte sich vor und legte ihre Hand auf Bertas. »Wirst sehen, für deine Strandtraumwohnung werden die Leute Schlange stehen, und die neuen Mieter werden sogar liebend gerne das Streichen in die Hand nehmen. Ich finde es richtig, dass du dir Leben in die Bude holst!«

# 3. Kapitel

*In der Herner Agentur für Arbeit.*
*Im Gebäude war es stickig,*
*draußen zogen erste Gewitterschwaden auf.*

Marieke hatte sich einen Tag Urlaub in der Bäckerei genommen. Sie hatte Emil zur Schule gebracht und war schon früh beim Arbeitsamt gewesen, um mit einem Berater zu sprechen.

Glücklicherweise hatte sie kurzfristig einen Termin bekommen, um ihre beruflichen Perspektiven neu auszuloten. Nun saß sie der Beraterin gegenüber, gespannt darauf, ob sie dieses Gespräch weiterbringen würde. In dem Zimmer roch es nach staubigen Akten. Auf der Fensterbank standen Topfpflanzen, die dort vermutlich schon seit zwanzig Jahren ihren Platz hatten. Auf den einst weißen Übertöpfen und auf die Blätter hatte sich ein grauer Staubfilm gelegt.

Frau Müller-Kowalski, der Name stand auf dem Schildchen neben dem Computer, studierte mit tief sitzender Brille Mariekes Akte. »Und wieso wollen Sie unbedingt an die Nordsee ziehen?«

»Das sagte ich ja bereits, aus gesundheitlichen Gründen. Mein Sohn hat Asthma.«

»Hier steht, dass sie keine Ausbildung haben.«

Marieke fühlte sich zunehmend unwohler. »Ich habe einige Semester Kunstgeschichte und Theaterwissenschaften studiert. Allerdings nicht abgeschlossen, das stimmt«, gab sie zu.

Frau Müller-Kowalski verzog den Mund. »Keine Ausbildung. An welche Art von Job hatten Sie denn gedacht?« Sie nahm den Blick vom Monitor und musterte Marieke.

»Das ist eigentlich egal. Da bin ich flexibel. Die Arbeitszeiten müssen nur familienfreundlich sein, damit ich mich um meinen Sohn kümmern kann.«

»Das macht die Sache nicht leichter. Solche Arbeitszeiten wollen alle.« Die Beraterin schob ihre Brille höher. »Die Küstenorte leben vom Tourismus. Dort werden vorzugsweise Köche, Hotelfachleute und Servicekräfte gesucht, die oft in den Abendstunden und auch am Wochenende arbeiten müssen. Manchmal sogar nachts. Am liebsten werden natürlich ganz junge Leute genommen, ohne Familie. Die Einstellungen erfolgen in der Regel vor Saisonbeginn.«

»Im Service könnte ich ohne Probleme arbeiten«, erwiderte Marieke hoffnungsvoll. »Die Bäckerei, in der ich beschäftigt bin, hat auch ein kleines Café, in dem ich oft Kunden bediene. Vielleicht findet sich doch noch eine offene Stelle?«

»Ich kann mal eben schauen, ob ich aktuell was für Sie im Angebot habe, Frau Schepat. Insel oder Festland ist Ihnen egal, ja?«

»Bitte nur Festland. Auf den Inseln sind wir nicht so flexibel, wenn Emil auf eine weiterführende Schule wechselt oder zu einem Facharzt muss.«

»Gut. Haben Sie einen speziellen Ort ins Auge gefasst, in dem Sie arbeiten möchten?«

»Nein, eigentlich nicht ... Ich war noch nie an der Nordsee und bin für alles offen.« Marieke blickte auf die Wand neben Frau Müller-Kowalski, an der eine Pinnwand mit einigen Urlaubspostkarten hing. Eine davon sah nach deutscher Nordsee aus. Auf der Karte waren ein Strand mit Strandkörben abgebildet und einem Pfahlbau im Hintergrund. Im Vordergrund war ein roter Strandkorb, auf dem eine Möwe stand und an den ein Fahrrad gelehnt war. »Das Motiv auf der Postkarte gefällt mir.« Sie deutete zur Pinnwand.

Frau Müller-Kowalski lugte über den Rand ihrer Brillengläser. »Ach, die hat mir letztes Jahr ein Kollege geschickt. Er war mit seiner Familie in St. Peter-Ording. Hat ihm so gut gefallen, dass er dieses Jahr gleich wieder hinfährt.«

»Das hört sich gut an. Vorausgesetzt, St. Peter-Ording ist auf keiner Insel.«

»Nein, der Kollege sagte, es sei zwar wie auf einer Insel, ist aber Festland.«

»Das klingt gut!«

»Also, St. Peter-Ording.« Wieder gab sie etwas in den Computer ein. »Hm ... keine große Auswahl. Im Moment sind nur drei Stellen in St. Peter-Ording offen. Ein Hotel sucht jemanden für die Rezeption, ein Café eine Servicekraft und ein Pflegedienst jemanden in der Alltagsbegleitung. Ich drucke Ihnen die Gesuche eben aus.«

»Das ist nett von Ihnen, vielen Dank.«

Kurz darauf surrte ein Gerät, das schräg hinter Frau Müller-Kowalski auf einem Tisch stand, und druckte Blätter aus. »Versuchen Sie Ihr Glück, wenngleich ich die Chancen für relativ klein halte.« Mit diesen Worte reichte sie Marieke die Angebote.

»Das werde ich. Vielen Dank.« Marieke ließ sich nicht vom Pessimismus der Beraterin anstecken. Sie verstaute die Jobangebote in ihrer Tasche und stand auf. »Danke, dass Sie sich Zeit für mich genommen haben.«

Frau Müller-Kowalski zuckte gleichmütig die Achseln. »Das ist mein Job.«

»Auf Wiedersehen.« Marieke ging Richtung Tür.

»Ach, Frau Schepat?«

Marieke drehte sich um. »Ja?«

»Sollte es mit den Jobs nicht klappen, dann nehmen Sie es nicht so schwer. Vielleicht hilft die Nordsee-Luft ihrem Sohn gar nicht weiter, und er kann hier in einer Klinik eine viel bessere Therapie bekommen. Kommen Sie einfach vorbei, wenn Sie wieder eine Beratung brauchen.« Sie rang sich ein Lächeln ab.

»Das werde ich. Einen schönen Tag noch.«

Marieke war froh, als sie auf den Flur trat und die Tür hinter sich geschlossen hatte. Jetzt würde sie erst mal das Geschenk für Emils Freund besorgen, der am Nachmittag seinen zehnten Geburtstag feiern wollte.

Während sie im Einkaufszentrum nach einem passenden Spielzeug suchte, ließ sie das Gespräch mit der Beraterin Revue passieren. Ihr war klar, dass Frau Müller-Kowalskis letzte Bemerkung aufmunternd gemeint war. Aber gut gemeint kann auch immer völlig daneben sein, dachte sie seufzend. In jedem Fall wollte sie keinen Job in so einem ungemütlichen Büro neben eingestaubten Topfpflanzen haben. Wahrscheinlich wurde man da selbst so grau und pessimistisch, wie ihr Frau Müller-Kowalski vorkam.

Wer nicht wagt, der nicht gewinnt, dachte sie. Das hätte Daniel auch gesagt. Und Frau Müller-Kowalski konnte lange darauf warten, dass sie wieder bei ihr vorbeikam. Einen der drei Jobs würde sie kriegen, für Emil.

Marieke entschied sich für ein Frage-und-Antwort-Spiel über Dinosaurier und ging entschlossen zur Kasse.

Emil rannte lachend mit den anderen Kindern vom Hochseilgarten zum Klettervulkan. Er war so ausgelassen und schien nicht daran zu denken, dass er Asthma-Anfälle bekam, wenn er sich überanstrengte. Besorgt saß Marieke an einem bunt dekorierten Geburtstagstisch des Indoor-Spielplatzes, ohne ihren Sohn aus den Augen zu lassen. Mitten auf dem Tisch stand ein Marmorkuchen in Dinosaurierform, den sie zusammen mit Emil für Lucas gebacken hatte. Durch die großen Fenster sah sie, wie der Regen auf den Betonboden des Parkplatzes prasselte und dabei Blasen schlug.

»Möchtest du noch ein Stück Pizza?«, fragte Sanne. Sie war Lucas' Mutter und gleichzeitig Mariekes längste und beste Freundin. Mit Sanne war sie schon in die Grundschule gegangen und danach zusammen zum Gymnasium. Sie waren sogar fast zeitgleich schwanger geworden. Vor zwei Jahren hatte Sanne sich von Lucas' Vater getrennt, der seit der Scheidung auch noch sang- und klanglos verschwunden war. Manchmal fragte sich Marieke, was schlimmer für ein Kind war: einen Vater zu haben, der sich nicht mehr blicken ließ, oder keinen Vater mehr zu haben.

»Nein, danke. Ich platze gleich«, erwiderte sie und strich sich über den Bauch.

»Ich noch lange nicht.« Lachend lud Sanne sich ein weiteres Stück Pizza auf den Teller.

»Gut, dass du die Idee mit dem Indoor-Spielplatz hattest. Wobei ich mich ehrlich gesagt am Anfang gefragt habe, warum du Lucas' Geburtstag mitten im Sommer in einer muffigen Halle feiern wolltest.«

In diesem Moment ging die Eingangstür auf, und eine Frau kam mit zwei kleinen Kindern und einem großen Regenschirm herein.

»Deswegen.« Sanne wies zu der Frau. »Der Sommer hat schon lange keine Schön-Wetter-Garantie mehr, und ich wollte nicht, dass Lucas' Geburtstag buchstäblich ins Wasser fällt.«

»Das wäre heute definitiv der Fall gewesen. Oje …« Sie sah, dass Emil hustete und dabei die Hände auf die Oberschenkel stützte. Sofort sprang Marieke von der Sitzbank auf und griff instinktiv nach dem Asthma-Spray in ihrer Tasche. Sie wollte nicht überstürzt zu ihm rennen, aber schon mal losgehen. Denn sie war nicht sicher, ob es sich wirklich um einen Asthma-Anfall handelte. Da war Lucas schon bei Emil und schlug ihm beherzt ein paarmal auf den Rücken. Das zeigte Wirkung. Emils Husten verflüchtigte sich, sodass er weiterspielen konnte. Erleichtert steckte Marieke das Asthma-Spray zurück in die Tasche und setzte sich wieder.

»Alles gut?«, fragte Sanne.

»Klar. Emil hat sich wohl nur verschluckt.«

»Hattest du heute nicht den Termin bei der Arbeitsagentur?« Sanne biss in das Pizzastück.

»Hm«, machte Marieke.

»Das hört sich nicht gerade begeistert an«, stellte Sanne mit vollem Mund fest.

»Ach, ich hatte bloß eine sehr motivierende Beraterin.«

Sie verdrehte die Augen. »Sie hat mir Jobangebote ausgehändigt und mir dabei zu verstehen gegeben, dass ich eh keine Chancen habe und besser mit Emil da bleibe, wo ich bin. Zumal ich ja auch nicht wüsste, ob Emils Erkrankung durch die Nordseeluft besser werden würde.«

»Aber davon lässt du dich doch nicht etwa beeindrucken, oder?« Sanne schob sich den Rest von der Pizza in den Mund.

»Nein. Natürlich nicht. Trotzdem hat mich ihre negative Art genervt.«

»Das kann ich verstehen.« Sie legte den leeren Pappteller auf den ihres Sohns. »Wie viele Jobangebote hat sie dir denn gegeben?«

»Moment. Hier!« Marieke kramte in ihrer Tasche und reichte Sanne die Zettel.

»Wie? Nur drei für die gesamte Nordseeküste? Ist das nicht ein bisschen wenig?«

»Drei Jobangebote in St. Peter-Ording. Nicht für die komplette Küste«, korrigierte Marieke.

Sanne überflog die Stellenbeschreibungen. »Hast du dir die Anforderungen der Jobs schon durchgelesen?«

»Nur überflogen, das machen wir jetzt«, erwiderte Marieke.

»Der Service-Job in dem Café ist schon mal nichts für dich. Da musst du nämlich auch am Wochenende arbeiten. Und die Stelle an der Rezeption noch viel weniger. Das ist Schichtdienst mit Nachtarbeit.«

»Oh, nein!« Marieke seufzte. Sollte ihre pessimistische Beraterin tatsächlich recht behalten?

»Moment«, Sanne hob abwehrend die Hände. »Das könnte aber was für dich sein. Gesucht wird eine Alltagsbegleiterin mit Geduld, Interesse an der Arbeit mit alten Menschen, Kreativität, Einfühlungsvermögen und Organisationstalent. Eine abgeschlossene Ausbildung ist dafür nicht Voraussetzung, und hier steht auch nichts von Wochenend- oder Nachtarbeit.«

»Zeig her.« Marieke las den Text. »Das könnte ich mir wirklich vorstellen.«

»Die Arbeit würde zu dir passen.«

»Meinst du? Ich habe ja noch nie mit alten Menschen gearbeitet. Ob ich das schaffe?«

»Pfft! Das ich nicht lache!« Sanne schüttelte den Kopf. »Wer sitzt morgens in dem Café der Bäckerei und vergisst nach zwei Minuten, dass sie schon bei dir Frühstück bestellt haben?«

Marieke musste grinsen. »Sei nicht so streng! Das sind liebe Omis und Opis, die manchmal etwas vergesslich sind.«

»Na, also. Und da sagst du, du hättest mit älteren Herrschaften keine Erfahrung? Das ist doch genau der gleiche Job, nur dass du dann nicht mehr auf das Café beschränkt bist.«

»Ich kann ja mal eine Bewerbung schreiben …«

»Quatsch mit Soße. Nicht schreiben, sondern gleich anrufen!«

»Du meinst, ich soll da einfach so anrufen und mich für die Stelle bewerben? Ohne vorher was Schriftliches einzureichen?«

»Natürlich. Aus der Stellenbeschreibung geht ganz klar hervor, dass die Persönlichkeit des Bewerbers wichtig ist, nicht, wie gut er Bewerbungen schreiben kann.«

Marieke war mit einem Mal ziemlich aufgeregt. »Ähm, entschuldigst du mich kurz? Und kannst du ein Auge auf Emil halten?«

»Klar.«

Marieke drückte ihr für alle Fälle das Asthma-Spray in die Hand und verschwand Richtung Toiletten. Sie musste unbedingt einen Moment allein sein, um ihre Gedanken zu sortieren, bevor Sanne sie weiter in die Pflicht nahm.

Zum Glück war niemand in dem kleinen Waschraum. Marieke stellte ihre Tasche neben dem Waschtisch ab und schaute in den Spiegel. Ihr Gesicht war leicht gerötet wie immer, wenn sie aufgeregt war. Auf ihrer hellen Haut zeigte sich sofort jede ihrer Gefühlsregungen, was sie manchmal etwas nervte. Sie packte einen kleinen Kamm aus und kämmte sich die langen blonden Locken, die ihr schon zu Schulzeiten den Spitznamen Rapunzel eingebracht hatten. Insgeheim beneidete sie Sanne immer noch um ihr braunes glattes Haar. Aber man wollte ja meistens gerade das, was man nicht hatte.

Sie steckte den Kamm zurück, zog mit einem getönten Fettstift ihre Lippen nach und strich ihr gelbes T-Shirt über dem Jeansrock glatt. An ihrer Figur hatte sie glücklicherweise noch nie etwas auszusetzen gehabt. Sie war weder zu dick noch zu dünn. Sportlich, aber dennoch weiblich, so hatte Daniel sie manchmal genannt. Er hätte sie vermutlich auch gedrängt, den Telefonhörer in die Hand zu nehmen und den Pflegedienst anzurufen.

»Tust du es nicht, wird es ein anderer tun«, hatte er immer gesagt, wenn sie zögerlich gewesen war und eine Nacht über etwas hatte schlafen wollen.

Marieke stützte sich auf den Waschtisch und blickte sich in die Augen. »Aber hier gibt es nichts, worüber man eine Nacht schlafen müsste«, sprach sie sich leise Mut zu. »Mehr als Nein sagen kann niemand, und davon werde ich auch nicht sterben.«

Als sie wieder zu Sanne an den Tisch kam, waren die Kinder da und tranken Limonade.

»Mama, das ist voll toll hier! Ich bin gerade bis ganz nach oben geklettert«, rief Emil freudestrahlend.

»Das ist ja super, mein Schatz!« Sie gab ihm einen Kuss auf die Wange, den er sich prompt abwischte, und nahm die Stellenausschreibung für die Alltagsbegleiterin in die Hand. »Sanne, kann ich deinen Autoschlüssel haben? Ich würde gern kurz telefonieren.«

»Aber sicher.« Grinsend gab Sanne ihr den Schlüssel. »So gefällst du mir.«

»Wer zu spät kommt, den bestraft das Leben, oder? Ich bin gleich wieder da.«

Sie verließ den Indoor-Spielplatz mit ihrem Handy in der Hand und steuerte auf Sannes SUV zu. Inzwischen hatte es aufgehört zu regnen, und vereinzelt fielen Sonnenstrahlen durch die Wolken. Marieke setzte sich in das Auto und schloss die Tür. Eine Weile schaute sie auf den Zettel mit der Stellenausschreibung. Dann atmete sie tief durch, wählte und wartete gespannt auf das Tuten.

Marieke nahm sich fest vor, Frau Müller-Kowalski eine weitere Postkarte aus St. Peter-Ording für ihre Pinnwand zu schicken.

# 4. Kapitel

*Nach ein paar erfolglosen Anrufen und schlaflosen Nächten am späten Morgen in der gut besuchten Bäckerei.*

Marieke blinzelte gegen das helle Sonnenlicht, das durch die Glasfront der Bäckerei schien. Sie stellte eine Kaffeetasse unter die Düse des Automaten und drückte den Knopf. Sogleich erklang ein mechanisches Geräusch, und wenig später roch sie das Aroma von frisch gemahlenen Kaffeebohnen.

Hinter ihrer Hand verbarg sie ein Gähnen und sah zu, wie das heiße braune Getränk aus der Düse in die Tasse lief. Bei ihrem gegenwärtigen Schlafmangel reichte eine Tasse Kaffee nicht aus, sie müsste bestimmt mehrere doppelte Espressi trinken, um sich wacher zu fühlen. Sie hatte mehrfach wegen der Stelle bei dem Pflegedienst in St. Peter-Ording angerufen, doch bisher niemanden persönlich erreicht. Immer war die Sprachbox angesprungen, doch Marieke hatte keine Nachricht hinterlassen. Sie hasste Anrufbeantworter jeglicher Art und konnte sich nicht dazu überwinden, mit einer Maschine zu sprechen. Deswegen war sie bis jetzt keinen Schritt weitergekommen, und an die Stelle ihrer ersten Begeisterung waren Zweifel getreten.

Vielleicht sollte es einfach nicht sein und Frau Müller-Kowalski hatte doch recht. Vielleicht war das Ganze eine Schnapsidee, und sie sollte viel breiter gefächert nach Stellen an der Nordseeküste suchen. Außerdem war die ärztliche Versorgung im Ruhrgebiet nicht vergleichbar mit der in ländlichen Gegenden. Und dann war da noch Daniel. Sein Grab, um das sie sich kümmerte, und die Orte, an denen so viele Erinnerungen mit ihm hingen: Das Kino, in dem er sie zum ersten Mal geküsst hatte, oder die Bank im Stadtgarten, wo er vor ihr auf die Knie gegangen war und ihr einen Heiratsantrag gemacht hatte. Konnte sie das alles wirklich zurücklassen?

Als der Kaffee durchgelaufen war, stellte Marieke die Tasse auf ein Tablett.

»Hey! Marieke!«

Als sie den Blick hob, entdeckte sie Sanne in der Schlange vor der Theke, die ihr zuwinkte. Marieke winkte zurück und bedeutete mit Handzeichen, dass sie bedienen müsste, aber danach Zeit für sie hätte. Sie stellte noch einen Teller mit einem Puddingplätzchen auf das Tablett und brachte es einer älteren Dame, die wie so oft allein an einem Tisch am Fenster saß.

»So, Frau Schmitz. Einmal Kaffee und einen Puddingplunder. Wie immer. Lassen Sie es sich schmecken.«

»Danke schön.« Die Dame lächelte sie an.

»Falls Sie noch einen Wunsch haben sollten, melden Sie sich einfach bei mir oder einer Kollegin, ja?«, sagte Marieke freundlich und ging mit ihrem Tablett zurück hinter die Theke. Aus dem Augenwinkel sah sie, wie Frau Schmitz mit zitternder Hand vorsichtig einen Schluck von ihrem heißen Kaffee trank. Dabei beugte sie sich tief über den Tisch, um nichts zu verschütten. Sie kam regelmäßig in das Café. Meistens blieb sie eine Stunde und rundete den zu zahlenden Betrag auf fünf Euro auf.

Sicher war die ältere Dame sehr einsam und der Cafébesuch eine der wenigen Möglichkeiten, unter Leute zu kommen. Und dabei war sie nicht die einzige Seniorin, die das Café ebenfalls täglich allein aufsuchte.

Marieke versuchte, mit ihnen jedes Mal ein paar nette Worte zu wechseln, damit sie sich nicht so einsam fühlten. Und wie bei Frau Schmitz legte sie gern zwei Amaretti-Kekse auf die Untertasse statt nur einen. So wie ihnen geht es vielen Rentnern, die keine Familie oder Freunde haben, dachte sie traurig. So etwas durfte nicht sein, doch was sollte sie dagegen tun?

»Das ist ja super, dass ich dich hier erwische.« Sanne war mit einer vollgepackten Brötchentüte vor die Theke getreten.

Marieke wandte den Blick von der alten Dame ab. »Hi Sanne.«

»Erzähl! Gibt es was Neues?«

»In einer Viertelstunde habe ich Feierabend. Kannst

du solange warten?«, fragte Marieke, da ihr nur allzu bewusst war, wie die Kollegin neben ihr die Ohren spitzte. Sie hatte bisher niemandem auf der Arbeit von ihren Umzugsplänen erzählt und hatte das auch nicht vor, bevor es feststand.

»Klar. Ich nehm dann noch einen Milchkaffee und warte da drüben.« Sie zeigte auf einen freien Tisch in einer Ecke des Cafés.

»Okay.« Marieke nickte. »Milchkaffee kommt sofort.«

Sie versorgte Sanne mit dem Kaffee und machte fünfzehn Minuten später Feierabend. Im Personalraum wechselte sie ihre Arbeitskleidung gegen Jeansrock und eine leichte Bluse, schulterte ihre Umhängetasche und ging schließlich zu Sanne, die ihren Kaffee schon bei einer Kollegin bezahlt hatte und vor der Bäckerei auf sie wartete.

»Soll ich dich eben zu Emils Schule fahren?«, bot sie an. »Du hast es sicher eilig.«

»Nein, nicht nötig. Heute habe ich ausnahmsweise mal Zeit. Emil macht heute einen Klassenausflug.«

»Aha, wohin?«

»Zum Schulbauernhof.«

»Klingt interessant! Es ist wirklich schade, dass unsere Söhne nicht in derselben Klasse sind. Lucas hätte so ein Ausflug bestimmt auch gefallen. Tiere sind absolut sein Ding. Und wir hätten dann immer Zeit, etwas zusammen zu unternehmen.«

Marieke lächelte bei der Erinnerung an den aufgeregten Freudenjubel ihres Sohns. »Emil hat sich auch darauf gefreut.«

»Dann lass dich von mir zur Feier des Tages zumindest zu einem Eis einladen. Lucas hat nämlich erst in zwei Stunden Schulschluss, wir haben Glück.«

»Gerne.«

Sie gingen zu Sannes Wagen und saßen kurz darauf im Eis-Café *Ciao Bella*. Marieke hatte einen Erdbeer-Becher bestellt, Sanne einen Amarena-Becher.

Genüsslich schob Marieke eine Erdbeere auf ihren Löffel und ließ sie sich dann auf der Zunge zergehen. »Das war eine gute Idee. Das Eis schmeckt sehr lecker.«

»Eisessen ist immer gut. Aber nun erzähl endlich: Was ist der aktuelle Stand mit dir und St. Peter-Ording? Hast du mit jemandem wegen des Jobs gesprochen?«

Marieke kaute auf ihrer Erdbeere und schüttelte den Kopf. »Habe niemanden erreicht. Immer nur die Mailbox.«

»Und? Was hast du draufgesprochen?«

Marieke verzog den Mund. »Nichts. Du weißt doch, wie sehr ich so was hasse.«

»Und wahrscheinlich hast du auch mit unterdrückter Rufnummer angerufen?«, fragte Sanne, aber es klang eher wie eine Feststellung.

»Ja, ich habe die Nummer doch immer unterdrückt.« Marieke setzte eine gleichgültige Miene auf, auch wenn sie sich nicht wohl dabei fühlte.

»In dem Fall wäre es von Vorteil gewesen, wenn du die Unterdrückung mal rausgenommen hättest. Eventuell hättest du einen Rückruf bekommen.« Sanne ließ ihren Löffel im Eisbecher stecken und schaute Marieke direkt in die Augen. »Was ist denn der Grund dafür, dass du dich so sabotierst?«

»Tu ich doch gar nicht«, kam es reflexartig aus Marieke heraus.

»Doch! Tust du!«

»Na ja … ein bisschen vielleicht.« Sie wich Sannes Blick aus und stocherte in ihrem Vanille-Eis herum, das langsam in der Sonne schmolz.

»Ich verstehe nicht, warum«, hakte Sanne nach.

Marieke seufzte schwer. »Ich bin mir nicht sicher, ob es wirklich so eine gute Idee ist, hier alle Zelte abzubrechen. Hier haben wir gute Ärzte, die schnell erreichbar sind. An der Küste ist alles viel zeitaufwendiger. Wer weiß, vielleicht müssten wir bis Hamburg fahren, wenn Emil dort wirklich was passiert.«

»Was wohl nicht relevant wäre, wenn sich Emils Gesundheitszustand verbessert«, wandte Sanne ein und sah sie immer noch ernst an.

»Außerdem würde Emil seine Großeltern nicht mehr so oft sehen können«, fuhr Marieke fort.

»Hast du mit deinen Eltern darüber gesprochen?«

»Ja«, erwiderte sie leise.

»Was haben sie gesagt?«

Marieke zuckte die Schultern. »Dass sie uns gerne an der Nordsee besuchen kommen.«

»Na, also. Dann solltest du keinen weiteren Gedanken verschwenden. Ich komme euch übrigens auch in St. Peter-Ording besuchen.«

»Ach, Sanne. Zuerst war ich von der Idee begeistert, ja, fast schon euphorisch. Aber dann ist mir klar geworden, was ein Neuanfang bedeuten würde und wie viel ich aufgeben müsste …«

Sanne griff über den Tisch und drückte kurz ihre Hand. »Das verstehe ich, aber falls es an der Nordsee nicht klappt, kannst du doch immer wieder zurückkommen.«

»Schon. Aber ich müsste meinen Job kündigen und auch die Wohnung, in der ich mit Daniel gelebt habe. Vielleicht könnte ich später wieder zurück in die Bäckerei, die Wohnung wäre futsch und damit auch die Erinnerungen an unser gemeinsames Leben. Außerdem könnte ich nicht mehr jeden Tag an sein Grab gehen, um nachzusehen, ob alles okay ist.« Marieke schluckte, bevor sie weitersprach. »Sanne, ich weiß nicht, ob ich schon bereit bin, meine Vergangenheit loszulassen.«

»Das verstehe ich. Ist bestimmt keine einfache Situation für dich.« Sanne schaute sie mitfühlend an.

Nachdem sie ihr Eis gegessen hatten, gingen sie zurück zum Auto. Marieke wollte noch auf dem Friedhof vorbeischauen, Sanne hatte versprochen, sie hinzufahren. Warm schienen die Sonnenstrahlen auf die Windschutzscheibe, sodass beide die Fenster herunterließen und ein wenig Fahrwind genossen.

»Hey! Mach mal das Radio lauter. Das ist doch der Song, zu dem wir früher in der Disko getanzt haben!«

Marieke drehte am Lautstärkeregler und wiegte sich im Takt zu *Supergirl* auf dem Sitz. »Stimmt! Wie lange habe ich das nicht mehr gehört! Und ich kann noch den Text, hör mal!« Als sie begann, lautstark mitzusingen, fiel Sanne in den Gesang ein. Sie ließen sich von den Klängen davontragen, und Marieke fühlte sich in dem Moment nahezu so unbeschwert wie damals mit zwanzig. Um ein Haar hätte sie das Klingeln ihres Handys überhört, das in ihrer Tasche vibrierte und schrillte.

»Mein Handy!« Hastig griff sie danach.

»Ich mach leiser.« Sanne drehte am Knopf des Radios.

Marieke schaute auf das Display. »Es ist Emils Schule!« Mit zittrigen Fingern wischte sie über die Oberfläche, um das Gespräch entgegenzunehmen. »Schepat?«, meldete sie sich aufgeregt.

»Hier ist Platzeck aus dem Schulsekretariat«, meldete sich die Stimmte der Sekretärin. »Gut, dass ich Sie erreiche, Frau Schepat. Es geht um ihren Sohn Emil …«

»Was ist mit Emil? Ist ihm etwas passiert?« Marieke legte sich die Hand auf die Brust. Ihr Atem beschleunigte sich, und ihr Herz pochte, als wäre sie ein Treppenhaus zehn Etagen hochgesprintet. Sanne fuhr rechts ran und stellte den Motor aus.

»Emil hatte einen Asthmaanfall, aber sein Spray war nicht da. Er hat es im Klassenzimmer auf seinem Platz liegen lassen.«

»Oh nein! Was ist mit ihm? Wie geht es ihm?«

»Er ist ins Krankenhaus gebracht worden und wird dort gerade behandelt. Können Sie zur Notaufnahme vom Prosper-Hospital kommen?«

»Natürlich. Ich bin sofort da.« Marieke legte auf.

Erschrocken sah Sanne sie an. »Was ist mit Emil?«

»Er hatte einen Asthma-Anfall. Wir müssen sofort zum Krankenhaus.«

Sanne war in Windeseile zu dem Krankenhaus gefahren und hatte dabei nicht nur Geschwindigkeitsbegrenzungen ignoriert, sondern auch noch zahlreiche weitere Verkehrsregeln gebrochen. In der Notaufnahme wurden sie von einer Krankenschwester ins Behandlungszimmer geführt, wo Emil gerade Sauerstoff bekam. Eine Lehrerin saß neben ihm und machte ein sorgenvolles Gesicht.

»Da bist du ja!« Marieke stürmte auf ihren Sohn zu und nahm ihn behutsam in die Arme, um die Sauerstoffgabe nicht zu behindern. »Was machst du denn für Sachen, mein Schatz?«

»Hab das Spray vergessen«, sagte Emil unter der Maske.

»Ich weiß, nicht weitersprechen.«

Die junge Lehrerin war aufgesprungen. »Es tut mir so leid, Frau Schepat. Wir dachten, Emil hätte sein Asthma-Spray dabei.«

»Schon gut. Es ist ja nichts Schlimmes passiert«, versuchte Marieke, die Lehrerin zu beruhigen, die von dem Vorfall sichtlich mitgenommen war. »Normalerweise weiß er ganz genau, dass er nirgendwo ohne das Spray hingehen darf. Wahrscheinlich hat er es in der Aufregung vergessen.«

»Ich hätte seine Tasche kontrollieren sollen, bevor wir losgefahren sind …« Der jungen Frau kamen fast die Tränen.

»Machen Sie sich keine Sorgen. Es ist ja alles gut ausgegangen.« Marieke nickte ihr freundlich zu.

Eine weitere Krankenschwester betrat das Zimmer und kam direkt zu ihr. »Guten Tag, sind Sie die Mutter?«

»Ja, das bin ich.«

»Doktor Fischbach möchte Sie gerne kurz sprechen.«

Während Marieke der Krankenschwester folgte, blieb Sanne bei Emil. Sie gingen den langen Flur hinunter, dann stand Marieke auch schon vor dem Schreibtisch des Arztes.

»Hallo, Frau Schepat.« Er gab ihr die Hand und bat Marieke, sich zu setzen. »Ihr Sohn hat uns ganz schön ins Schwitzen gebracht.«

Wieder kam es Marieke vor, als würde sich ihr die Kehle zuschnüren. Langsam schüttelte sie den Kopf. »Er hat sein

Asthma-Spray in der Schule liegen lassen. Dabei weiß er, dass er es immer bei sich tragen muss.«

Dr. Fischbach räusperte sich. »Halb so schlimm. Das Spray hätte ihm gar nichts genutzt, selbst wenn er es dabeigehabt hätte.«

»Aha? Wieso das denn?«, fragte Marieke erstaunt.

»Emil hatte einen ernsten Anfall. Er spricht auf sein herkömmliches Spray nicht mehr an. Ich musste ihm ein stärkeres Medikament geben und Sauerstoff. Wann wurde er denn das letzte Mal eingehend untersucht?«

»Erst vor ein oder zwei Wochen. Dabei wurde festgestellt, dass sich seine Lungenfunktion verschlechtert hat.«

»Hat er vom Kollegen kein neues Medikament verordnet bekommen?«, fragte der Arzt.

»Nein. Es ist alles beim Alten geblieben.«

»Der heutige Asthmaanfall deutet darauf hin, dass sich Emils Krankheit weiter verschlimmert hat. Ich möchte ihn deswegen ein paar Tage stationär hierbehalten, damit wir ihn gründlich untersuchen und seinen Zustand intensiv kontrollieren können. Außerdem müssen wir den Behandlungsplan überdenken. Wir dürfen die Gesundheit Ihres Sohnes nicht dem Zufall überlassen. Beim nächsten Mal hat er vielleicht nicht so viel Glück, dass man ihm schnell helfen kann. Er hätte heute ersticken können.«

Als Marieke das Sprechzimmer verließ, spürte sie ihre Beine kaum. Ihre Knie zitterten, und ihr war schwindelig. Deswegen setzte sie sich auf einen Stuhl auf dem Flur.

Tränen stiegen in ihre Augen. Wenn Emil erstickt wäre … Das hätte sie nicht verkraftet. Und am Ende wäre es sogar ihre Schuld gewesen, weil sie nicht rechtzeitig gehandelt hatte. Mit dieser Schuld hätte sie unmöglich weiterleben können …

Es war allerhöchste Zeit zu handeln. Sie würde sich nie verzeihen, wenn sie durch ihren Egoismus das Leben ihres Sohns aufs Spiel setzte. Marieke schloss die Augen und faltete die Hände. Sie sandte ein Stoßgebet an Gott, bedankte sich dafür, dass Emil nichts Schlimmes passiert war und versprach, diese zweite Chance zu nutzen. Sie würde nicht noch einmal zögern.

# 5. Kapitel

*In Berta Tetens' Reetdachhaus in St. Peter-Ording.*

Kaffeeduft lag in der Küche, durch den Filter tropfte der letzte Rest des heißen Getränks. Außerdem hatte Berta Eistee vorbereitet, der in einer Karaffe mit vier Gläsern für die Arbeiter der Entrümplungsfirma im Flur bereitstand. Jetzt schüttete sie den heißen Kaffee in eine Thermoskanne, schraubte den Deckel darauf und nahm vier Kaffeepötte aus dem Küchenschrank.

Sie hatte die Männer gefragt, ob sie Tee trinken wollten.

»Lieber Kaffee. Wir kommen nicht aus dem Norden, arbeiten nur hier«, hatte einer der Männer ihr erklärt, bevor sie angefangen hatten, die alten Möbel Stück für Stück aus der Wohnung zu schleppen.

Berta stellte die Kaffeepötte und die Kanne auf ein Tablett und trug es nach nebenan in den Flur. Sie stellte es neben den Eistee und schaute die Treppe hoch. Von oben hörte sie zunächst Schritte, dann ein Poltern, gefolgt von fluchenden Männerstimmen. Die Stimmen und Schritte wurden lauter. Wenig später schleppten zwei der Arbeiter stöhnend den wuchtigen alten Schrank die Stufen herunter.

Berta machte ihnen schnell den Weg frei. Mit gemischten Gefühlen beobachtete sie das Möbelstück. So lange Jahre hatte er im ehemaligen Wohnzimmer ihrer Großeltern gestanden, solange sie denken konnte eigentlich. Es fühlte sich komisch an, zu sehen, wie er an ihr vorbei und aus dem Haus gebracht wurde. Aber Berta biss sich auf die Lippen. Nein, sie würde keinen Rückzieher machen. Sonst würde sie sich weiterhin hinter Erinnerungen verschanzen, die wohl längst zu etwas geworden waren, das es vermutlich nie gegeben hatte.

»Sind Sie sich sicher, Frau Tetens, dass der Schrank bloß aus Holz ist?«, fragte einer der Männer keuchend. »Mir kommt es vor, als wäre er aus Blei.«

»Massive Eiche. Hat mein Großvater damals als junger Mann selbst gebaut«, antwortete Berta. »Der Schrank ist schon über hundert Jahre alt.«

»Na, dann …«

Sie schaute ihnen hinterher, als sie den Schrank durch den Garten trugen und dann vor dem Tor abstellten, wo schon ein Ohrensessel und eine alte Waschmaschine standen. Trotz aller Entschlossenheit konnte Berta den leichten Stich im Herzen nicht ignorieren. Abschiede schmerzten, auch wenn sie freiwillig waren. Da konnte man nichts machen.

Als die Männer zurückkamen, sagte sie: »Ich möchte Ihnen gar nicht weiter im Weg stehen. Bin nebenan, wenn Sie was brauchen. Ach, Eistee und Kaffee stehen da vorne.« Sie zeigte auf einen kleinen Tisch neben der Treppe.

Dankbar nahmen die Männer die Getränke an. Und Berta verschwand wieder in ihrer Haushälfte. Sie nahm sich vor, nicht weiter dabei zuzusehen, wie die vertrauten Möbel zur Straße geschleppt wurden. Stattdessen wollte sie sich ablenken und die Zeit nutzen, um ein wenig zu putzen.

Der Dreck auf ihren Küchenschränken lag vermutlich schon zentimeterdick. Sie konnte sich nicht mehr daran erinnern, wann sie dort das letzte Mal sauber gemacht hatte. Heute schien der perfekte Tag dafür zu sein, den Staub der vergangenen Jahre zu beseitigen. Sie füllte warmes Wasser in einen Eimer mit einem Fensterleder und gab ein paar Spritzer Spülmittel hinein. Wenig später begann sie langsam, die graue Staubschicht von der hellen Küche zu entfernen, und die schwermütigen Gedanken in ihrem Kopf wurden immer weniger. Bald war sie so weit in die Arbeit vertieft, dass sie an gar nichts mehr dachte, sondern einfach nur putzte. Das Klingeln des Telefons durchschnitt die Ruhe.

Berta zuckte zusammen. Wer konnte das denn sein?

Sie ließ das Fensterleder zurück in den Eimer gleiten und stieg eilig die Stufen der kleinen Leiter herab, die sie vor den Küchenschrank gezogen hatte. Auf der vorletzten Stufe passierte es. Mit dem rechten Fuß rutschte sie ab, versuchte noch, das Gleichgewicht zu halten, und krallte sich mit den Fingern an die Leiter. Diese schwankte und kippte schließlich mit Berta um. Reflexartig wollte sie mit der Rechten den Sturz abfangen.

Als sie hart auf dem Boden aufschlug, erstarb das Klingeln des Telefons. »Aua!«, stöhnte sie.

Die Leiter lag auf ihr, und für einen Moment konnte Berta sich nicht bewegen. Ihr Atem ging schnell, und sie spürte einen starken Schmerz. Nach einer Weile versuchte sie vorsichtig, die Leiter mit dem linken Arm von sich herunterzuschieben, was gar nicht so einfach war, da der rechte Arm so stark schmerzte, dass sie sich nicht darauf stützen konnte.

Unter allergrößter Mühe gelang es ihr, sich langsam aufzurappeln. Dabei fiel ihr Blick auf ihr rechtes Handgelenk – oder eher das, was es mal gewesen war. Die Stelle, an der sonst das schmale Gelenk klar erkennbar war, war dick angeschwollen. Die Schwellung zog sich bis zum Ellenbogen hoch.

Die Männer in der Einliegerwohnung hatten garantiert nichts von dem Sturz mitbekommen. Berta schleppte sich zum Telefon, das im Wohnzimmer auf einem kleinen Tischchen seinen Platz hatte. Als sie endlich den Hörer in der Hand hielt, fiel ihr nur eine Nummer ein: Dittes.

Nach dem sechsten Klingeln hob endlich jemand ab. »Moin, hier ist Hauke.«

»Hauke? Hier ist Berta. Ist Ditte da?«, fragte sie schwer atmend.

»Nee, die ist vor ein paar Minuten ausgeritten«, antwortete er. »Was ist denn los? Du klingst irgendwie durch den Wind.«

»Ich bin von der Leiter gefallen.« Sie schaute auf ihren rechten Unterarm, der in der Zwischenzeit noch weiter angeschwollen war. »Ich glaube, ich habe mir den Arm gebrochen, und hatte gehofft, dass Ditte mich zum Arzt bringen kann.«

»Oje! Das hört sich nicht gut an.« Hauke schwieg kurz. »Keine Panik auf der Titanic, Berta. Ich ruf gleich in der *Strandperle* an und frage, ob Lilo oder eine von de Deerns dich fahren kann.«

»Ist gut.«

»Tschüs, Berta, und gute Besserung. Das wird schon wieder!«

»Danke. Tschüs, Hauke.« Berta legte auf und lehnte sich gegen ihr Sofakissen. So etwas kann auch nur mir passieren, dachte sie kopfschüttelnd. Aber es war gut, dass Hauke in der *Strandperle* anrief. Die Nummer vom Campingplatz hatte sie nämlich nicht im Kopf. Hoffentlich erreichte er Lilo.

Keine zehn Minuten später hörte Berta ein Motorengeräusch vor ihrem Haus. Mit der linken Hand stützte sie ihren rechten Arm und wuchtete sich hoch. Als sie durch ihr weißes Sprossenfenster nach draußen schaute, sah sie einen Benz, der neben dem mittlerweile deutlich angewachsenen Haufen an Sperrmüll parkte. In dem Moment wurden die Autotüren geöffnet. Lilo und Gertrud stiegen aus und liefen hastig durch ihren Garten. Es klingelte Sturm, bevor Berta die Tür erreicht hatte.

»Moin, Berta! Geht es dir gut?«, fragte Lilo besorgt und blickte auf ihren Arm. »Du liebes Lieschen, das sieht ja gar nicht gut aus!«

Berta zuckte die Schulter. »Ich bin mit der Leiter in der Küche umgekippt. So was Dummes …«

»Die Küche ist der gefährlichste Ort im Haushalt. Achttausend Menschen lassen da jährlich ihr Leben«, sagte Gertrud mit erhobenem Zeigefinger und rückte die goldglänzende Brosche an ihrer Bluse zurecht, die an eine Miesmuschel erinnerte. »Sei froh, dass du nicht in ein Messer gefallen bist.«

Berta schluckte. »Meine Messer liegen alle in der Schublade.«

»Gertrud, lass das jetzt«, griff Lilo durch. »Wir bringen dich jetzt erst einmal zum Arzt, Berta, und dann schauen wir weiter.«

Nachdem sie den Männern vom Entrümplungsdienst Bescheid gesagt hatten, fuhren sie in Gertruds Benz los. Die Praxis des Unfallchirurgen lag im Süden von St. Peter-Ording, ungefähr zehn Minuten Autofahrt von Ording entfernt. Berta hatte Glück. In der Praxis warteten nicht viele Patienten, sodass sie den Schmerz nicht sehr viel länger ertragen musste.

Nach dem Röntgen stellte der Arzt einen mehrfachen Unterarmbruch fest. »Sie haben Glück im Unglück. Eine

Operation scheint nicht nötig zu sein. Sie bekommen gleich von mir eine örtliche Narkose, damit ich ihre Knochen richten kann, und danach einen Gips«, eröffnete er ihr das Unvermeidliche.

»Ist der Gips denn wirklich notwendig?«, erkundigte sich Berta, auch wenn sie die Antwort kannte.

Der Arzt nickte. »Auf jeden Fall. Der Arm muss ruhiggestellt werden, sonst können die Brüche nicht verheilen. Da reicht eine Schiene nicht aus. Vermutlich liegt bei Ihnen auch eine Osteoporose vor.«

»Osteoporose?«, wiederholte Berta beinah gekränkt. »Davon hat mein Hausarzt nie was gesagt.«

»Ich schreibe Ihnen eine Überweisung zur Knochendichtemessung. Danach wissen wir Bescheid.« Er tippte auf seiner Tastatur, bevor er sie wieder ansah. »Gibt es jemanden, der sie zu Hause unterstützen kann? Sie werden in der nächsten Zeit Hilfe brauchen, zum Beispiel beim An- und Ausziehen.«

»Nein. Ich wohne allein.«

»Kein Problem. In St. Peter-Ording gibt es einen guten Pflegedienst, der Sie unterstützen wird.« Er schob ihr eine Visitenkarte zu.

»Pflegedienst? Ach, das ist nicht nötig«, wehrte sie sofort ab. Erst der Verdacht auf Osteoporose, und nun sollten sich auch noch Pfleger um sie kümmern. Das war ihr alles ein bisschen zu viel auf einmal. »Das schaffe ich schon allein.«

»Rufen Sie einfach mal an, wenn Sie wieder zu Hause sind«, sagte der Arzt verständnisvoll. »Nun richten wir erst einmal Ihren Arm.«

Als Berta mit frisch eingegipstem Arm aus dem Behandlungszimmer kam, wurde sie von Lilo und Gertrud in Empfang genommen.

»Mehrfacher Unterarmbruch«, fasste Berta zusammen. »Acht Wochen Gips.«

»Besser Unterarmbruch als Genickbruch«, erwiderte Gertrud ungerührt, was in ihrem Fall einer netten Aufmunterung gleichkam.

»Kopf hoch! Das wird schon wieder«, sprach Lilo ihr Mut zu.

Berta verzog den Mund. »Ich soll den Pflegedienst in Anspruch nehmen, solange der Gips dran ist. Stellt euch das mal vor! Wie eine alte Oma.«

»So geht das meistens los«, meinte Gertrud und nickte bedeutsam.

Berta warf ihr einen scharfen Blick zu. »Wie meinst du das?«

»Na, hast du einmal den Pflegedienst im Haus, ist das meistens der Anfang vom Ende.«

Lilo winkte ab. »So ein Blödsinn, Gertrud!«

Abwehrend hob Gertrud die Hände. »Ich spreche bloß aus Erfahrung.«

»Ich hatte auch mal kurzzeitige Unterstützung nach einer Operation. Danach habe ich keinen Pflegedienst mehr benötigt«, erklärte Lilo und tätschelte Berta aufmunternd die Schulter. »Alles halb so schlimm.«

»Könnt ihr mich bitte nach Hause fahren?«, fragte Berta. »Ich bin völlig erledigt.«

Lilo und Gertrud hatten sie noch in ihr Reetdachhaus gebracht. Nachdem Lilo eine eisgekühlte Karaffe mit Wasser und Zitronenscheiben zur Erfrischung vorbereitet hatte, erkundigte sie sich, ob sie Berta noch anderweitig unter die Arme greifen könne. Gertrud hatte währenddessen mit Grabesmiene dagestanden, ihre Muschelbrosche zurechtgerückt und erwachte erst wieder zum Leben, als Berta sie bat, in der Einliegerwohnung nach dem Rechten zu sehen.

»Für den Fall der Fälle«, sagte Lilo und reichte Berta zum Abschied einen Zettel, auf dem eine Telefonnummer stand. »So erreichst du immer jemanden in der *Strandperle*. Entweder mich, Joris oder die Mädchen. Melde dich, wenn du Hilfe brauchst.«

Die Männer hatten die bereits ausgeräumten Möbel in einen Transporter geladen und machten nun ebenfalls Feierabend. Sie wollten am nächsten Tag den Rest der Wohnung entrümpeln.

»Danke.« Berta sehnte sich danach, sich einfach hinzulegen und zu schlafen.

»Hals- und Beinbruch, Berta«, rief Gertrud und zwinkerte schelmisch. »Aber nicht wörtlich nehmen.«

»So weit kommt es noch!« Berta lächelte. Man musste Gertruds speziellen Humor zu nehmen wissen. Von Ditte und Lilo wusste sie, dass, wenn es darauf ankam, auf Gertrud absoluter Verlass war. »Danke für eure Hilfe!«

Als sie allein war, ging Berta ins Schlafzimmer. Weil sie verschwitzt war, wollte sie sich erst einmal ein frisches Oberteil anziehen. Eine Viertelstunde lang versuchte sie, sich das Blusenshirt auszuziehen, doch es funktionierte nicht. Nach einer guten halben Stunde hatte sie ihr Oberteil immer noch an. Frustriert gab sie auf und ging ins Wohnzimmer.

Auf dem Tisch lag die Visitenkarte vom Pflegedienst, in ihrer Hosentasche hatte sie Lilos Zettel. Sollte sie Lilo beim Wort nehmen und auf dem Campingplatz anrufen? Jetzt schon? In ihr sträubte sich alles dagegen. Schließlich war Lilo nicht ihre Pflegerin und gerade erst gegangen.

Widerstrebend hob Berta die Visitenkarte. Pflegedienst Hensen, Inhaberin Jule Hensen, 24 Stunden Bereitschaft, las sie. Fremde Hilfe in Anspruch zu nehmen, das lag ihr überhaupt nicht. Aber was sollte sie tun? Es war ja nur vorübergehend, bis der Gips wieder abkam. Und Lilo hatte nach ihrer Operation auch Hilfe bekommen. Also, was sollte es?

Berta nahm das Telefon und wählte die Nummer. Sofort meldete sich die Inhaberin des Pflegediensts. Zunächst war es Berta unangenehm, Frau Hensen mit ihrem Anliegen zu behelligen, denn es gab bestimmt Leute, denen es wesentlich schlechter ging und die dringender auf Hilfe angewiesen waren als sie. Doch ihre freundliche Art nahm ihr die Scheu. Frau Hensen sagte, sie sei gerade bei einer Patientin in der Helgoländer Straße, habe gleich danach aber Zeit, um bei Berta vorbeizukommen.

»Gut, dass Sie sich gleich bei mir gemeldet haben, Frau Tetens«, sagte sie, als Berta ihr fünfzehn Minuten später die Tür öffnete. »Mit dem Gipsarm sind Sie ja wirklich eingeschränkt.«

»Das können Sie laut sagen. Das kam alles völlig überraschend.« Verlegen strich Berta sich eine Haarsträhne aus dem Gesicht. Sie fühlte sich immer noch unbehaglich in der Rolle der Hilfsbedürftigen, auch wenn Frau Hensen sehr freundlich war.

»So ist das immer.« Frau Hensen nickte wissend. »Aber Sie werden nun von uns versorgt, bis der Gips wieder ab ist. Hat der Arzt gesagt, wie lange sie ihn tragen müssen?«

»Ungefähr acht Wochen.«

»Machen Sie sich keine Sorgen. Heute Abend schicke ich Ihnen gleich eine Mitarbeiterin vorbei, die Ihnen bei allem hilft und sie versorgt.«

»Dabei wollte ich bloß meine Küchenschränke sauber machen, solange die Leute von der Entrümplungsfirma die Einliegerwohnung nebenan leerräumen. Und schwups bin ich mit der Leiter umgekippt.«

»Das kann jedem passieren«, beruhigte Frau Hensen sie. »Wollen Sie die Wohnung an Feriengäste vermieten?«

»Nein«, wehrte Berta ab. »Keine Feriengäste. Ich möchte dauerhaft vermieten. Ständig wechselnde Personen, das ist nicht mein Fall.«

Interessiert sah Frau Hensen sie an. »Ich möchte nicht indiskret sein, aber haben Sie schon Mieter? Ich suche nämlich gerade dringend für eine neue Mitarbeiterin und ihren Sohn eine Wohnung in St. Peter-Ording. Sie wissen ja, wie schwierig es hier mit den Mietwohnungen ist.«

»Nein, bis jetzt habe ich noch keinen Mieter. Sie wird ja gerade erst leergeräumt. Sie sagten, eine Frau mit einem Kind?«, hakte Berta nach.

»Ja, eine alleinerziehende Mutter mit einem neunjährigen Sohn. Sie möchte gerne so schnell wie möglich aus dem Ruhrgebiet nach St. Peter-Ording kommen, weil ihr Sohn an starkem Asthma leidet und dringend eine Luftveränderung braucht.«

»Hm«, überlegte Berta. Das hörte sich nicht schlecht an. Vielleicht hatte sie ja am Ende sogar Glück in ihrem Unglück? »Ich könnte mir vorstellen, die Frau mit dem Kind als Mieter zu nehmen. Vorausgesetzt sie ist vernünftig und kann sich vorstellen, die Wohnung zu streichen. Die Böden und das Bad sind in Ordnung, aber die Wände bräuchten neue Farbe.«

Frau Hensen lächelte. »Das ist bestimmt machbar.«

»Sie können sich gerne die Wohnung ansehen«, bot Berta an. »Und Fotos machen. Aber wenn Sie mir vielleicht vorher noch helfen könnten, das Oberteil zu wechseln? Das wäre sehr nett.«

»Das mache ich doch glatt!« Frau Hensen lachte auf, bevor sie Berta beim Umziehen half. »Mir scheint, es war eine Fügung des Schicksals, dass wir uns durch diese widrigen Umstände begegnet sind.«

»Es hat alles einen Sinn. Wenngleich es einem oftmals erst später klar wird.« Berta spürte, wie eine ungewohnte Wärme in ihren Bauch stieg, und freute sich. Ja, sie wusste mit Sicherheit, dass sie das Richtige tat.

# 6. Kapitel

*Eine Woche später bei einer Besichtigung in Mariekes Wohnung in Herne.*

»Das Wohnzimmer mit der offenen Küche ist ja spitze«, sagte die junge Frau zu ihrer Freundin und zeigte auf die Einbauküche. »Oder was meinst du, Fiona?«

»Ja! Hier kann man bestimmt gute Partys feiern«, stimmte sie ihrer Freundin zu. »Ich kann mir das schon richtig gut vorstellen. Hier ist sogar Platz für eine kleine Bar.« Sie zeigte auf die leere Wand neben dem Balkon, wo kürzlich noch Mariekes Sofa gestanden hatte.

Sie hatte die Wohnung in den letzten Tagen leer geräumt. Einen Teil ihrer Möbel hatte sie in einer Lagerhalle von einem Freund unterstellen können. Der Rest wartete in einem Transporter, um am nächsten Tag aus dem Ruhrgebiet und nach Nordfriesland gebracht zu werden.

»Ihr sollt hier keine Partys feiern, sondern für euer Studium büffeln«, warf der Vermieter ein. »Außerdem könnt ihr froh sein, dass das mit der Wohnung so schnell geklappt hat.«

»Ist ja schon gut, Onkel Edwin. Wir werden auch lernen, aber ein bisschen Spaß wollen wir auch haben.«

»Wollen Sie sich das mit dem Umzug an die Nordsee nicht noch einmal überlegen, Frau Schepat?« Herr Buntschuh warf ihr einen halb flehenden Blick zu. »Ich fürchte, meine Nichte wird das Haus in eine Disko umfunktionieren.«

»So schlimm wird es schon nicht werden.« Marieke lächelte in die Richtung der Mädchen, die aufgeregt miteinander flüsternd den Balkon inspizierten. »Die erste eigene Wohnung ist doch was ganz Besonderes, und dann noch zusammen mit der besten Freundin. Da werden immer viele Pläne geschmiedet, die am Ende gar nicht alle umgesetzt werden. Ich bin froh, dass es mit der Übernahme so spontan geklappt hat.«

»Das war wirklich ein glücklicher Zufall. Meine Nichte hat eine Wohnung gesucht, und Sie einen Nachmieter. Manchmal passt es eben. Aber sollte es Ihnen in Norddeutschland nicht gefallen, können Sie jederzeit wieder in Ihre Wohnung zurück. Mein Versprechen steht. Für Fiona und ihre Freundin werde ich in dem Fall sicher schnell eine andere Bleibe finden.«

»Das erleichtert mir die Entscheidung, nach St. Peter-Ording zu ziehen, wirklich ungemein. Mein Arbeitgeber hat mir auch zugesichert, dass ich wieder in der Bäckerei anfangen kann, falls wir zurückkommen sollten.«

Er nickte wissend. »Gute Mitarbeiter sind rar gesät.

Genauso sieht es bei den Mietern aus … Ich verliere Sie wirklich ungern als Mieterin. Wir hatten in den vergangenen zwölf Jahren nie Schwierigkeiten.«

»Das stimmt.« Marieke dachte an den Tag zurück, an dem sie mit Daniel eingezogen war. Damals hatte es wie aus Kübeln gegossen, die meisten ihrer Sachen waren völlig durchnässt gewesen. Zu dem Zeitpunkt hatte sie geglaubt, mit ihm alt zu werden, wenn sie das erste Jahr in der Wohnung gemeinsam schafften. Sie war so verliebt gewesen und glücklich.

Die Mädchen kamen wieder zurück ins Wohnzimmer. »Die Wohnung ist klasse! Wann können wir denn einziehen?«

»Theoretisch ab morgen«, erwiderte Herr Buntschuh. »Oder, Frau Schepat?«

»Klar!« Marieke nickte. »Ich fege hier nur noch einmal durch und bin dann weg. Mein Sohn und ich übernachten heute im Haus meiner Eltern. Und morgen früh fahren wir schon los.«

»Prima! Dann können wir ja morgen direkt starten«, sagte Fiona erfreut zu ihrer Freundin.

Mariekes Vermieter zog die Augenbrauen hoch. »Was habt ihr vor?«

»Wir wollen die Wände pink streichen«, verkündete Fiona mit vor Tatendrang glänzenden Augen.

»Darüber reden wir noch einmal.« Herr Buntschuh seufzte. »Werfen Sie den Schlüssel einfach in den Briefkas-

ten, wenn Sie fertig sind«, sagte er zum Abschied, bevor er mit den Mädchen die Wohnung verließ.

Nachdem sie gegangen waren, schnappte Marieke sich den Besen und kehrte den Holzboden der Wohnung. Als sie fertig war, lehnte sie den Besen gegen einen Türrahmen und schritt noch einmal durch die leeren Räume. Sie dachte an den Tag im Frühling zurück, als sie zusammen mit Daniel im Wohnzimmer Nudeln gegessen hatte und sie ihn mit dem ersten Ultraschallbild von Emil überrascht hatte. Wie stolz und glücklich er gewesen war, endlich Vater zu werden. Sie erinnerte sich daran, wie sie das große Sofa spontan in einem Second-Hand-Laden entdeckt und gekauft hatten. Wie oft sie es in der Wohnung umgestellt hatten, bis es endlich den für sie perfekten Platz erhalten hatte! An den hellen Wänden zeichneten sich Ränder ab, die erkennen ließen, wo einst Möbel gestanden oder Bilder gehangen hatten. Vor einem hellen Fleck an der Wand vom Schlafzimmer blieb Marieke stehen. Dort hatte all die Jahre ihr Hochzeitsfoto seinen Platz gehabt.

Plötzlich hatte sie einen Kloß im Hals und spürte Wehmut aufkommen. Seit der Umzug an die Nordsee im Raum stand, herrschte ein Wechselbad der Gefühle in ihr. Mal konnte sie es kaum erwarten, endlich loszufahren, und dann graute es ihr mit einem Mal davor.

Sie streckte die Hand aus und strich mit den Fingerspitzen über die helle Stelle an der Wand. »Ach, Daniel«, sagte sie leise, und eine Träne lief ihr die Wange hinab.

Mit dem Handrücken wischte Marieke sie fort. Ein bisschen Abschiedsschmerz war schon okay, den durfte sie ruhig zulassen. Aber sie wusste doch, dass sie gehen musste.

Schniefend zog sie ihr Handy aus der Hosentasche und machte ein letztes Foto von ihrer alten Bleibe. Dann schaute sie sich die Fotos ihrer neuen Wohnung in St. Peter-Ording an, die Frau Hensen ihr geschickt hatte.

»Es ist eine absolute Traumstrandwohnung unter Reet«, hatte sie zu ihr gesagt. »Ein echter Glücksfall. Dort würde ich auch einziehen! Gut, dass Frau Tetens mir davon erzählt hat, bevor sie die Wohnung inseriert hat.«

Marieke lächelte und betrachtete die hübsche alte Friesenküche, die sie auf jeden Fall übernehmen wollte, die atemberaubende Aussicht vom Balkon und den hübschen Garten, der das Haus umgab. Alles sah traumhaft schön aus! Nur die Wände mussten neu gestrichen werden, aber das war für sie ein Kinderspiel und würde nicht viel Zeit in Anspruch nehmen. Sie hatte schon viele Wände in ihrem Leben gestrichen.

Als sie das Handy wieder wegsteckte, fühlte Marieke sich besser. Sie nahm den Besen und blickte noch einmal den langen Flur entlang, zurück in ihre Vergangenheit. Dann wandte sie sich um und schloss kurz darauf die Wohnungstür hinter sich zu.

»Wo ist Emil?«, fragte Marieke, als sie die Küche ihres Elternhauses betrat.

Ihre Mutter trug eine geblümte Schürze, ihre Brille war fast auf ihre Nasenspitze gerutscht. Das war immer so, wenn sie backte oder kochte. »Noch im Zoo mit deinem Vater. Du weißt doch, dass es später werden kann, wenn die zwei unterwegs sind.«

»Stimmt«, erwiderte Marieke amüsiert. Beim letzten Mal war die Hose ihres Vaters sogar dreckiger gewesen. Er hatte unbedingt mit Emil um die Wette rutschen müssen.

»Ich dachte, du wolltest dich noch mit Sanne treffen?«, fragte ihre Mutter und rührte den Teig in der Schüssel auf der Arbeitsplatte vor sich um.

»Ja, aber erst heute Abend, wenn Emil im Bett ist.«

»Ach so.«

Marieke kam näher. »Was backst du denn?«

»Den Käsekuchen mit Streuseln von deiner Oma Friedel, den du so gerne isst. Ich dachte mir, dass wir zum Abschied noch mal zusammen einen Kaffeeklatsch machen. So wie früher.«

»Gute Idee.« Marieke tunkte ihren Finger in den Teig und leckte ihn dann ab.

»Das gewöhne ich dir wohl in diesem Leben nicht mehr ab, das hast du schon als Kind gemacht«, sagte ihre Mutter halb mahnend. »Und hinterher hattest du immer Bauchschmerzen, weil du zu viel vom Teig genascht hast, und konntest deswegen gar keinen Kuchen mehr essen.«

»Heute habe ich mich besser im Griff.« Marieke bemühte sich um ein tapferes Lächeln, aber ihrer Mutter konnte sie nichts vormachen.

»Abschiedsschmerz?«

Marieke wiegte den Kopf hin und her. »Ich bin irgendwie hin- und hergerissen.« Sie stützte sich mit den Händen auf dem Küchentisch ab und suchte nach den passenden Worten. »Natürlich freue ich mich darüber, dass Emil eine Luftveränderung bekommt, wir eine tolle Wohnung gefunden haben und die Jobsuche so unkompliziert verlaufen ist. Andere würden vor Freude an die Decke springen. Das weiß ich auch wirklich zu schätzen.«

Ihre Mutter legte den Holzlöffel an die Seite. »Ganz bestimmt sogar. Aber?«

»Ich habe auch etwas Angst«, gab sie zu. »Ich habe immer in Herne gewohnt und war noch nie in St. Peter-Ording. Ich weiß nicht, ob mir die Arbeit mit den Senioren liegen wird. Oder die Leute überhaupt. Was mache ich, wenn es Emil dort nicht gefällt und er wieder zurückmöchte?«

»Mach dir um Emil mal keine Sorgen. Er wird es lieben, dafür kenne ich meinen Enkel zu gut. Wenn der den Strand und das Meer sieht, wirst du ihn aus St. Peter-Ording nicht mehr wegbekommen«, beruhigte sie Marieke und nahm sie kurz in den Arm. »Das ist doch ein Traum für jedes Kind. Direkt am Meer leben und jeden Tag Pirat spielen.«

»Im Grunde genommen weiß ich gar nicht, worauf ich mich einlasse. Oder ob es klappt …« Marieke seufzte.

Lächelnd setzte ihre Mutter sich auf einen Küchenstuhl und deutete auf den Platz neben sich. »Jetzt hör mir mal zu. Ob etwas klappt oder nicht, das weiß man nie, bevor man es ausprobiert hat. Oder glaubst du, ich wusste vorher, ob es mit deinem Vater klappen würde, ich eine gute Mutter sein könnte oder wir das Haus abbezahlen könnten? Das war alles ein Sprung ins Ungewisse.« Sie schob ihre Brille hoch und sah Marieke fest an. »Veränderungen im Leben sind jedes Mal ein Risiko. Man weiß vorher nie, ob es eine Katastrophe wird oder sich als großer Glücksgriff erweist. Und ein bisschen Angst davor darf man ruhig haben.«

Sie drückte Mariekes Hand. »Deswegen solltest du aber vor dem Schritt, nach St. Peter-Ording zu ziehen, nicht zurückschrecken. Das wäre ein Fehler, den du später bereust. Weißt du, deine Oma Friedel hat immer gesagt, Veränderungen gehören zum Leben – und wenn sich nichts mehr verändert, dann ist man tot.«

Marieke konnte sich ein Grinsen nicht verkneifen. Das war typisch für ihre Oma. Immer geradeheraus, wie es im Ruhrgebiet üblich war. »Dann stehen alle Zeichen auf Veränderung.«

»So ist es.« Ihre Mutter erhob sich vom Stuhl und rührte den Teig in der Schüssel weiter.

»Den leckeren Käsekuchen werde ich trotzdem vermissen. Du musst dann jedes Mal einen mitbringen, wenn du uns besuchst.«

»Ich schreibe dir nachher das Rezept auf, dann brauchst du nicht so lange zu warten.« Ihre Mutter zwinkerte ihr zu. »Ich bin mir sicher, dass es nicht lange dauern wird und du nie wieder von der Küste wegmöchtest.«

Kurz nachdem Emil am Abend eingeschlafen war, holte Sanne sie mit dem Auto vom Haus ihrer Eltern ab. Sie wollten eine Kleinigkeit essen gehen und Abschied feiern, bevor Marieke mit ihrem Sohn am nächsten Morgen mit Sack und Pack nach St. Peter-Ording ziehen würde. Doch vorher wollte Marieke noch von jemand anders Abschied nehmen. Sanne war im Auto geblieben.

Die Sonne stand schon tief, als Marieke den Weg zwischen den Gräbern entlanglief. In ihrer Hand hielt sie eine Kerze und einen Brief. Vor Daniels Grab blieb sie stehen und betrachtete die Blumen, die neu gepflanzt worden waren. Hübsch sahen sie aus. Und so gar nicht nach Friedhof, stellte Marieke zufrieden fest.

Ihr Blick fiel auf ein benachbartes Grab, das mit Kränzen übersät war. Offensichtlich war dort erst vor Kurzem jemand beigesetzt worden. Sie ging zu dem Grab. Das tat sie immer, wenn es eine Beisetzung gegeben hatte, weil sie wissen wollte, wer noch auf dem Friedhof seine letzte Ruhe gefunden hatte. *Nicole Siebert, 12.5.1993 – 25.7.2019, Zu früh gegangen, Du hattest noch so viel vor!*, stand auf einem Kranzband, das etwas verrutscht war. Marieke zog es gerade und blieb noch einen Moment an dem Grab der Frau stehen. Sie war gerade mal sechsundzwanzig Jahre alt geworden. Kein Alter, um zu sterben. Mit sechsundzwanzig hatte man noch das ganze Leben vor sich und große Pläne. Vielleicht hatte sie die große Liebe ihres Lebens gefunden und wollte heiraten, eine Familie gründen. Oder sie hatte ein Studium erfolgreich absolviert und wollte im Job durchstarten, eventuell ins Ausland gehen oder eine lange Reise machen. Egal, was sie für Pläne gehabt hatte, es war einfach ungerecht, dass ihr die Chance genommen wurde, sie in die Tat umzusetzen.

Schweren Herzens ging Marieke zurück zu Daniels Grabstelle, zündete die Kerze an und stellte sie vor dem Grabstein ab. Die Flamme flackerte leicht und zauberte wilde Schatten auf den Stein. Langsam öffnete sie das Kuvert und las noch einmal den Brief, den sie an Daniel geschrieben hatte.

*Lieber Daniel,*

*ich schreibe dir, um mich zu verabschieden. Emil und ich ziehen morgen an die Nordseeküste nach St. Peter-Ording. Emils Asthma ist schlimmer geworden, er war deswegen im Krankenhaus. Aber das hast du bestimmt mitbekommen. Meine Mutter wird sich um dein Grab kümmern. Keine Sorge, ich habe ihr gesagt, dass die Blumen nie nach Friedhof aussehen sollen.*

*Ich weiß, du hättest für deinen Sohn alles getan, auch wenn du ihn nie kennengelernt hast. Du hättest wahrscheinlich sofort die Sachen gepackt, ohne weiter darüber nachzudenken, und wärest mit uns an die Nordsee gezogen. Da du nicht mehr bei uns bist, fahren Emil und ich nun ohne dich.*

*Für deinen Sohn ist es ein großes Abenteuer und für mich eine Herausforderung. Mach dir keine Sorgen um uns, Emil und ich schaffen das schon!*

*In Liebe*
*Deine Rieke und Emil*

Sorgsam faltete Marieke das beschriebene Blatt wieder und schob es zurück in den Umschlag. Sie stellte den Brief neben die Kerze. Und auf einmal fühlte sie sich ganz ruhig und zuversichtlich. Im Leben hatte alles einen Sinn. Manchmal begriff man die Bedeutung der Dinge früher, manchmal später.

Nachdem sie einen Kuss auf ihre Handinnenfläche gehaucht hatte, legte sie die Hand auf den Grabstein. »Mach's gut, mein Schatz!«

Dann ging sie zurück zu Sanne.

## 7. Kapitel

*Am frühen Nachmittag auf der Halbinsel Eiderstedt*
*mit Kurs auf St. Peter-Ording.*
*Ein auffrischender Wind strich durch die Gräser der Wiesen,*
*auf denen Schafe weideten,*
*und trieb heitere Sommerwärme mit sich in den Ort.*

»Mama?«

Marieke schaute in den Rückspiegel. »Ja, mein Schatz?«, fragte sie, obwohl sie sich schon denken konnte, was ihr Sohn wollte.

»Wann sind wir endlich da?«, fragte Emil erwartungsgemäß.

Seit über sechs Stunden waren sie schon mit dem Transporter unterwegs. Einem Neunjährigen musste das wie eine halbe Ewigkeit vorkommen. »Bald, Emil. Vielleicht dauert es noch eine halbe Stunde, bis wir da sind. Du kannst doch noch ein Hörspiel auf deinem CD-Player hören, ja?«, schlug sie vor.

»Ist gut.« Emil nahm einen Zug von seinem Asthma-Spray und griff in die Tasche, die neben ihm auf der Rückbank lag, kramte in den CDs herum und fand schließlich ein Hörspiel. »Die drei Fragezeichen Kids, Schatz der Piraten«, las er vor. »Das ist eine meiner liebsten Folgen.« Emil steckte die CD in das Gerät und setzte sich die Kopfhörer auf.

Im Rückspiegel beobachtete Marieke, wie ihr Sohn langsam in die Hörspielwelt der Detektive abtauchte. Sein abwesender Blick und der zufriedene Gesichtsausdruck waren die typischen Anzeichen dafür, dass er mit seinen Gedanken ganz weit weg war.

Langsam wollte sie auch in St. Peter-Ording ankommen.

Als sie am Morgen mit Emil in Herne losgefahren war, hatte sie sich miserabel gefühlt. Der Abschied von ihren Eltern war ihr nicht leichtgefallen, und wäre Emil nicht dabei gewesen, wären vermutlich Tränen geflossen. Es hatte etwas von Entwurzelung, die Heimat, die Familie und besonders die schönen und schmerzvollen Erinnerungen an Daniel zurückzulassen und sich auf den Weg ins Ungewisse zu machen. Aber schon nach einer Stunde Autofahrt hatte Marieke sich allmählich besser gefühlt. Und je näher sie dem Norden Deutschlands gekommen waren, desto aufgeregter wurde sie. Außerdem war sie stolz auf sich, weil sie am Ende doch den Mut aufgebracht hatte, den Schritt in ein neues Leben mit ihrem Sohn zu wagen.

Während der Fahrt schien ihr die Landschaft immer platter und weiter zu werden. An schiefen Bäumen erkannte man, aus welcher Richtung der Wind am häufigsten blies. Und auf den Wiesen graste mindestens eine Schafherde, deren Wolle so dick war, dass kaum das Tier darunter zu erkennen war.

Als am Straßenrand endlich ein Ortsschild von St. Peter-Ording auftauchte, atmete Marieke erleichtert auf. Die Fahrt mit dem Transporter war deutlich anstrengender für sie gewesen, als sie gehofft hatte. Aber so hatte sie das Angebot ihrer Eltern angenommen, den alten Opel verschrotten zu lassen, und war froh, sich nicht mehr um das Auto kümmern zu müssen und die Kosten für den Möbeltransport reduziert zu haben. Das Navigationssystem lotste sie auf eine mit Bäumen gesäumte Straße und dann in den Ortsteil Ording. Links von der Straße erhob sich ein Deich, den Familien mit Fahrrädern entlangfuhren oder wo sie auf Bänken saßen und den Blick schweifen ließen.

Marieke kurbelte das Fenster an der Fahrerseite herunter. Die Luft roch angenehm frisch und nach Salz. Aus der Ferne hörte sie das Kreischen von Möwen. In luftiger Kleidung und mit Sonnenbrillen auf der Nase schlenderten Urlauber den Gehweg entlang. Einige Erwachsene zogen ihre kleinen Kinder im Bollerwagen hinter sich her, andere warteten an einer Haltestelle auf den Bus, gegenüber eines Hotels mit hellgrauer Fassade, weißen Veranden und Fensterläden aus Holz, das Marieke spontan an ein Strandhaus an der Ostküste der USA erinnerte. Vor der Einfahrt luden drei junge Männer in lässiger Sommerkleidung ihre Surfbretter aus einem Bulli aus. Hier war zweifelsfrei jeder in Urlaubsstimmung.

Marieke folgte der Straße um eine Rechtskurve, an der sich ein Campingplatz befand, und bog ein paar Meter weiter links in den Gräftendiek ein. In der Straße standen hübsche freistehende Häuser. Einige mit Reetdach, aber alle unverkennbar im norddeutschen Stil errichtet.

Ihre Fahrt endete vor einem reetgedeckten Haus, das von einem großen Garten umgeben war, in dem es in allen Farben der Natur blühte. Erschöpft, aber erleichtert und auch voller Vorfreude, schaltete Marieke den Motor aus und drehte sich zu ihrem Sohn um, der auf der Rückbank eingeschlafen war.

Sie beschloss, ihn noch nicht zu wecken, sondern sich zunächst bei ihrer Vermieterin vorzustellen.

Nachdem sie die Tür des Transporters leise zugedrückt hatte, ging Marieke durch den Garten bis zum Haus. Ein ordentlicher Wind blies auf dem Weg durch ihr Haar. An der Haustür angekommen, strich sie sich einige blonde Locken aus dem Gesicht und drückte auf den Klingelknopf aus Messing, über dem der Name Tetens in einer Platte eingraviert war. Kurz darauf wurde die Tür von einer älteren Frau mit Gipsarm geöffnet. »Guten Tag, sind Sie Frau Tetens?«, fragte Marieke.

»Moin! Ja, die bin ich.«

»Freut mich, dass ich Sie sofort angetroffen habe.« Lächelnd streckte sie der älteren Dame die Hand hin. In ihrer hellblauen Bluse, die sie zu einer braunen Stoffhose trug, wirkte Frau Tetens genau so freundlich, wie Marieke sie sich vorgestellt hatte. »Ich bin Marieke Schepat, ihre neue Mieterin.«

»Ach, Sie sind das!«, erwiderte Frau Tetens erfreut und schüttelte die Hand mit ihrer Linken. »Ich war mir gerade nicht so sicher, ob Sie es wirklich sind, weil Sie ja mit Ihrem Sohn kommen wollten.«

Entschuldigend zuckte sie die Schultern. »Den habe ich auch mitgebracht. Allerdings schläft er gerade im Wagen. Die lange Fahrt hat ihn müde gemacht.«

Frau Tetens nickte verständnisvoll und öffnete die Tür etwas weiter. »Das kann ich verstehen. Ist ja eine ganz schöne Strecke vom Ruhrgebiet bis nach St. Peter. Sie sind sicherlich auch geschafft von der Fahrerei.«

»Ein bisschen schon«, gab Marieke zu und schaute auf den Gipsarm der älteren Dame. »Ich hoffe, Ihr Arm ist nicht allzu schwer verletzt.«

Sie winkte mit dem heilen Arm ab. »Der Gips kommt in ein paar Wochen wieder ab. Sieht schlimmer aus, als es ist. Allerdings werde ich zukünftig um Leitern einen großen Bogen machen und mir keine Gedanken mehr um den Staub auf meinen Küchenschränken machen«, fügte sie leichthin hinzu. »Warten Sie, ich hole den Schlüssel für die Wohnung. Sicherlich wollen Sie endlich wissen, wo Sie einziehen.«

Marieke lächelte. »Ich bin schon ganz gespannt!«

Nachdem Frau Tetens den Schlüssel geholt hatte, führte sie Marieke nach nebenan in die andere Hälfte vom Haus. »Die Wohnung ist im ersten Stock.«

Ihr schlug das Herz bis zum Hals, als sie ihrer Vermieterin über die Treppe in die erste Etage folgte. Dort drehte sich Frau Tetens um und hielt ihr den Schlüssel entgegen. »Möchten Sie aufschließen?«

»Gerne.« Marieke steckte den Schlüssel ins Schloss und drehte ihn herum. Die Tür ließ sich leicht öffnen. Und dann tat sie den ersten Schritt in ihre zukünftige Wohnung, in ihr neues Zuhause, von dem sie sich so sehr erhoffte, dass Emil und sie sich hier wohlfühlen würden.

»Tolle helle Räume. Genau wie auf den Fotos!« Vor dem Wohnzimmerfenster, durch das die warme Sommersonne hereinschien und das den Blick auf das saftige Grün des Gartens freigab, blieb Marieke stehen. Sie atmete tief durch und wandte sich der älteren Dame zu. »Sie ist sogar noch schöner, als ich sie mir vorgestellt hatte.«

Frau Tetens wirkte erleichtert. »Das freut mich. Wobei die Räume im Moment natürlich noch recht ungemütlich wirken. Ganz ohne Einrichtung und frische Farbe an den Wänden …«

»Das wird sich schnell ändern. Unsere Möbel habe ich draußen im Transporter, und neue Farbe ist schnell an den Wänden.«

»Ach, ich dachte, dass Sie vielleicht eine Umzugsfirma

wegen Ihres Hausrats beauftragt haben?«, hakte Frau Tetens nach.

»Nein, nein. Unsere Möbel habe ich für den Transport in kleine Teile zerlegt. Sie müssen nur wieder aufgebaut werden.«

»Heutzutage ist ja alles anders. Viel praktischer. Früher konnte man Schränke nicht auseinanderbauen.« Sie erzählte von einem massiven Schrank ihres Großvaters, den sie aus der Wohnung hatte bringen lassen, und lächelte wehmütig. »Drei Kreuze hätten die Männer gemacht, wenn sie das Möbelstück in Einzelteile hätten zerlegen können.«

Marieke wusste, dass auf sie noch sehr viel Arbeit wartete. Doch sie würde es Stück für Stück angehen. »Ich werde heute nur unsere Betten aufbauen. Um den Rest kümmere ich mich dann nach und nach«, kündigte sie an.

»Bevor Sie mit den Betten anfangen ... Was halten Sie von einem Stück Kuchen zur Begrüßung? Ich habe extra eine Erdbeertorte und einen Schokoldenkuchen gebacken, um Sie bei uns in St. Peter willkommen zu heißen.«

»Da sag ich nicht Nein! Oh, einen Moment, bitte ... Da muss ich kurz rangehen.« Nach einem kurzen Blick auf das Display ihres Handys wusste Marieke, dass ihre neue Vorgesetzte anrief. »Hallo, Frau Hensen. Ich bin gerade erst angekommen ... Wir hatten einige Staus auf dem Weg.«

Frau Hensen erkundigte sich, ob Marieke Hilfe bei ihren Möbeln brauche und sie kurz vorbeikommen könne, damit sie sich endlich persönlich kennenlernen konnten. »Ja, gerne. In einer halben Stunde passt es gut. Bis gleich.« Marieke drückte auf den roten Knopf, um das Gespräch zu beenden. Solange sie ohnehin noch mit Frau Tetens beim Kaffee saß, wäre es tatsächlich eine gute Gelegenheit. Marieke staunte fast über sich selbst. Früher hätte sie so eine Begegnung hinausgezögert. Doch seit sie nun alles in die Wege geleitet hatte, konnte sie es kaum erwarten, dass ihr neues Leben begann.

»Frau Hensen schaut gleich kurz vorbei«, erklärte sie Frau Tetens. »Ich hoffe, das ist in Ordnung für Sie … Ich mochte sie nicht vertrösten …«

Frau Tetens winkte ab. »Ach, mein Kuchen ist groß genug für alle. Und sie ist so eine nette Frau.«

»Den Eindruck habe ich auch.« Marieke schaute aus einem Fenster zu dem Transporter. »Es ist höchste Zeit, dass ich Emil aus dem Auto hole, bevor er wach wird und sich fragt, wo ich bin.«

»Machen Sie das. Ich bereite uns den Kaffeetisch vor. Gehen Sie einfach gleich um das Haus herum, dann kommen Sie zu meiner Terrasse.«

»Vielen Dank! Emil und ich helfen Ihnen gleich!«

»Warten Sie, Frau Tetens!« Marieke sprang auf, als ihre Vermieterin mit einem Tablett in der offenen Terrassentür erschien, das sie bloß mit einer Hand trug und dabei verdächtig wackelte.

»Mit zwei Händen geht es besser.« Routiniert nahm sie es ihr ab und stellte anschließend die Kaffeekanne neben die beiden Kuchen auf dem liebevoll eingedeckten Tisch. In der Mitte stand ein farbenfroher Strauß Gartenblumen in einer Glasvase, die Kuchengabeln lagen auf passenden geblümten Servietten.

»Schokoladenkuchen! Lecker«, rief Emil begeistert. »Das ist ja wie bei meiner Oma!«

Frau Tetens schmunzelte. »Warte einen Moment. Ich hole dir noch deinen Kakao aus der Küche.«

Wenig später saßen sie zusammen auf der Terrasse und ließen sich den Kuchen schmecken.

»Ihr Garten ist wirklich ein Traum«, bemerkte Marieke und ließ den Blick durch das kleine Paradies schweifen, das üppig mit prächtigen Stauden, Pfingstrosen, Glockenblumen und Hortensien bepflanzt war. Weiter hinten entdeckte sie eine kleine Laube, wo überdacht ein alter Strandkorb und ein kleines Tischchen standen. Ein perfekter Platz, um ein schönes Buch zu lesen oder einfach den Tag zu genießen, dachte Marieke lächelnd. Zwischen einem alten Apfelbaum und einem Kirschbaum war eine Hängematte gespannt. Daneben wuchs ein Naschpfad mit Heidel-, Him-, Johannes- und Brombeeren. Berta Tetens' Garten hatte etwas Heimeliges, das Marieke heilsam fand. Sie spürte, wie die Anspannung nach der langen Autofahrt aus ihren Schultern wich.

»Schön, dass es Ihnen gefällt. Ich habe immer viel zu viel

Obst. Das kann eine Person gar nicht alleine essen. Aber jetzt kann ich es ja mit Ihnen und Emil teilen.« Frau Tetens schob sich eine Gabel voll in den Mund und seufzte.

»Darf ich mich mal in die Hängematte legen?«, fragte Emil. Er hatte zwar noch nicht aufgegessen, war aber sichtlich aufgeregt. Erwartungsvoll sah er die ältere Dame an und wischte sich den Kakaobart von der Oberlippe.

Frau Tetens nickte. »Aber sicher!«

Schon rannte er zur Hängematte, kletterte hinein und schwang in ihr hin und her. »Das ist megatoll!«, rief er ihnen zu. »Hier möchte ich schlafen.«

»Ich werde dich daran erinnern, wenn es regnet«, kommentierte Marieke lachend seinen Wunsch.

In diesem Moment ertönte die Türklingel. »Wir sind auf der Terrasse!«, rief ihre Vermieterin. »Frau Hensen kennt sich hier aus«, fügte sie erklärend für Marieke hinzu.

Kurz darauf kam eine Frau mit lockigen Haaren in Schweden-Blond um die Ecke. Ihr folgte ein wuscheliger Bobtail mit heraushängender Zunge, den ein ebenfalls hellblonder Junge an der Leine hielt. Marieke schätzte den Jungen auf etwa neun Jahre.

»Moin!«, grüßte Frau Hensen gut gelaunt und schüttelte zuerst Frau Tetens die Hand, bevor sie zu Marieke kam. »Ich bin Jule Hensen.«

»Marieke Schepat. Freut mich.« Als der Hund sie anstupste, strich sie ihm lächelnd über den Kopf.

»Das ist unser Hund Schröder. Er holt sich von jedem

seine Streicheleinheiten ab. Sogar vom Postboten.« Frau Hensen schüttelte lachend den Kopf. »Und der kleine Mann hier«, sie zeigte auf den Jungen neben sich, »ist mein Sohn Anton.«

»Hallo, Anton.« Marieke gab dem Jungen die Hand.

»Tag.« Verlegen senkte er den Blick.

»Mein Sohn Emil liegt da vorne in der Hängematte.« Sie zeigte zu den Obstbäumen, zwischen denen die Hängematte noch immer hin- und herschwang. »Willst du mal zu ihm rübergehen und Hallo sagen?«

Als seine Mutter ihm freundlich zunickte, antwortete er: »Ja, mach ich.«

»Dann nimm noch zwei Stücke Schokoladenkuchen mit«, schaltete Frau Tetens sich ein, griff zum Tortenheber und legte zwei Kuchenstücke auf einen Teller, den sie Anton reichte.

»Setzen Sie sich, und greifen Sie zu«, forderte sie anschließend Frau Hensen auf, schenkte ihr Kaffee ein und erhob sich. »Es ist genug für alle da. Ich koche nur noch schnell frischen Kaffee.«

Indessen marschierte Anton zusammen mit Schröder und dem voll beladenen Kuchenteller zur Hängematte. Es dauerte nicht lange, und die beiden Jungs tollten mit dem Hund über die Wiese, als würden sie einander schon ewig kennen.

»Die beiden scheinen sich zu verstehen«, merkte Marieke an. Sie freute sich für Emil, der ausgelassen tobte.

»Ja! Bei Kindern geht das meistens schnell«, stimmte Frau Hensen zu. »Wie alt ist Emil denn?«

»Neun Jahre.«

»Wie Anton. Dann gehen beide zusammen zur Schule. Das ist ja toll!« Sie lachte.

»Oh ja! Dann hat Emil gleich am ersten Tag einen Freund gefunden. Es scheint sich alles ganz wunderbar zu fügen für uns.« Marieke sah in Frau Hensens blaue Augen und spürte, dass sie sich gut verstehen würden. Sie waren in etwa in demselben Alter, und ihre neue Arbeitgeberin schien nichts von starken Hierarchien zu halten.

»Schön, dass Sie endlich da sind. Falls Sie noch Hilfe beim Umzug brauchen, sagen Sie Bescheid, ja? Ich bin froh, dass ich endlich Verstärkung habe, und helfe gern.«

Marieke lächelte. »Vielen Dank. Ich freue mich auch, hier zu sein. Frau Tetens' Wohnung ist ein Traum. Da haben Sie nicht zu viel versprochen.«

»Ich bin froh, dass Ihnen die Wohnung gefällt.« Sie trank einen Schluck Kaffee. »Falls Sie nicht allzu müde sind, hätte ich übrigens noch einen Angriff auf Sie und Emil vor.«

Marieke hob die Augenbrauen. »Da bin ich gespannt.«

»Ich wollte Ihnen und Ihrem Sohn zum Einstand etwas von St. Peter-Ording zeigen und Sie danach zum Abendessen einladen, bevor Sie morgen mit der Arbeit anfangen.«

»Einverstanden. Dann schlafen wir heute Nacht eben auf Matratzen. Ich hatte eh keine große Lust darauf, heute noch zwei Betten aufzubauen.«

»Ach was. Die bauen wir noch schnell zusammen auf. Ich brauche nur noch einen Kaffee, dann geht es los.« Dankbar ließ sie sich nachschenken, als Frau Tetens in den Garten zurückkehrte.

»Der Strand ist vom *Gräftendiek* bloß einen Katzensprung entfernt«, sagte Frau Hensen, als sie später fast bis zum Campingplatz spaziert waren. »Sie gelangen über die Auffahrt vom Autostrand ans Meer, oder Sie gehen noch etwas weiter links am Deich entlang und nehmen dann den *Strandweg*. Wir sind mit Schröder oft am Hundestrand, der Zugang liegt am *Norderdeich*.« Sie zeigte links am Campingplatz vorbei.

Den Hund hatten sie bei Frau Tetens im Garten gelassen, nachdem die alte Dame angeboten hatte, sich um das Tier zu kümmern, und klar war, dass dieser sich bereits ausgetobt hatte, da er sich im Schatten des Kirschbaums schlafen legte.

Emil und Anton liefen vor ihnen über die Straße und die Autoauffahrt zum Strand hinauf.

»Wow! So was habe ich auch noch nicht gesehen!« Marieke staunte nicht schlecht. Hinter den Dünen offenbarte sich zunächst ein gigantischer Parkplatz, wo Busse und Autos standen. Strandmuscheln verzierten den hellen

Sand wie bunte Tupfer, Drachen flatterten im Wind, und Surfer schleppten ihre Bretter Richtung Wasser. Marieke schaute angestrengt in die Richtung eines Pfahlbaus und konnte weit dahinter ein Glitzern ausmachen, das vermutlich das Meer war.

»Das gibt es nur in St. Peter-Ording«, erklärte Frau Hensen. »Der Autostrand ist so groß wie ungefähr fünfzehn Fußballfelder. Etwa fünftausend Autos könnten hier parken, wenn sich alle in Reih und Glied aufstellen würden. Aber das macht natürlich keiner.« Sie lachte und zog sich die Schuhe aus.

Marieke tat es ihr gleich, um besser durch den fast weißen und angenehm kühlen Sand laufen zu können, in den sie bis zu den Knöcheln einsackte. Sie blickte sich um. Emil und Anton waren weit vorausgelaufen. Zweifellos wollten sie zum Meer. Da Anton sich sicher auskannte, machte sie sich keine Sorgen um Emil. »Ich habe noch nie so einen großen Strand gesehen. Da braucht man ja eine halbe Stunde bis zum Meer!«

»Stimmt! Der Strand hat unserem Ort den Spitznamen Sand Peter-Ording eingebracht, weil wir hier die größte Sandkiste der Welt haben.«

»Das ist wirklich unglaublich! So schön habe ich es mir hier gar nicht vorgestellt«, gab Marieke zu. Sie war völlig überwältigt von dem Schauspiel, das sich ihr bot. Im Stillen hatte sie damit gerechnet, dass es Emil und ihr hier vielleicht doch nicht gefallen würde und sie schon nach einigen Wochen wieder zurück ins Ruhrgebiet fahren würden. Aber das schien ihr mit jedem Schritt, den sie tat, unwahrscheinlicher. Ihr gefiel St. Peter-Ording besser, als sie jemals zu hoffen gewagt hatte. Viel besser!

»Das geht den meisten Leuten so, wenn sie das erste Mal unseren Strand sehen. Kommen Sie, da drüben ist die Strandbar.« Sie zeigte zu einem Pfahlbau mit Terrasse zum Meer. »Dort gibt es Kidsburger mit Pommes für die Jungs und frischen Fisch und Krabben. Falls Sie keinen Fisch mögen, kann ich Ihnen auch die Beef Burger oder Berliner Currywurst empfehlen.«

»Klingt alles sehr gut, und ich habe wirklich schon wieder Appetit, obwohl ich doch so viel Kuchen gegessen habe.«

»Das macht die gute Nordseeluft.« Frau Hensen lächelte.

Die Strandbar war bis auf den letzten Platz besetzt. Sie mussten eine Weile warten, bevor für sie ein Tisch frei wurde. Doch ihre Geduld wurde nicht nur mit vorzüglichem Essen belohnt, sondern vor allem mit dem einmaligen Blick über die Nordsee, den sie von der Veranda aus genossen.

Marieke konnte die kräftige Brandung förmlich spüren, wenn sie auf die Holzpfähle unter ihr traf. »Wunderschön ist es hier. Als würde man über der Nordsee schweben. Daran könnte ich mich gewöhnen.«

»Darauf sollten wir anstoßen«, fand Frau Hensen und erhob ihre Apfelschorle. »Auf eine schöne Zeit in St. Peter-Ording und auf eine gute Zusammenarbeit!«

»Auf eine schöne Zeit und eine gute Zusammenarbeit«, wiederholte Marieke und prostete ihr zu. Während sie trank, schaute sie zu Emil.

Er und Anton stibitzten sich gegenseitig Pommes von ihren Tellern. Emil wirkte schon nach so kurzer Zeit hier so glücklich und unbeschwert. Hoffentlich wurden er und Anton gute Freunde.

Erst jetzt fiel ihr auf, dass Emil sein Asthma-Spray nicht mehr gebraucht hatte, seit sie in St. Peter-Ording angekommen waren. Er hatte es zuletzt während der Autofahrt hierher benutzt.

# 8. Kapitel

*Gegen halb sechs am nächsten Morgen in Berta Tetens' Küche.*

Die Sonne ging gerade auf, als Berta mit einer Tasse Tee und der Tageszeitung am Küchentisch saß. Teetrinken und Zeitunglesen waren die ersten Dinge, die sie am Morgen tat – neben Waschen und Anziehen natürlich. Trotz Gipsarm bewältigte sie das mittlerweile ganz gut allein und konnte auf fremde Hilfe verzichten. An diesem Morgen war sie jedoch besonders vergnügt. Denn heute war kein Tag wie jeder andere.

Nachdem sie aufgestanden war, hatte sie einen Zettel unter den Türspalt der Einliegerwohnung geschoben, auf den sie *Einladung zum Frühstück bei mir in der Küche, ab 7 Uhr* geschrieben hatte.

Berta trank den Rest Tee und faltete dann die Tageszeitung zusammen. Lächelnd holte sie Mehl, Salz, Zucker, ein Handrührgerät sowie einen großen Römertopf aus den Küchenschränken, den sie das letzte Mal benutzt hatte, als ihre Schwester noch gelebt hatte. Nachdem sie den Hefewürfel aus dem Kühlschrank genommen hatte, machte Berta sich ans Werk, um frisches Brot zu backen. Das gelang ihr mithilfe des Handrührgeräts auch mit einer Hand.

Ihre neue Mieterin hatte am Anreisetag nur Betten und Matratzen in die Wohnung geschleppt, für mehr hatte sie keine Zeit gefunden. Berta lächelte. Die alte Friesenküche in der Einliegerwohnung war zwar einsatzbereit, aber was nutzte eine Küche ohne Geschirr und Lebensmittel? Außerdem wurde ein vernünftiges Frühstück an einem Tisch und auf einem Stuhl eingenommen. Und da war es doch Ehrensache, seine neue Mieterin und deren Kind zum Frühstück einzuladen, damit sie nicht mit leerem Magen aus dem Haus gehen mussten.

Während sie den Teig mit dem Handrührer knetete, ließ Berta den vergangenen Tag Revue passieren. Sie hatte so einen Spaß beim Kaffeeklatsch mit den beiden Frauen gehabt und hatte es genossen, den Jungs und dem Hund beim Spielen in ihrem Garten zuzusehen. Endlich war mal wieder Leben in der Bude gewesen. Wie sehr hatte sie das vermisst! Und heute hatte sie endlich wieder das Gefühl, gebraucht zu werden, und sah einen Sinn darin, morgens aufzustehen.

Vergnügt vor sich hin summend, arbeitete Berta weiter. Pünktlich um sieben Uhr war der Küchentisch für drei Personen gedeckt. Der Duft von frisch gebackenem Brot und heißem Kaffee musste durchs ganze Haus ziehen. Die Frühstücksgäste durften nun kommen.

Voller Elan öffnete Berta die Tür, als es endlich klingelte.

»Guten Morgen, Frau Tetens.«

»Moin!«

»Das ist aber wirklich sehr nett von Ihnen.« Frau Schepat hielt den Zettel mit der Einladung in der einen Hand und ihren Sohn Emil an der anderen.

Hastig winkte Berta sie herein. »Immer rein in die gute Stube. Ich habe frisches Brot gebacken.«

»Das wäre doch nicht nötig gewesen«, stieß ihre Mieterin fast ein wenig verlegen hervor, als sie den reich gedeckten Frühstückstisch sah. »Damit kriegen Sie ja halb Ording satt.«

»Hauptsache, wir werden satt. Nicht wahr, Emil?« Berta zwinkerte dem Jungen zu und stellte ihm eine große Tasse dampfenden Kakao vor die Nase.

»Hm, lecker!« Der Junge pustete ein paarmal und begann dann, vorsichtig zu trinken.

»Hier, bitte. Bedienen Sie sich.« Berta hielt ihrer Mieterin einen Korb mit dem frischen Brot hin.

»Danke.« Bevor sie sich selbst bediente, bereitete sie ein Marmeladenbrot für ihren Sohn zu.

»Die Erdbeermarmelade habe ich selbst gemacht«, merkte Berta an. »Ich hoffe, sie schmeckt. Die kommen alle aus meinem Garten.«

»Total lecker!«, sagte Emil mit vollem Mund und erntete dafür einen mahnenden Blick seiner Mutter.

»Dann ist ja gut!«, lachte Berta und wandte sich dann an ihre Mieterin. »Wie lange arbeiten Sie eigentlich, wenn ich fragen darf?«

»Bis gegen 16 Uhr.« Sie schnitt sich ein Stück Käse ab.

»Aha. Das ist ja ganz schön lange«, erwiderte sie nachdenklich.

»Emil geht in der Zeit in die OGS. Genau wie Frau Hensens Sohn Anton«, erklärte Frau Schepat.

»In die was?«

»OGS ist die Abkürzung für Offene Ganztagsschule. Dort werden die Kinder bis nachmittags betreut. Auch in den Ferien. Frau Hensen holt uns gleich ab und fährt mit uns zur OGS.«

»Das ist ja praktisch«, fand Berta. »Eine gute Erfindung für Berufstätige.«

»Ja, ich bin auch ganz froh, dass die OGS einen Platz für Emil hatte und ich ihn ab heute anmelden konnte.« Herzhaft biss sie in ihr Käsebrot und warf einen Blick auf ihre Armbanduhr.

Berta stand auf und nahm einen Bogen Wachspapier aus einem Schrank. Sie legte das Papier auf den Tisch. »Bis sechzehn Uhr ist ja ein langer Tag. Sie möchten Emil doch bestimmt ein paar Brote mitgeben. Bedienen Sie sich einfach!«

Als Frau Schepat und ihr Sohn abgeholt worden waren, wollte Berta gerade den Tisch abräumen. Da klingelte es an der Tür. Vermutlich hatte Frau Schepat etwas vergessen. Lächelnd eilte Berta zur Tür. Doch davor warteten Ditte, Lilo und Gertrud auf sie.

»Moin! Was macht ihr denn hier?«, fragte Berta überrascht.

Lilo hielt eine prall gefüllte Brötchentüte hoch. »Wir wollen mit dir frühstücken.«

»Sektfrühstück!«, kam es von Gertrud, die eine Flasche Sekt schwenkte.

»Sekt um diese Uhrzeit?« Berta las acht Uhr auf ihrer Armbanduhr. »Du bist ja ganz verrückt.« Kopfschüttelnd und dennoch gerührt ließ sie ihre Freundinnen herein.

»Es tut mir so leid, dass ich dich letztens nicht zum Arzt begleiten konnte«, wiederholte Ditte wohl zum hundertsten Mal und schaute dabei besorgt auf Bertas Gipsarm.

Berta verdrehte die Augen. »Jetzt ist aber langsam mal gut mit der Entschuldigerei. Sonst muss ich mir das noch anhören, wenn der Gips längst runter ist.« Sie führte ihren Besuch in die Küche.

»Ach, du hast schon richtig gefrühstückt?«, fragte Lilo enttäuscht.

»Mit meiner neuen Mieterin und ihrem Sohn«, bestätigte Berta, räumte das benutzte Geschirr in die Spüle und stellte sauberes auf den Tisch. »Aber eine Tasse Tee trinke ich immer gerne mit euch, und es ist genug übrig geblieben.«

»Für mich bitte zuvor einen starken Kaffee. Schwarz.« Gertrud stellte die Flasche Sekt erst mal in den Kühlschrank.

Wenig später war alles bereit. Die drei Frauen saßen vergnügt am Frühstückstisch und schnitten ihre Brötchen auf.

»Und? Wie sind die Mieterin und ihr Kind so?«, erkundigte sich Lilo, bevor sie in ihre Brötchenhälfte biss.

»Och, sehr nett!«

Ditte, Lilo und Gertrud schauten Berta fragend an. Sie fügte aber nichts hinzu, sondern trank einfach still ihren Tee.

»Und weiter?«, fragte Ditte.

Berta zuckte die Schultern. »Nichts weiter. Eine sehr nette Frau und ein Kind eben. Ich glaube, sie passen optimal als Mieter zu mir.«

»Aber wo ist denn der Mann?«, fragte Gertrud leicht ungehalten. »Es muss doch irgendwo einen Vater des Jungen geben.«

Berta zuckte wieder die Schultern. »Darüber haben wir nicht geredet.«

»Bestimmt geschieden«, vermutete Lilo.

»Oder er hat sich aus dem Staub gemacht«, brachte Ditte eine weitere Möglichkeit ins Spiel. »Der arme Junge!«

»Emil wirkt eigentlich ganz glücklich«, wandte Berta ein.

»Wie alt ist er denn?«, fragte Lilo.

»Neun.« Da es schon wieder an der Tür klingelte, stand Berta auf. »Heute ist aber auch was los.« Vielleicht war es dieses Mal der Postbote.

»Entschuldigung, Frau Tetens, wir sind schon wieder da.« Vor ihr standen Marieke Schepat und Frau Hensen mit ihren Söhnen.

»Ist was passiert?«, fragte Berta besorgt.

»Ja«, antworteten beide Mütter wie aus einem Munde.

»Na, dann kommen Sie schnell rein. Und ihr natürlich auch.«

»In der OGS hat es einen Wasserrohrbruch gegeben. Und nun wissen wir nicht, wohin mit den Kindern«, erklärte Frau Hensen. »Und unsere Klienten warten ja.«

»Ausgerechnet an meinem ersten Tag, es ist mir wirklich unangenehm, aber …« Marieke Schepat schüttelte den Kopf und hielt inne, als sie die Frauen in der Küche zu hören schien. »Jetzt haben wir Sie und Ihren Besuch gestört.«

»Das ist doch alles gar kein Problem. Die Jungs können bis zum Nachmittag bei mir bleiben«, bot Berta an. Sie hatte zwar kaum Erfahrung mit neunjährigen Jungen und noch nicht die geringste Idee, was sie mit den beiden unternehmen würde. Doch sie war sicher, dass ihr etwas einfallen würde. Zur Not waren ja auch noch die drei in der Küche da. »Kommt! Wir machen uns einen tollen Tag!«

»Sicher?«, fragte Marieke Schepat hoffnungsvoll.

»Selbstverständlich!« Berta schaute die beiden Jungen an. »Vorausgesetzt, ihr möchtet bei mir bleiben.«

»Ja, hurra!«, jubelte Anton. »Dann können wir in der Hängematte schaukeln!«

»Und Kakao trinken!«, fügte Emil hinzu.

»Na, bitte! Das wäre geklärt«, sagte Berta und fühlte sich erleichtert, da die Jungen schon einen Plan zu haben schienen. Ihr wurde ganz warm ums Herz. Fast fühlte sie sich auch wie eine Ersatz-Oma. »Dann los! Fahren Sie unbesorgt los, Ihre Klienten warten bestimmt schon.«

Marieke Schepat und Frau Hensen nahmen sich noch Zeit, um ihre Söhne zu gutem Benehmen zu ermahnen, dann stiegen sie wieder in Frau Hensens Auto. Berta ging mit beiden Jungen in die Küche zu ihren Freundinnen.

»Sie haben aber einen großen Hunger«, meinte Emil zu Berta.

Verständnislos sah sie ihn an. »Wie kommst du denn darauf?«

»Weil Sie schon wieder frühstücken«, stellte Emil fest und wies zum gedeckten Tisch.

»Nein, ich frühstücke nicht schon wieder. Ich trinke bloß Tee. Aber meine Freundinnen sind zum Frühstücken vorbeigekommen. Also, das hier sind Lilo Ampütte, Ditte Wilhelm und Gertrud Möbius«, stellte sie vor. »Das sind Anton und Emil. Emil wohnt seit gestern nebenan.«

Während die Frauen die Kinder freundlich begrüßten, fiel Berta auf, dass Gertrud Emil argwöhnisch musterte.

»Können wir im Garten spielen?«, fragte Anton, bevor Gertrud die Gelegenheit bekam, die Jungen zu verschrecken.

»Natürlich«, erwiderte Berta fast erleichtert. »Wenn ihr Durst oder Hunger habt, dann kommt einfach zu uns in die Küche.«

Die beiden Jungen warfen einander ein verschmitztes Grinsen zu, dann rannten sie schon zur Terrassentür. Kurz darauf drang ihr ausgelassenes Johlen bis in die Küche herein.

»Ich habe es euch doch gesagt, Emil ist ein fröhlicher Junge. Da gibt es nichts zu bedauern«, sagte Berta und sah dabei besonders Gertrud an. Dann setzte sie neues Teewasser auf. »Noch einen Kaffee, Gertrud?«

»Danke, im Moment nicht«, antwortete sie nachdenklich. »Emil umgibt eine ganz spezielle Aura. Das habe ich sofort bemerkt.«

Berta drehte sich um und verdrehte die Augen. »Was du immer alles bemerkst!«

»Gertrud sieht schon Gespenster«, meinte Ditte amüsiert, während sie sich Tee nachschenkte.

»Darüber macht man keine Witze.« Lilo warf ihr einen bösen Blick zu.

Berta wusste, dass Lilo gelegentlich als Medium bei spiritistischen Sitzungen fungierte, und wollte das Thema keinesfalls vertiefen. Sie füllte das Milchkännchen nach und fragte, was ihre Freundinnen von der neuen Duckdalbe am Strand hielten, die an der Stelle errichtet worden war, wo einst die Kirche gestanden hatte.

»Ja, die Natur holt sich zurück, was der Mensch ihr genommen hat«, murmelte Ditte. »Ich finde es gut, dass wir uns so erinnern können.«

Die anderen nickten und tranken still einen Schluck. Da klopften die Jungen an die Terrassentür, sodass Berta aufstand und sie hereinließ.

»Können wir was trinken?«, fragte Emil.

»Und was essen?«, bat Anton.

Beide wirkten verschwitzt und hatten rote Wangen.

»Natürlich.« Berta räumte ihr Geschirr ab und stellte für die Jungen zwei Tassen mit Kakao, Brot, Butter und Marmelade auf den Tisch. »Iss ruhig so viel du willst. Du musst ja groß und stark werden«, sagte sie zu Anton, nachdem er sich gesetzt hatte.

»Das sagt mein Papa auch immer.« Er trank einen Schluck Kakao. »Wenn er mal zu Hause ist.«

»Wo ist er denn, wenn er nicht zu Hause ist?«, fragte Lilo.

Stolz erzählte Anton: »Er fliegt Leute in den Urlaub. Letzte Woche ist er in Spanien gewesen.«

Dittes Miene erhellte sich. »Oh, dein Papa ist ein Pilot. Mein Mann war ein Kapitän und hat große Schiffe gefahren. Er war auch oft unterwegs.«

»Was macht dein Papa eigentlich?«, stellte Anton seinem neuen Freund unwissentlich die Frage, deren Antwort die Frauen sehr interessierte.

Emil überlegte kurz. »Mein Papa hat Häuser gebaut.«

»Macht er das jetzt nicht mehr?« Berta sammelte die Teller der anderen ein.

Emil schüttelte den Kopf. »Nein.«

»Was macht er denn jetzt?«, wollte Anton wissen.

»Er schläft die ganze Zeit.«

»Dein Papa ist ja komisch.« Anton verzog die Stirn. »Wann isst dein Papa denn oder guckt Fernsehen? Und wo kann man denn die ganze Zeit schlafen?«

»Mein Papa liegt auf dem Friedhof. Da schlafen doch alle«, erklärte Emil, als wäre es das Normalste von der Welt und Anton etwas schwer von Begriff, da er nicht selbst darauf gekommen war. »Sollen wir jetzt weiterspielen?«

»Ja!« Anton legte sein halb gegessenes Marmeladenbrot auf den Teller und stieß sich schon vom Tisch ab.

Während die Jungen zurück in den Garten rannten, schauten die Frauen einander erstaunt an.

Einzig Gertrud wirkte nicht halb so überrascht wie die anderen. »Was habe ich euch gesagt?« Sie holte die Sektflasche heraus und ließ geräuschvoll den Korken knallen. »Noch jemand?«

»Ich besorge am besten vier Gläser.« Berta verließ die Küche, um die guten Sektgläser aus dem Wohnzimmer zu holen. Auf dem Weg dachte sie die ganze Zeit an Emils Worte. Der arme Junge! Sie nahm sich vor, dafür zu sorgen, dass es Emil in ihrem Haus an nichts fehlen würde. Sie würde für ihn die beste Ersatz-Oma der Welt werden, wenn er und seine Mutter das wollten. So wahr sie Berta Tetens hieß.

# 9. Kapitel

*Ein paar Tage später,*
*frühmorgens im Gräftendiek vor Berta Tetens' Haustür.*

»Das ist wirklich so nett von Ihnen. Ich weiß gar nicht, wie ich das wiedergutmachen kann. Wer hätte auch gedacht, dass es so lange dauern würde, diesen blöden Rohrbruch in den Griff zu bekommen.« Frau Hensen schüttelte entschuldigend den Kopf.

»Aber wirklich. Was würden wir nur ohne Sie machen, Frau Tetens?«, pflichtete Marieke ihr bei. Sie war wirklich sehr froh, dass Emil sich bei ihrer Vermieterin so wohlfühlte und diese nichts dagegen hatte, die Jungen zu beaufsichtigen. Marieke wusste zwar noch nicht, wie, aber sie nahm sich vor, sich gebührend bei Frau Tetens dafür zu bedanken.

»Ich mache das doch gerne«, erwiderte Frau Tetens und tätschelte Schröders Kopf. »Auf den Hund passe ich auch jederzeit auf, wenn Sie möchten.«

Frau Hensen cremte Anton noch schnell die Nase ein, der es missmutig, aber immerhin geschehen ließ. »Schröder kann ich glücklicherweise fast überall mit hinnehmen.

Danke, dass Anton bei Ihnen bleiben kann«, wiederholte sie.

»Dann kommt mal rein, Emil und Anton.« Frau Tetens öffnete die Tür weiter, sodass die Jungen an ihr vorbeigehen konnten.

Lächelnd beobachtete Marieke, wie sich beide vor der Garderobe die luftigen Schuhe auszogen.

»Gibt es heute wieder Schokoladenkuchen?«, fragte Anton mit einem breiten Grinsen.

»Also, wirklich …«, ermahnte Frau Hensen ihn. »Wir können nicht erwarten, dass hier jeden Tag für dich gebacken wird, mein Lieber.«

»Der schmeckt aber so gut, ich könnte ihn jeden Tag essen«, entgegnete Anton.

»Ja, Frau Tetens macht den besten Oma-Kuchen der Welt«, pflichtete Emil ihm bei und entlockte ihrer Vermieterin mit seinem strahlenden Lächeln ein Schmunzeln.

»Na, wenn das so ist. Dann gibt es heute selbstverständlich wieder Schokoladenkuchen. Aber«, Berta hob den eingegipsten Arm, »ihr müsst mir wieder beim Backen helfen.«

»Ja, machen wir!«, riefen die Jungen vorfreudig.

»Dann bis später!« Marieke winkte zum Abschied und warf ihrem Sohn noch sein Dino-Cap zu.

»Und benimm dich! Ich möchte keine Klagen hören!« Nachdem sie ihrem Sohn eine Kusshand zugeworfen hatte, wandte sie sich um und verließ mit Frau Hensen das Grundstück.

Heute hatten sie zwei Firmenwagen des Pflegedienstes, sodass sie sich aufteilen konnten. »Danke noch mal dafür, dass ich das Auto auch privat nutzen darf. Das ist für mich eine große Hilfe«, sagte Marieke, bevor Frau Hensen den Wagen aufschloss.

»Das ist kein Problem.« Frau Hensen öffnete die Beifahrertür ihres Wagens und ließ Schröder hinein. Anschließend reichte sie Marieke die Liste, die auf dem Sitz lag. »Das ist die heutige Runde. Sind Sie sich wirklich sicher, dass Sie das schon alleine schaffen?«

Marieke lächelte. »Natürlich. Den Leuten Frühstück machen, ihnen beim Anziehen und Waschen helfen, Medikamente aus der Apotheke besorgen, das krieg ich hin.«

»Ich bin wirklich froh, dass ich Sie gefunden habe.« Sie zögerte einen Moment und lachte dann. »Das mag jetzt nach der kurzen Zeit, die wir uns kennen, und zwischen Tür und Angel etwas unprofessionell sein. Aber sollen wir nicht einfach Du zueinander sagen?«, schlug sie vor. »Wir sind ja eh in einem Alter, und das macht doch vieles einfacher.«

»Gerne! Ich bin Marieke.« Sie freute sich über das Angebot und fand Jule Hensen so sympathisch, dass sie sie gern duzte.

»Jule.« Sie schüttelten einander die Hände, bevor Jule sich abwandte. »Das wäre dann auch geklärt. Dann mal los!«

Amüsiert über den plötzlichen Themenwechsel, warf Marieke einen Blick auf die Liste. »Okay. Ich fahre dann als Erstes zu Frau Schenk. Ach … Jetzt hätte ich fast etwas Wichtiges vergessen. Ich muss noch mal schnell zurück ins Haus.«

»Gut, dann bis später! Und falls irgendetwas sein sollte, ruf mich auf dem Handy an!« Jule winkte zum Abschied.

»Mach ich, bis später!« Marieke eilte zum Haus zurück, während Jule losfuhr.

*Wo habe ich nur meine Gedanken?* Sie ärgerte sich sehr über ihre Nachlässigkeit. Denn um ein Haar hätte sie Emils Asthma-Spray vergessen, das noch oben in der Wohnung lag. Zwar hatte er keinen Asthma-Anfall mehr gehabt, seit sie in St. Peter-Ording waren, aber Marieke wusste ja aus Erfahrung, dass es trotz aller guten Vorzeichen immer zu einem Anfall kommen konnte.

Sie sprintete die Treppe hoch und schloss die Tür auf. In der Wohnung sah es immer noch chaotisch aus. Auf dem Boden stapelten sich Umzugskartons, in jedem Raum lagen Einzelteile der Möbel, die sie an den kommenden Wochenenden und Abenden noch aufbauen musste. Neben dem Bad hatte sie mehrere Farbeimer abgestellt. Lediglich die Betten und das Sofa waren fertig. Eigentlich wollte sie erst die Wände streichen, bevor sie sich weiter einrichtete. Aber um sich besser bewegen zu können, würde sie doch schon den einen oder anderen Schrank aufbauen.

Das Spray lag in der Küche neben dem Toaster. Hastig griff Marieke danach und klingelte zwei Minuten später noch einmal bei Berta Tetens.

»Ach, ich dachte, Sie wären längst weggefahren.« Freundlich lächelte die ältere Dame ihr zu.

Sie reichte ihr das Spray. »Emil hat das hier in der Wohnung vergessen. Obwohl er weiß, dass er es immer bei sich haben muss.« Durch die geöffnete Terrassentür drang fröhliches Kindergeschrei herein. Marieke lächelte.

»Natürlich, ich gebe es Emil«, versprach Frau Tetens.

»Und Ihnen wird es auch bestimmt nicht zu viel, den ganzen Tag auf die Jungs aufzupassen?«, fragte Marieke zum wiederholten Male nach. »Zusammen sind Emil und Anton ja schon ziemlich … lebendig.«

Sie winkte ab. »Machen Sie sich um mich keine Gedanken. Ich genieße den Trubel. Bevor Sie mit Emil nebenan eingezogen sind, habe ich ein … nun ja … sehr einsames und zurückgezogenes Leben geführt«, gestand sie. »Seit dem plötzlichen Tod meiner Schwester bin ich kaum mehr vor die Tür gegangen, wissen Sie. Selbst meine Freundinnen haben schon mit mir geschimpft, weil sie mich so gut wie gar nicht mehr zu Gesicht bekommen haben.« Ernst sah sie Marieke an. »Durch Sie und die Kinder ist mein Leben endlich wieder in Schwung gekommen. Und Emil habe ich sofort ins Herz geschlossen. Ein ganz wunderbarer Junge! Und diese neue Aufgabe, auch wenn sie vorübergehend ist, tut mir sehr gut. Gleich mache ich mit den beiden Kartoffelsalat für heute Mittag, und später backen wir zusammen Kuchen.« Vergnügt strich sie sich eine Haarsträhne aus dem Gesicht. »Ich gebe zu, dass ich am Abend sehr müde bin, und es wäre ohne Gips noch einfacher. Aber das ist es mir wert!«

»Wenn das für Sie in Ordnung ist, dann bin ich beruhigt, liebe Frau Tetens. Ich bin auch sehr froh, dass wir bei Ihnen wohnen dürfen. Wir hätten es nicht besser treffen können.«

Frau Tetens strahlte sie förmlich an. »Das beruht auf Gegenseitigkeit.«

Als Marieke gegen Mittag die Wohnungstür von Frau Neubert in St. Peter-Ording Dorf aufschloss, stieg ihr ein köstlicher Geruch in die Nase. »Hallo, Frau Neubert? Hier ist Marieke vom Pflegedienst«, kündigte sie sich an, als sie in den kleinen Flur der Wohnung kam.

»Ich bin hier«, kam es aus der Küche.

Marieke guckte um die Ecke in den Raum. »Moin!«

Ein Rätselheft auf dem Schoß, saß Frau Neubert am Fenster. Auf dem Holztisch lag ihre Pflegeakte, und in der Mitte stand ein mit Puderzucker bestäubter Marmorkuchen. »Oh, deswegen riecht es hier so gut. Haben Sie gebacken?«

»Ja, vorhin. Gleich nach dem Frühstück.«

»Bekommen Sie heute Besuch?« Während Marieke auf die Antwort wartete, zog sie sich Gummihandschuhe an, nahm die Stützstrümpfe, die über der Stuhllehne hingen, und griff nach der Tube Schmerzgel, die auf dem Stuhl wartete. »Dann wollen wir mal.«

»Sie sind mein Besuch«, verkündete die alte Dame und zwinkerte ihr fröhlich zu.

Während sie ihrer Klientin die Beine mit dem Schmerzgel einrieb, hob Marieke den Blick. »Haben Sie den Kuchen etwa nur für mich gebacken? Oder kommt heute noch jemand vorbei?«

»'türlich! Nur für Sie und für Schwester Marion, die am Abend kommt. Sie müssen gleich ein Stück probieren.«

Marieke erledigte zuerst die Arbeit. Als sie Frau Neubert in ihre Hausschuhe geholfen hatte, warf sie noch einen Blick auf ihren Terminplan und entschied, sich die Zeit heute zu nehmen. »Das ist ja wirklich nett. Dann brauche ich heute gar kein Mittagessen.«

Erfreut legte Frau Neubert das Rätselheft auf der Fensterbank ab und erhob sich. Auf wackeligen Beinen ging sie bis zu einem Küchenschrank und nahm ein langes Messer aus einer Schublade, mit dem sie kurz darauf den Kuchen anschnitt. »Sie können auch zwei Stücke essen. Essen Sie so viel Sie wollen. Ich kann Ihnen auch einen Kaffee oder einen Tee machen, ja?«

Marieke war von der liebenswürdigen Art ihrer Klientin gerührt. Eigentlich hatte sie wirklich kaum Zeit, da der nächste Hausbesuch wartete und sie Medikamente besorgen musste, bevor die Apotheke um dreizehn Uhr schloss.

Doch sie brachte es einfach nicht übers Herz, der alten Dame den Wunsch abzuschlagen. Außerdem duftete der Kuchen wirklich vorzüglich.

»Vielen Dank noch mal für den leckeren Kuchen«, sagte sie zum Abschied. »Nun muss ich mich aber wirklich beeilen. Sonst macht die Apotheke zu, bevor ich da gewesen bin. Bis morgen, Frau Neubert!« Sie war froh, dass ihr die Arbeit so leichtfiel. In den ersten Tagen hatte Jule ihr mehrere Klienten vorgestellt, die täglich vom Pflegedienst unterstützt wurden. Und diese Besuche übernahm Marieke heute schon allein.

Als sie ins Auto stieg, war sie spät dran. Laut Liste müsste sie gleich nach Böhl fahren, aber durch das Kuchenessen war ihr Zeitplan durcheinandergeraten. Sie musste dringend zur *Apotheke am Wattenmeer* in Bad, um die Rezepte für einige ihrer Klienten einzulösen.

Ausgerechnet jetzt sind die Straßen natürlich verstopft, dachte sie genervt, als sie an einer roten Ampel anhalten musste. Unwillkürlich kam ihr das Gespräch in den Sinn, das sie mit Frau Tetens am Morgen geführt hatte. Frau Neubert schien, genau wie Frau Tetens, ein einsames Leben zu führen, in dem es so gut wie keine Kontakte zu anderen Menschen gab. Wie oft hatten ihr Senioren bei den Hausbesuchen schon eine Tasse Tee, ein Plätzchen oder Obst aus dem Garten angeboten? Schmerzlich wurde Marieke bewusst, dass es keine Einzelschicksale waren. Vermutlich waren die Besuche vom Pflegedienst der Höhepunkt des Tages für die alten Leute, wobei sie verständlicherweise versuchten, so viel Zeit wie möglich in Gesellschaft für sich herauszuschlagen. Wie traurig war es, nach einem langen und ereignisreichen Leben, wie Frau Neubert es beispielsweise geführt hatte, am Ende so einsam zu sein. Und wie lange konnte man von den Erinnerungen an eine Zeit zehren, in der man gereist war und anderen geholfen hatte? Frau Neubert hatte ihr erzählt, dass sie für eine Hilfsorganisation unterwegs gewesen war, Lebensmittel verteilt hatte und auch später noch in Kleiderkammern geholfen hatte – bis die Gesundheit es nicht mehr zugelassen hatte.

Am liebsten würde ich mir viel mehr Zeit für die Senioren nehmen, nicht nur für Frau Neubert, dachte Marieke bekümmert. Dann sprang die Ampel auf Grün, und sie konzentrierte sich auf den Weg zur Apotheke.

»Das wäre dann alles?«, fragte die Apothekerin, während sie die verschiedenen Schachteln und Dosen in eine große Papiertüte stapelte.

»Ja, das ist alles. Vielen Dank noch mal, dass Sie mich bedient haben, obwohl ich so spät dran war.« Erleichtert lächelte Marieke sie an.

»Keine Ursache. Die Tür war ja noch auf.« Die Apothekerin tippte die Beträge in eine Kasse ein.

Nachdem Marieke bezahlt hatte, setzte sie ihre Sonnenbrille auf und verließ mit der vollgepackten Tüte die

Apotheke. Sie eilte zu ihrem Auto auf dem Parkplatz vor der Dünen-Therme. Normalerweise war Zuspätkommen nicht ihre Art, und sie hatte ein unglaublich schlechtes Gewissen, weil sie schon vor über einer Dreiviertelstunde bei der nächsten Seniorin hätte sein sollen. Mit einem Mal klingelte ihr Handy. Ungeduldig zog sie es im Gehen aus ihrer Handtasche.

»Hallo, Emil?«, grüßte sie angespannt und hoffte inständig, dass es ihm gut ging.

»Hallo, Mama«, antwortete er fröhlich. »Hör mal, Antons Mutter ist gerade vorbeigekommen und hat Schröder mitgebracht. Darf ich mit Anton und seinem Hund Gassi gehen?«

»Sicher, mein Schatz. Aber nimm dein Asthma-Spray mit, ja?«

»Okay. Tschüs, Mama.«

»Tschüs, Emil. Viel Spaß!« Seufzend steckte sie das Handy wieder zurück in ihre Handtasche und entdeckte dabei eine Eisdiele auf der anderen Straßenseite. Vielleicht gehe ich da mit Emil demnächst hin, dachte sie, ging weiter, stolperte – und verlor auf ihren halbhohen Ledersandalen plötzlich das Gleichgewicht.

Marieke gelang es nicht mehr, sich abzufangen. Sie stürzte auf den Bürgersteig. Die Tüte mit den Medikamenten flog im hohen Bogen durch die Luft und ihre Sonnenbrille hinterher. Pillendosen und Schachteln verteilten sich auf dem Gehweg.

Fluchend stützte Marieke sich auf die Hände und entdeckte ihr Handy, das zwei Meter von ihr entfernt auf dem Asphalt lag. Hoffentlich war es nicht kaputt! Ihre Knie schmerzten und an ihrem rechten Unterarm hatte sie Hautabschürfungen. Das hatte ihr gerade noch gefehlt!

Als ihr jemand eine Hand reichte, griff sie instinktiv danach, ohne den Blick von ihrem Telefon zu lösen. »Danke.«

»Haben Sie sich verletzt?«, fragte eine tiefe Stimme.

Als Marieke nun ihren Helfer ansah, schaute sie in die strahlend blauen Augen eines sehr attraktiven Manns.

Das Blau seiner Augen zog sie für einen Moment völlig in den Bann. Statt auf seine Frage zu antworten, schaute sie ihn bloß an.

»Geht es Ihnen gut?«, fragte er.

»Oh, ja … Mir geht es gut.« Verlegen fuhr sie sich mit der Hand durchs Haar. Dann hockte sie sich hin, um schnell eine Pillendose vom Boden aufzuheben.

»Warten Sie, ich helfe Ihnen.« Der Mann griff nach der Papiertüte und sammelte die Medikamentenschachteln ein.

»Das müsste alles sein.« Lächelnd stand er auf und hielt ihr die Tüte und ihre Sonnenbrille entgegen.

»Danke.« Marieke nahm die Brille und die Medikamente an sich und wusste nicht, was sie sagen sollte.

Aber er drehte sich schon weg, bevor sie noch etwas hätte sagen können.

Dann hielt er ihr Telefon in der Hand. »Ist das Ihr Handy?«

»Ach, genau. Das hätte ich vermisst. Und noch nicht einmal kaputt, bin ich froh!« Erleichtert strich sie über das unversehrte Display.

Er lächelte sie an. »Da drüben ist eine lose Gehwegplatte. Sind Sie darüber gestolpert?«

Sie schaute zu der Stelle, auf die er zeigte. »Tatsächlich. Die habe ich gar nicht gesehen.«

»Das dachte ich mir. Solche Platten sind lebensgefährlich. Ich werde gleich mal beim Bürgermeister Bescheid geben, damit die Stelle abgesichert wird.«

Marieke schaute auf ihre geröteten Knie, die ihr geblümter Faltenrock nicht verbarg. »Ich habe Glück gehabt. Es sind bloß ein paar Schrammen.«

Als sie ihn immer noch ansah, vertiefte sich sein Lächeln. »Kann ich sonst noch etwas für Sie tun?«

»Nein, nein. Sie haben schon genug getan. Danke!« Marieke drückte sich die Tüte mit den Medikamenten wie einen kostbaren Schatz an den Oberkörper. »Ich muss dann jetzt auch weiter.«

»Dann noch einen schönen Tag.« Er zwinkerte ihr mit seinen tiefblauen Augen zu.

»Ebenso. Auf Wiedersehen«, erwiderte sie, setzte sich die Sonnenbrille auf die Nase und schloss kurz darauf den Wagen auf, um endlich bei der nächsten Seniorin vorbeizusehen.

An diesem Tag wurde Marieke mehr als einmal auf ihre geröteten Knie und die Abschürfung am Ellenbogen angesprochen. Bereitwillig erzählte sie, was geschehen war, und ertappte sich dabei, dass sie während der Arbeit immer wieder an den Mann denken musste, der ihr aufgeholfen hatte. Schade, dass sie nicht einmal seinen Namen kannte …

Als sie zurück zum *Gräftendiek* kam, wartete Jule vor dem Gartentor auf sie. »Meine Güte, was ist denn mit deinen Knien und deinem Arm passiert? Du bist ja völlig lädiert!«

»Es sieht schlimmer aus, als es ist«, wiegelte Marieke ab. »Ich bin vor der Apotheke über eine lose Gehwegplatte gestolpert. So was Dummes kann auch nur mir passieren.« Inzwischen konnte sie fast darüber lachen. Den attraktiven Helfer erwähnte sie aber nicht, sie wusste selbst nicht, warum.

»Aber was machst du denn hier?«, fragte sie Jule.

»Tja, ich wollte eigentlich meinen Sohn samt Hund abholen. Doch wie ich gerade von Frau Tetens erfahren habe, machen sie zu dritt St. Peter-Ording unsicher.« Sie zwinkerte Marieke zu. »Mein Akku war leer, deshalb hat Anton mich nicht erreicht. Aber er weiß, dass er mit Schröder spazieren gehen darf. Die Jungs sind noch auf dem Hundestrand. Da habe ich mir gedacht, ich warte auf dich, und wir holen die Bande zusammen ab.«

»Gute Idee!«

»Emil ist richtig aufgeblüht, seit er Anton hat«, sagte Marieke, als sie den *Norderdeich* zum Hundestrand entlanggingen.

»Das freut mich! Wahrscheinlich liegt es daran, dass Anton eine Menge Flausen im Kopf hat, die für Emil und noch zwei Freunde reichen würden.« Sie stiegen eine Treppe zum Deich hoch, wo ihnen ein kräftiger Wind entgegenblies. Dahinter lag ein Sandweg, der durch Dünen und über einen Steg führte.

»Ich glaube, Anton steckt ihn mit seiner Unbeschwertheit an und lässt ihn dadurch vergessen, dass er eigentlich krank ist«, rief Marieke gegen den erfrischenden Wind an und band sich die Haare zu einem Pferdeschwanz zusammen.

Vor ihnen erstreckte sich ein weitläufiger Strand, auf dem vereinzelt Menschen ihren Hund spazieren führten.

»Das kann sein.« Jule schirmte ihre Augen mit der Hand ab und hielt Ausschau nach den Kindern und Schröder. »Da drüben sind sie. Siehst du?« Sie zeigte auf eine hundert Meter entfernte Stelle.

Marieke erkannte, dass dort zwei Kinder mit einem wuscheligen Hund im Sand tobten.

»Ich sehe sie!«

»An diesem Strand bin ich am allerliebsten«, sagte Jule und hielt ihre Haare mit einer Hand fest. »Siehst du da drüben?« Sie zeigte mit der Linken auf einen rot-weißen Turm, der auch aus der Ferne imposant wirkte. »Das ist der Westerhever Leuchtturm. Das Wahrzeichen von Nordfriesland und für mich der schönste Leuchtturm der Welt.«

Marieke blickte zu dem Leuchtturm, zu dessen Seiten zwei baugleiche Häuser mit rotem Dach errichtet worden waren. »Sieht sehr beeindruckend aus. Ist er weit weg? Und wohnt dort noch jemand?«

»Ein paar Kilometer sind es schon. Und nein, das sind ehemalige Wärterhäuser. Heute ist da die Naturschutzstation drin.«

Eine Weile standen die beiden Frauen schweigend da und schauten einfach nur auf das Meer. Es hat das gleiche strahlende Blau wie seine Augen, dachte Marieke plötzlich. Sie fragte sich, ob sie dem Mann noch einmal begegnen würde. Aber wieso interessierte sie das überhaupt, sie hatte doch genug anderes vor sich: die Wohnung streichen und zu Ende einrichten, sich eingewöhnen und entscheiden, ob die Arbeit und das ganze Leben hier zu ihr passten.

»Komm, lass uns die Jungs und Schröder holen«, sagte Jule und zog sich die Schuhe aus. Mit nackten Füßen lief sie durch den warmen Sand.

Marieke schlüpfte ebenfalls aus ihren Sandalen und folgte ihr. Der Wind hatte etwas nachgelassen, war aber noch stark genug, um ihren Kopf ordentlich durchzupusten und die Gedanken an den blauäugigen Fremden zu vertreiben. Das hoffte sie jedenfalls.

# 10. Kapitel

*Früh am nächsten Morgen in St. Peter-Ording Dorf. Ein paar Schleierwolken zogen über den blauen Himmel, und irgendjemand mähte um diese Uhrzeit schon den Rasen.*

Ein Anruf riss Marieke aus dem Schlaf. Blinzelnd tastete sie nach dem Telefon, stand auf und schaute aus dem Fenster. Die Sonne ging gerade erst auf, und über St. Peter-Ording lag eine friedliche Stille.

Jule entschuldigte sich zerknirscht für die Störung »mitten in der Nacht«. »Marion ist krank geworden. Sie kann die frühe Runde heute nicht fahren. Fünf Klienten kann ich übernehmen, aber dann bleiben immer noch drei Senioren unversorgt. Die Touren der anderen Mitarbeiter sind komplett dicht.« Sie klang verzweifelt. »Ich würde dich gar nicht bitten, wenn nicht wirklich Not am Mann wäre …«

»Ich helfe dir natürlich. Gar keine Frage«, sagte Marieke müde und musste gähnen. »Wann soll ich wo sein?«

»Oh, du bist ein Schatz! Die erste Seniorin erwartet dich um halb sieben. Ist halb so wild. Nur was zum Frühstück vorbeibringen und nach dem Rechten sehen.«

»Das krieg ich hin.«

»Prima! Als Entschädigung lade ich dich nachher zum Mittag um eins zu einem Krabbenbrötchen ein, ja?«

»Einverstanden.« Marieke nahm einen Kugelschreiber aus ihrer Handtasche und schrieb auf die Rückseite von Emils Kritzelbild, da sie so schnell nichts anderes fand. Nachdem Jule ihr die Namen und Adressen der Klienten in der Reihenfolge der Tour durchgegeben hatte, kochte Marieke sich erst einmal einen Kaffee.

»Die Schlüssel zu den Wohnungen hängen im Kasten im Büro«, sagte Jule noch, bevor sie auflegte.

Marieke reckte und streckte sich, ihr tat die rechte Schulter weh. Das war die Quittung dafür, dass sie am Vorabend mit dem Streichen des Wohnzimmers begonnen hatte.

Ich bin eben wirklich keine zwanzig mehr, dachte sie. Wenigstens schien die Hautabschürfung an ihrem Arm langsam zu heilen. Das war doch was!

Sie ging zu ihrem Koffer und fischte saubere Wäsche und ein Sommerkleid mit Ankermuster heraus. Solange die Möbel nicht aufgebaut waren, diente ihr der Reisekoffer als Ersatzkleiderschrank.

Auf dem Weg zum Bad blieb sie vor Emils Zimmer stehen. Vorsichtig öffnete sie die Tür und steckte den Kopf hinein. Ihr Sohn lag im Bett und schlief tief und fest. Sein Asthma-Spray lag griffbereit auf dem Kinderbuch, das er gerade las. Marieke musste lächeln. Emil war wirklich ein lieber Junge, da hatte Frau Tetens recht. Und wie ähnlich er seinem Vater sah. Wenn Daniel ihn nur so sehen könnte … Rasch verscheuchte sie die Gedanken, zog ein Blatt Papier von Emils Schreibtisch und schrieb ihm eine Nachricht, die sie neben sein Kopfkissen legte.

*Hallo Emil!*

*Leider können wir nicht zusammen frühstücken. Ich musste schon ganz früh arbeiten, weil jemand krank geworden ist.*

*Ziehst du dich bitte an und gehst dann rüber zu Frau Tetens? Sie macht bestimmt Kakao und Marmeladenbrote für dich. Ich komme nachher und bringe dich zur OGS.*

*Hab dich lieb!*
*Deine Mama*

Erleichtert sah Marieke, dass in Frau Tetens Küche schon Licht brannte. Um kurz vor sechs wollte sie die alte Dame nicht aus dem Bett klingeln.

Auf ihr Klopfen hin öffnete Frau Tetens die Tür. Über ihrem Gipsarm hing ein Küchentuch. »Moin! Sie sind ja früh auf den Beinen. Möchten Sie eine Tasse Tee mit mir trinken?«

»An sich sehr gerne, aber ich muss sofort zur Arbeit. Eine Kollegin ist krank geworden, und ich muss für sie einspringen.«

»Schade.« Aufmerksam sah Frau Tetens sie an.

»Ich habe eine Bitte. Darf Emil zum Frühstück zu Ihnen kommen? Er schläft noch, und ich habe ihm eine Nachricht geschrieben, damit er weiß, dass ich schon losmusste.« Marieke warf ihr einen bittenden Blick zu.

»Aber ja doch! Der Junge ist immer herzlich bei mir willkommen. Er kann gern den ganzen Tag bleiben.«

Obwohl sie mit der Antwort gerechnet hatte, fiel Marieke ein Stein vom Herzen. »Sie sind die Beste, Frau Tetens! Aber das wird nicht nötig sein, die OGS hat heute endlich wieder auf. Ich komme dann nachher vorbei und bringe ihn in die Betreuung.«

»Ist der Wasserrohrbruch wirklich schon behoben?« Frau Tetens klang beinah enttäuscht.

Marieke war so gerührt, dass ihr fast die Tränen kamen. Sie hatte so viel Glück mit ihrer Vermieterin. Und sicher lag es an dem wenigen Schlaf, dass sie so emotional war. Trotzdem folgte sie ihrem Impuls und fragte: »Darf ich Sie einmal drücken? Ich werde mich noch anders revanchieren, aber so kann ich zumindest einmal richtig Danke sagen.«

»Aber unbedingt.« Frau Tetens lachte. »Solange Sie nicht vergessen, dass ich einen Gipsarm habe.«

»Danke für Ihre Hilfe!« Marieke umarmte die alte

Dame behutsam und atmete dann tief durch. »Okay, dann ist alles geklärt. Emil weiß Bescheid, und ich muss los. Bis später, Frau Tetens.«

Sie winkte ihr, setzte die Sonnenbrille auf und hastete im Laufschritt zum Wagen, den sie am Straßenrand geparkt hatte. Dann fuhr sie zum Firmenbüro und holte die Wohnungsschlüssel der Klienten.

Um die frühe Uhrzeit herrschte wenig Verkehr auf den Straßen in St. Peter-Ording, sodass Marieke in keine Zeitnot geriet. Für Frau Breckerfeld besorgte sie ein paar Scheiben weichen Stuten beim Bäcker und nahm eine Tageszeitung für Herrn Hansen mit. Beide Senioren konnten sich allein das Frühstück zubereiten, waren bloß nicht mehr so gut zu Fuß unterwegs und brauchten deswegen Unterstützung beim Einkaufen und Begleitung zu Terminen wie zum Beispiel beim Arzt.

Als Nächstes fuhr Marieke zu Frau Neubert. Bevor sie aus dem Wagen stieg, schob sie die Sonnenbrille in ihr Haar und schaute noch mal auf ihre Notizen. Für Frau Neubert musste sie am Morgen Frühstück machen und ihr beim Anziehen behilflich sein. Das war kein Problem. Beschwingt ging sie zu dem freistehenden Haus, in dem Frau Neubert in der untersten Etage wohnte. Die Wohnung darüber wurde nur in den Ferien genutzt, das hatte ihr die ältere Dame beim letzten Besuch erzählt. Aber im Moment waren die Eigentümer nicht da, sie vermieteten auch nicht an Feriengäste.

Als Marieke die Tür zu Frau Neuberts Wohnung aufschloss, hörte sie ein leises Wimmern. »Guten Morgen, Frau Neubert? Ich bin es, Marieke«, rief sie besorgt.

»Alles in Ordnung bei Ihnen?«, fragte sie nach, als eine Antwort der Seniorin ausblieb.

Kurz darauf fand sie Frau Neubert in ihrem Nachthemd auf dem Boden neben ihrem Bett. »Um Himmels willen, Frau Neubert!« Marieke kniete sich neben die alte Frau und griff nach ihrer Hand. »Was machen Sie denn für Sachen?«

»Ich wollte ins Wohnzimmer gehen, weil ich den Notrufknopf auf dem Tisch vergessen habe. Plötzlich ist mir schwindelig geworden, und ich bin gefallen«, brachte die alte Dame mühsam hervor.

Erschrocken sah Marieke sie an. »Wann ist das denn passiert?«

»Gestern Abend. Seitdem liege ich hier und kann nicht mehr aufstehen. Ich habe versucht, hinüberzurobben, aber mir fehlt einfach die Kraft …«

»Tut Ihnen etwas weh?«

»Ja, mein Bein. Ich glaube, es ist gebrochen.«

Auch das noch! Hoffentlich ist es kein Oberschenkelhalsbruch, dachte Marieke. Sie versuchte einen kühlen Kopf zu behalten und sich ihre Aufregung nicht anmerken zu lassen. »Frau Neubert, bleiben Sie einfach so liegen. Ich rufe jetzt einen Krankenwagen, damit Ihr Bein untersucht werden kann.«

Sie hielt Frau Neubert die Hand, während sie telefonierte, und zehn Minuten später waren der Krankenwagen und der Notarzt schon da.

Der Arzt untersuchte Frau Neubert kurz. »Wir müssen Sie zur weiteren Untersuchung ins Krankenhaus nach Tönning mitnehmen«, sagte er, sodass sie beide ihn hörten. »Gibt es jemanden, den wir verständigen sollen?«, fragte er dann Marieke.

»In der Klientenakte ist die Handynummer ihrer Tochter vermerkt.« Sie schrieb dem Notarzt den Namen der Tochter und die Nummer auf einen Zettel.

»Das können Sie sich sparen. Meine Tochter ist mit ihrer Familie im Urlaub«, schaltete sich Frau Neubert ein, die mittlerweile auf der Trage lag. »Auf den Malediven. Ich weiß gar nicht, ob es dort überhaupt ein Telefon gibt.«

»Keine Sorge, wir kümmern uns darum. Jetzt nehmen wir sie erst einmal mit«, erwiderte der Notarzt beruhigend.

»Ach, so was Dummes«, jammerte die Seniorin. »Hätte ich bloß nicht den Notrufknopf im Wohnzimmer vergessen …«

»Alles Gute, Frau Neubert. Das wird schon wieder«, sprach Marieke ihr Mut zu. Dann brachten die Sanitäter die alte Frau zum Krankenwagen.

Der Notarzt packte seinen Koffer zusammen. »Wir bräuchten noch eine Liste von den Medikamenten, die Frau Neubert nimmt. Könnten Sie sich darum kümmern?«

»Natürlich. Ich sage der Pflegedienstleitung Bescheid.«

Als sie allein vor dem Haus stand, rief Marieke Jule an, um sie von dem Vorfall in Kenntnis zu setzen.

»Die arme Frau Neubert! Kannst du ihr eine Tasche für den Krankenhausaufenthalt zusammenpacken und mitbringen, wenn wir uns nachher treffen? Ich bringe ihr dann später die Sachen nach Tönning.«

»Natürlich.« Marieke fragte sich, warum sie darauf nicht selbst gekommen war. »Wo treffen wir uns eigentlich?«

»An der Promenade in Bad, sagen wir, um zwölf? Weißt du, wo das ist?«

»In der Nähe der Dünen-Therme, oder? Ich wollte sowieso bald hin, hatte aber bisher noch keine Gelegenheit.«

»Dann wird es aber höchste Zeit! Am besten, wir treffen uns am Kassenhäuschen vor der Seebrücke. Da können wir uns nicht verfehlen«, schlug Jule vor.

»Abgemacht.« Marieke beendete das Gespräch, ging zurück ins Haus und packte eine Tasche für Frau Neubert. Danach fuhr sie nach Ording, um Emil in die OGS zu bringen, bevor sie die Terminliste weiter abarbeitete. Der Schreck, ihre Klientin verletzt auf dem Boden zu finden, saß Marieke noch den ganzen Vormittag in den Knochen. Jedes Mal wenn sie die Tür öffnete und die Senioren unverletzt antraf, seufzte sie erleichtert auf.

Vor ihrem Treffen mit Jule hatte Marieke noch etwas Zeit. Um sich auf andere Gedanken zu bringen, wollte sie noch einen kurzen Abstecher in die Buchhandlung unternehmen. Im Vorbeifahren hatte sie gesehen, dass sie auch Postkarten anboten. Sanne wollte Marieke unbedingt eine schicken, ihren Eltern schreiben – und natürlich Frau Müller-Kowalski, ihrer pessimistischen Beraterin, die sicher noch Platz für eine Karte auf ihrer Pinnwand hatte.

Die Buchhandlung lag nicht weit von der Apotheke entfernt, wo sie gestürzt war und der Unbekannte ihr geholfen hatte. Unwillkürlich sah Marieke sich nach ihm um, als sie auf ihre Unglücksstelle zuging. Vielleicht kam er zufällig in dem Moment die Straße entlang ... Sie wusste, wie unklug die Idee war. Und es geschah natürlich nicht. Stattdessen entdeckte Marieke Leitkegel und eine Absperrung, die um die gelöste Gehwegplatte platziert worden war. Lächelnd registrierte Marieke, dass der Unbekannte Wort gehalten haben musste, wenn jetzt schon für eine Markierung gesorgt worden war.

Vergnügt stöberte sie in dem Buchladen nach drei Postkarten. Für Sanne und ihren Sohn erstand Marieke schließlich eine Karte mit Seehunden, ihre Eltern bekamen eine mit Strandkorb im romantischen Sonnenuntergang, und für Frau Müller-Kowalski hatte sie eine mit verschiedenen Landschaftsmotiven aus St. Peter-Ording ausgesucht. Die Postkarten in der einen und Frau Neuberts Tasche in der anderen Hand, verließ sie nach einer Weile die Buchhandlung und bog links um die Ecke, wo es zur Promenade ging.

Während sie an Souvenirläden, gut besuchten Restaurants, Bekleidungsgeschäften und Hotels vorbeischlenderte, atmete Marieke tief die salzige Meeresluft ein und genoss es, die Sonnenstrahlen auf dem Gesicht zu spüren. Vor ihr tat sich ein großer Platz mit künstlich angelegten Wasserläufen auf. Rechts entdeckte sie eine rote Holzhütte, in der Bernstein verkauft wurde. Daneben war ein Fischrestaurant in einer weiteren roten Hütte untergebracht, vor der rote Fahnen im Wind flatterten. Etwas weiter hinten, auf der linken Seite, entdeckte Marieke schließlich das Kassiererhäuschen, wo sie mit Jule verabredet war. Dahinter lag eine Brücke, deren Ende sie nicht ausmachen konnte.

Na bitte, dachte sie, ich habe niemanden fragen müssen, und blieb neben dem Häuschen stehen.

Leute überquerten zu Fuß oder mit Fahrrädern den großen Platz. Einige legten eine Pause auf einer Bank ein, andere suchten sich ein Plätzchen auf der Terrasse des Fischrestaurants, aber die meisten liefen zur Brücke. Nach einer Weile schaute Marieke unschlüssig in die Richtung, aus der sie gekommen war, aber von Jule war weit und breit nichts zu sehen. Es war aber ja auch erst Viertel vor eins.

Marieke ließ sich einfach von der Menge treiben und schlenderte dann wie so viele andere über die Seebrücke. Nachdem sie die Tasche neben einer Bank abgestellt hatte, ließ sie ihren Blick über die blühenden, mit Prielen durchzogenen Salzwiesen bis hin zu den Pfahlbauten in der Ferne schweifen. Eine Weile genoss sie einfach nur die wunderbare Aussicht, beobachtete Austernfischer und Rotschenkel in den Wiesen, hielt ihr Gesicht in die Sonne und entspannte sich merklich.

Wie unfassbar schön es in St. Peter-Ording war und welch ein Glück sie hatte, tatsächlich hier zu leben und nicht nur Ferien zu machen. In ihrer Handtasche fand sie einen Kugelschreiber, setzte sich und begann, die Postkarten zu beschreiben. Zuerst schrieb sie die Karte an Frau Müller-Kowalski. Der Text fiel kurz und förmlich aus, es sollte ja auch nicht viel mehr als ein Gruß aus St. Peter-Ording und ein Dankeschön dafür sein, dass sie und indirekt ihr Arbeitskollege sie auf den Ort gebracht hatten. Ihren Eltern und Sanne hatte sie mehr zu sagen. Obwohl sie bereits einige Male am Abend miteinander telefoniert hatten, fand Marieke die Vorstellung schön, ihnen einen besonderen Gruß per Postkarte zu schicken, mit dem sie bestimmt nicht rechneten.

»Ach, hier bist du«, erklang plötzlich Jules Stimme neben ihr. Sie trug kurze Jeansshorts und dazu ein sonnengelbes Blusentop.

Marieke blinzelte gegen die Sonnenstrahlen. »Hi Jule! Ich war schon früher hier und wollte noch kurz ein paar Postkarten schreiben.« Sie zeigte auf die Karten auf ihrem

Schoß. »Es tut mir leid, dabei habe ich wohl die Zeit vergessen.«

»Macht nichts. Ich bin gerade erst gekommen und habe dich ja gefunden.« Jule zeigte auf die Tasche, die neben Marieke stand. »Sind das Frau Neuberts Sachen?«

Sie nickte. »Das war vielleicht ein Schock, als ich sie auf dem Boden liegend gefunden habe.«

Jule setzte sich neben sie auf die Bank und seufzte. »Ja, das passiert immer wieder. Letzten Monat habe ich eine Klientin leblos in ihrem Bett gefunden. Damit müssen wir täglich in unserem Job rechnen. Leider. Aber lass uns das nicht mit leerem Magen besprechen. Wollen wir an die Ecke zum Lütten Gosch gehen?«

»Klingt gut!«

Sie liefen zurück in die Fußgängerzone. Vor dem Restaurant ergatterten sie noch zwei Plätze an einem Tisch und ließen sich kurz darauf Fischbrötchen schmecken und tranken kühle Limonade dazu.

Von ihrem Platz aus konnte Marieke rüber zur Apotheke und der losen Gehwegplatte sehen. Und wieder musste sie an die blauen Augen des Unbekannten denken. Dieses Mal ärgerte es sie richtig. Sie vertrieb die Gedanken und beobachtete stattdessen Jule beim Essen. Sie war sonnengebräunt und wirkte mit ihrem hellblonden Haar so fröhlich. Dabei war sie im Alltag immer wieder mit Tod und Vergänglichkeit konfrontiert. Wie stellte sie es bloß an, das nicht so nah an sich heranzulassen? Oder sah es hinter der gut gelaunten Fassade womöglich ganz anders aus? Sie würde es schon herausfinden und wollte nicht danach fragen. Nein, in erster Linie war sie einfach glücklich, ihrem Leben hier in St. Peter-Ording eine neue Wendung und vor allem Emil eine Zukunft in Gesundheit geben zu können.

»Dass ich jetzt hier sitze und ein leckeres Fischbrötchen essen kann, habe ich dir zu verdanken!«, sagte sie unvermittelt.

»Ach was! Ich habe dringend jemanden gesucht und Glück gehabt, dass du hierhergekommen bist«, entgegnete Jule.

»Oder so.« Marieke strich sich eine Haarsträhne aus dem Gesicht, die der Wind aus ihrem Zopf gezerrt hatte.

Als sie aufgegessen hatte, seufzte Marieke. »Was mich wirklich traurig macht, ist, dass so viele alte Leute allein sind und kaum zwischenmenschliche Kontakte haben. Sie versauern doch regelrecht in ihren Wohnungen.« Sie erzählte Jule von den Senioren, die sie in der Bäckerei in Herne bedient hatte. »Wären Nachbarn in Frau Neuberts Nähe gewesen, hätte die Arme vielleicht nicht die ganze Nacht auf dem Boden liegen müssen«, fuhr sie fort und schluckte schwer. »Sie war so hilflos, und ich hatte den Eindruck, dass sie sich dafür auch irgendwie geschämt hat. Das war nicht würdevoll für die alte Dame.«

Jule sah sie ernst an. »Da gebe ich dir recht. Die Umstände sind alles andere als optimal. Aber was können wir groß daran ändern, außer regelmäßig vorbeizuschauen und sie so gut es geht zu versorgen?«

Marieke seufzte wieder. »Ich weiß es nicht. Jedenfalls noch nicht. Ich weiß nur, dass ich darüber nachdenken werde. Und sobald ich eine Idee habe, erzähle ich sie dir.« Mit einer Serviette tupfte sie sich Mayonnaise aus den Mundwinkeln.

Es musste doch etwas geben, womit man der Einsamkeit der alten Leute ein Ende bereiten und ihnen mehr Lebensqualität geben konnte. Sie musste nur darauf kommen.

# 11. Kapitel

*Nachmittags vor der OGS in St. Peter-Ording Dorf. Bei blauem Himmel und 25 Grad.*

»Anton, deiner Mutter tut es sehr leid, dass sie nicht früher Bescheid sagen konnte. Aber sie hat noch einen wichtigen Termin in Tönning. Deshalb kann sie dich erst später bei uns abholen«, erklärte Marieke, als sie Emil und Jules Sohn in Empfang nahm, und fühlte sich sehr unwohl. Jule hätte ihrem Sohn sagen sollen, dass er in solch einem Fall mit ihr mitfahren konnte. Anton einfach nur so mitzunehmen, kam Marieke falsch vor. Denn das konnte ja jeder behaupten, der Anton ein bisschen kannte. Sie fühlte sich fast, als wollte sie das Kind entführen. »Wenn du willst, kannst du also erst mal mit zu uns kommen und mit Emil spielen.«

»Cool!«, freute sich Anton.

»Dann zeige ich dir endlich meine Gravi-Bahn, cool!«, sagte Emil und hob die flache Hand, sodass Anton einschlagen konnte.

»Dann mal reinspaziert.« Marieke hielt die hintere Wagentür für die Jungen auf. »Wir müssen allerdings noch kurz beim Blumenladen anhalten, bevor wir nach Hause fahren.«

»Wem kaufst du denn Blumen?«, wollte Emil wissen, als Marieke sich hinters Steuer gesetzt hatte.

Sie drehte sich um und lächelte. »Frau Tetens bekommt heute Blumen von uns, weil sie immer so nett ist.«

»Warum kaufst du ihr denn Blumen?«, wunderte sich Emil. »Sie hat doch einen ganzen Garten voll davon.«

»Stimmt. Sie braucht keine neuen«, fand auch Anton.

Marieke musste grinsen. »Ich kaufe ihr welche, die sie nicht im Garten hat. Darüber freut sie sich bestimmt.«

Das leuchtete den Kindern ein. »Bloß keine doppelten Blumen«, sagte Emil nachdrücklich.

»Am besten kommt ihr mit in den Laden und passt auf, dass ich die richtigen kaufe«, schlug Marieke vor.

»Wir kennen alle von Bertas Blumen. Sie hat uns sogar mal gesagt, wie sie heißen«, erzählte Anton.

»Prima! Dann seid ihr ja Experten auf dem Gebiet, und es kann nichts mehr schiefgehen.«

Nach einer Weile hielt Marieke gegenüber eines Blumengeschäfts in der Dorfstraße, vor dem sich bunte Windblumen in Blumenkästen geräuschvoll drehten. Sie bestand darauf, die Jungen an der Hand zu halten, als sie die Straße überquerten, und betrat kurz darauf mit ihnen den Laden, in dem es wunderbar nach nasser Erde und Rosen duftete.

»Hier sind ganz viele Blumen, die es in Bertas Garten nicht gibt«, stellte Emil zufrieden fest, nachdem er sich in dem Geschäft umgeschaut hatte.

»Na, dann sucht mal die passenden aus«, sagte Marieke zur Freude der Kinder. Begeistert gingen sie mit der Floristin von einem Blumenkübel zum nächsten und wählten bunte gemischte Gerbera aus, dazu ein paar Chrysanthemen und Lilien.

»Die hat sie wirklich alle noch nicht«, erklärte Anton zufrieden, als sie im Auto nach Ording fuhren.

Marieke hatte den sommerlichen Strauß auf den Beifahrersitz gelegt. »Ihr habt wirklich wunderschöne Blumen ausgesucht, da wird sich Frau Tetens bestimmt sehr freuen.«

An dem hübschen Reetdachhaus angekommen, gingen sie zielstrebig zu Frau Tetens' Haustür und klingelten. Emil und Anton hielten zusammen den Blumenstrauß fest, das hatten sie noch während der Fahrt vereinbart. Erwartungsvoll schauten sie nun auf die Tür, doch niemand machte auf.

»Vielleicht ist sie einkaufen«, mutmaßte Emil enttäuscht.

»Nein, das glaube ich nicht. Frau Tetens geht doch immer ganz früh morgens einkaufen«, sagte Marieke und legte einen Finger an die Lippen. »Seid mal still. Ich glaube, ich höre etwas.«

Gedämpft hörten sie Frauenstimmen.

Anton hob einen Zeigefinger. »Sie ist im Garten.«

»Und Besuch ist auch da«, ergänzte Emil.

Über den Steinweg liefen sie um das Haus herum. Als sie um die Ecke bogen, sahen sie, wie sich gerade ein Kaffeekränzchen auflöste. Berta Tetens und ihre drei Freundinnen standen um einen Tisch auf der Terrasse, auf dem neben Kaffeegeschirr zwei leere Kuchenplatten standen.

»Guten Tag«, grüßte Marieke fröhlich. Mittlerweile hatte sie die drei Frauen öfter gesehen, kannte zumindest ihre Vornamen und wusste, dass sie mit ihrer netten Vermieterin befreundet waren.

»Moin! Die einen kommen, die anderen gehen«, sagte Berta Tetens gut gelaunt, die eine hübsche ärmellose Sommerbluse mit Polka Dots und einen passenden knielangen Rock kombiniert hatte.

»Guck mal, was wir dir mitgebracht haben.« Emil und Anton streckten ihr stolz den Blumenstrauß entgegen.

»Nur welche, die du noch nicht hast«, fügte Emil hinzu.

»Haben wir extra für dich ausgesucht.« Anton grinste.

Überrascht, aber offensichtlich sehr erfreut, legte Frau Tetens sich eine Hand aufs Schlüsselbein. »Oh, das wäre doch nicht nötig gewesen. Die sind aber schön! Vielen Dank.«

»Wir wollten uns einfach mal bedanken, weil Sie immer so nett und hilfsbereit sind«, erklärte Marieke.

»Das ist doch selbstverständlich.« Sie lächelte ein wenig verlegen, während sie den Jungen den üppigen Blumenstrauß abnahm und an den Blüten roch. »Und wie gut sie duften!«

»Hab ich euch eigentlich schon von unserem neuen Trampolin auf dem Campingplatz erzählt? Ihr müsst unbedingt mal vorbeikommen und es ausprobieren«, sagte eine der älteren Damen zu den Jungen, die einen großen Strohhut trug.

»Au ja!« Emil war sogleich Feuer und Flamme. »Dürfen wir, Mama?«

Überrumpelt blinzelte Marieke. »Wie? Jetzt gleich?«

»Ja. Bitte!« Emil sah sie treuherzig an.

»Ich könnte sie mitnehmen, wenn Sie möchten. Wir wollten eh gerade gehen«, bot die Frau mit dem Strohhut an.

»Sie können auch bei mir im Auto mitfahren«, meinte die Dame in weißer Bluse, die eine auffällige Muschelbrosche zierte, und zog einen Schlüssel aus ihrer Handtasche.

Die dritte schüttelte den Kopf. »Man kann es auch übertreiben, Gertrud. Die paar Meter bis zur *Strandperle* … Emil und Anton sind doch nicht fußkrank.«

»Also, von mir aus könnt ihr gehen«, erklärte Marieke schließlich lachend, als Emil und Anton sich bittend vor sie stellten und auch noch die gefalteten Hände hoben. »Wir müssen aber noch deine Mutter fragen, Anton. Am besten rufen wir sie gleich mal zusammen an.«

Jule war einverstanden. Und so folgten Emil und Anton

vergnügt der Dame mit dem Strohhut zum Campingplatz, während die anderen beiden Damen sich auf den Weg zum Pferdehof machten. Marieke blieb bei Frau Tetens auf der Terrasse und winkte zum Abschied.

»Jetzt essen Sie wenigstens ein Stückchen Kuchen und trinken eine Tasse Tee mit mir. Sonst habe ich ein ganz schlechtes Gewissen wegen der teuren Blumen.« Frau Tetens bedeutete ihr, sich an den Tisch zu setzen.

Amüsiert nahm Marieke Platz. »Zu einem Stück Kuchen sage ich nicht Nein. Schon gar nicht zu Ihrem. Hat Ihnen schon mal jemand gesagt, wie lecker Ihre Kuchen sind?«

Frau Tetens seufzte. »Das Kuchenbacken liegt in meiner Familie, müssen Sie wissen. Damit bin ich groß geworden.« Sie hob einen Finger. »Ah, einen Moment, ich stelle nur die Blumen ins Wasser und hole für Sie einen sauberen Teller und eine Tasse.«

Sie verschwand im Haus und kehrte kurz darauf mit dem Geschirr zurück. »Nicht dass Sie glauben, ich hätte sie weggetan! Die Blumen habe ich in einer Vase in der Küche stehen gelassen. Das konnte ich nicht alles mit einer Hand tragen.« Sie nahm den Tortenheber. »Was möchten Sie? Pfirsichtorte oder Apfelkuchen?«

»Apfelkuchen, bitte.« Marieke hielt ihrer Vermieterin den Teller hin und genoss wenig später einen Schluck friesischen Tee, der, obwohl er heiß dampfte, zu dem Sommertag zu passen schien. »Wirklich köstlich«, sagte sie nachdem sie ebenfalls den Kuchen probiert hatte. »Vor allem nicht zu süß. Gerade richtig.«

»Freut mich, dass es Ihnen schmeckt.«

»Nächste Woche werde ich auch einige Kuchen backen. Da ist nämlich Emils Geburtstag. Er wird zehn, und natürlich möchte er für alle Kinder in der OGS Geburtstagskuchen mitnehmen.«

Interessiert sah Frau Tetens sie an. »Wie viele Kinder sind denn in der OGS?«

»Über vierzig«, betonte Marieke und schob sich das nächste Stück von ihrem Apfelkuchen in den Mund.

Frau Tetens hob die Augenbrauen. »Über vierzig? Und für so viele Kinder wollen Sie in der kleinen Küche in der Wohnung oben backen?«, fragte sie ungläubig. »Alleine?«

Marieke zuckte die Schultern. »Es wird schon irgendwie gehen.«

»Na ja, irgendwie schon … Aber wie? In der Küche ist viel zu wenig Platz, um vernünftig Kuchen zu backen.« Entschlossen stand sie auf. »Kommen Sie mal mit.«

Hastig schob Marieke sich noch ein Stück Apfelkuchen in den Mund, bevor sie sich erhob. Dann folgte sie der alten Dame um das Haus herum, bis zur Eingangstür der Haushälfte, wo sie mit Emil wohnte. »Was haben Sie vor?«

»Ich werde Ihnen beim Kuchenbacken helfen.« Sie zwinkerte ihr zu, holte aus einer Rocktasche ein Schlüsselbund und schloss die Eingangstür auf. In der Diele öffnete sie die Tür, die rechts am Fuß der Treppe lag. »Kommen Sie rein.«

Nachdem Marieke den Raum betreten hatte, staunte sie nicht schlecht. Denn als sie aus dem dunklen Flur auf die floralen sonnenbeschienenen Bodenfliesen im Kolonialstil trat und die alte Einrichtung betrachtete, war ihr, als würde sie in eine andere Welt eintauchen. In der Luft hing ein Hauch von Anis, und in den einfallenden Sonnenstrahlen tanzten winzige Staubpartikel. »Das ist ja eine richtige kleine Backstube. Damit habe ich nicht gerechnet.«

Der Raum war mit zwei Backöfen ausgestattet, es gab einen großen Kühlschrank und komfortable Arbeitsflächen, wie Marieke sie nur aus der kleinen Bäckerei kannte, in der sie gearbeitet hatte. Überall standen Backformen herum, für Brote und Kuchen. Große Bleche lehnten an einer Wand neben der Spüle, und in einer Ecke stand sogar eine Teigknetmaschine.

»Ich war schon sehr lange nicht mehr in der Backstube«, gestand Frau Tetens und wirkte etwas wehmütig, als sie mit langsamen Schritten die Küche durchquerte. »Das letzte Mal habe ich hier mit meiner Schwester Hanni für ein Gemeindefest über zwanzig Kuchen gebacken. Das ist schon sehr lange her …«

Marieke fühlte sich sehr geehrt, da Frau Tetens für sie diesen besonderen Raum wieder öffnete. Bedächtig sah sie sich um. »Darf ich?«, fragte sie, bevor sie eine Schublade aufzog.

»Nur zu. Schauen Sie sich ruhig um.«

Sie entdeckte Holzlöffel und Teigschaber, Rührschüsseln und Siebe – in verschiedenen Größen und Formen. Begeistert strich sie über die Kochfelder des Herds, ging in die Hocke und schaute in einen der Öfen. Unter dem Backofen entdeckte sie eine schmale Schublade, die sie herauszog. »Oh, hier liegt ein altes Buch drin.«

»Was für ein Buch denn?« Frau Tetens kam zu ihr und schaute neugierig auf ihren Fund.

Vorsichtig zog Marieke das in Leder eingebundene Buch aus der Schublade. »Sieht ziemlich alt aus.«

»Das gibt es ja nicht!«, rief Frau Tetens ungläubig. »Das ist das alte Backbuch meiner Oma Irmgard. Ich habe es überall gesucht!«

Nachdem Marieke es ihr gegeben hatte, blätterte sie konzentriert darin. »Ich weiß nicht, wie viele Jahre es verschwunden war – und Sie finden es sofort. Ich habe geglaubt, dass es für immer verloren gegangen ist! Auf die Idee, in der Schublade nachzusehen, bin ich nicht gekommen.« Sie drückte das Buch an sich wie einen kostbaren Schatz. »Sie können sich gar nicht vorstellen, was es für mich bedeutet, es wieder zu haben. Nun ist das alte Wissen meiner Familie doch nicht unwiederbringlich verschwunden.«

»Ich habe bloß eine Schublade geöffnet.« Marieke freute sich mit der alten Dame. »Ihre Familie scheint ja aus richtigen Kuchen-Experten bestanden zu haben.«

»Oh ja! Das ist wirklich so. In Schleswig-Holstein gab es von jeher viele leckere Kuchen und Torten, und jede Gegend hatte eine eigene Spezialität. In unserem Land zwischen den Meeren, wissen Sie, da sind die Winter immer besonders lang. Das Backen half den Leuten, besser durch die eisige Jahreszeit zu kommen, und das ist heute immer noch so. Nur dass wir inzwischen ja zu jeder Jahreszeit backen. Und meine Vorfahren haben einst ihre eigenen Rezepte entwickelt. Meine Oma Irmgard hat sie damals in diesem Backbuch aufgeschrieben, damit sie in der Familie bleiben.«

»Hat Ihre Familie zusammen in der Backstube Kuchen gebacken?«

Versonnen lächelte sie und lehnte sich gegen die Arbeitsfläche. »Ja. Wir haben alle zusammen gebacken. Meine Eltern haben den Kuchen nach den alten Familienrezepten zubereitet und dann in einem Wagen auf Märkten auf ganz Eiderstedt verkauft. Die Leute standen Schlange, um unsere Kuchen zu kaufen, und oft hatten wir Vorbestellungen für Familienfeste oder andere Anlässe. Das war eine schöne Zeit!« Mit verklärtem Gesichtsausdruck betrachtete sie eine Backform, die vor ihr auf einer Arbeitsplatte lag. »Bis zum Tod meiner Schwester habe ich mit ihr zusammen regelmäßig Kuchen gebacken.«

»Und danach?«

Sie zuckte mit den Schultern. »Danach habe ich es aufgegeben, weil alleine essen keinen Spaß macht und ich keinen ganzen Kuchen schaffe.« Sie strich leicht über die Backform und schlug dann das Backbuch auf.

Marieke seufzte. Sie dachte an den Käsekuchen ihrer Oma, den sie so sehr liebte, und an die Kuchen der Senioren, die sie ihr bei ihren Hausbesuchen anboten. Eines hatten diese Kuchen alle gemeinsam: Sie schmeckten jeder auf eine eigene Art besonders gut. Die Torten hatten einen ganz einzigartigen Geschmack, den sie so nirgendwo anders fand, jedenfalls in keinem Café und auch in keiner Konditorei, die sie kannte. Wahrscheinlich liegt es daran, dass die Omakuchen mit besonders viel Liebe gebacken werden, und das schmeckt man eben, überlegte sie.

»Hier ist das Rezept, das ich seit so vielen Jahren gesucht habe«, sagte Frau Tetens aufgeregt und zeigte auf eine handbeschriebene Seite, die in Sütterlinschrift verfasst war. »Der Karottenkuchen meiner Oma Irmgard. Mein absoluter Lieblingskuchen! Den muss ich morgen unbedingt backen, und dann lade ich Sie zum Kosten ein. Emil und Anton natürlich auch.« Als sie Marieke ansah, hatte sie gerötete Wangen und wirkte plötzlich um einiges jünger als noch vor einer halben Stunde im Garten.

Marieke freute sich darüber. »Sehr gerne. Ich bin mir sicher, der Karottenkuchen Ihrer Oma schmeckt köstlich.«

»Und bei den Kuchen für Emils Geburtstag helfe ich Ihnen. In der Backstube sind schnell genug Torten für vierzig Kinder gebacken. Oder sollen es lieber kleine Kuchen sein? Ich muss gleich mal aufschreiben, welche Zutaten wir dafür brauchen.« Frau Tetens' Augen strahlten. Sie schien ganz in ihrem Element zu sein.

»Gern Kuchen. Und die Zutaten fahren wir dann zusammen einkaufen.« Marieke ließ sich freudig von Frau Tetens Feuereifer anstecken, und mit einem Mal kam ihr *die* Idee. Dass sie nicht vorher darauf gekommen war! Nun wusste sie endlich, wie sie der Einsamkeit zumindest einiger Senioren ein Ende bereiten konnte.

## 12. Kapitel

*Am nächsten Morgen im Büro des Pflegediensts in Bad, bei leicht bewölktem Himmel und ein paar Grad kühler als am Vortag.*

»Entschuldige noch mal, dass ich gestern so kurz angebunden war und Anton nicht auf so einen Fall vorbereitet hatte.« Jule stellte zwei Tassen mit heißem Kaffee auf den Tisch und ließ sich in den Bürostuhl dahinter sinken. »Aber bei Frau Neubert hat es im Krankenhaus viel länger gedauert, als ich gedachte hatte. Es war schon so spät, als ich bei dir vorbeigekommen bin. Dann musste Anton dringend ins Bett, und wenig später ist auch noch mein Mann nach Hause gekommen. Ich hätte dich noch angerufen, aber er hat jetzt ein paar Tage flugfrei … Hier muss ich nur noch schnell …« Sie öffnete eine Akte und blätterte darin.

»Das macht nichts.« Marieke nahm die Kaffeetasse in die Hand und blies auf die dampfende Flüssigkeit, um sie abzukühlen. »Ich weiß ja, dass du mit dem Pflegedienst viel um die Ohren hast.«

»Das kannst du wohl laut sagen«, murmelte Jule, ohne

den Blick zu heben. »Jeden Tagen ist was Neues los. Langweilig wird einem nicht.«

»Konnte das Krankenhaus denn Frau Neuberts Tochter erreichen?«

»Nein, bisher nicht.« Nachdem Jule sich eine Notiz gemacht hatte, schaute sie auf. »So, jetzt bin ich ganz Ohr. Was wolltest du mir denn eigentlich erzählen?«

Marieke nippte an ihrem Kaffee. »Mir ist gestern eine Idee gekommen, wie wir die alten Leutchen ein Stück aus ihrer Isolation herausbekommen.«

»So? Da bin ich aber gespannt.« Jule guckte Marieke erwartungsvoll an.

Ausführlich beschrieb Marieke ihr die zauberhafte Backstube, die sich in Frau Tetens' Reetdachhaus verbarg, und auch von Frau Tetens' Angebot, Kuchen für die OGS zu backen. »Und da ist mir auf einmal eine Idee gekommen: Wir gründen einen Kuchen-Club für Senioren und bringen sie in Bertas Backstube zusammen. Denn was haben viele einsame Senioren außer ihrer Einsamkeit gemeinsam? Sie kochen und backen gerne. Das könnten sie doch am besten zusammen tun. So sitzen sie nicht den ganzen Tag in der Wohnung und warten darauf, dass endlich etwas passiert, sondern sind unter Leuten und können mit ihnen machen, was ihnen Spaß macht.«

»Hey, das ist genial!«, fand Jule und klatschte in die Hände.

»Außerdem gibt es nichts, was besser schmeckt als selbst gemachter Omakuchen.« Marieke grinste.

»Das stimmt! Wenn ich an den Bienenstich und den Streuselkuchen von meiner Oma denke ...« Jule verdrehte genüsslich die Augen. »Ich habe nie wieder so einen leckeren Kuchen gegessen. Da kann die beste Konditorei nicht mithalten.«

»Eben. Ein schöner Nebeneffekt ist auch, dass die Senioren in der Gemeinschaft des Kuchen-Clubs sich wieder gebraucht fühlen können. Das nächste Gemeindefest kommt bestimmt, und es könnten ja auch etwas kleinere Feiern sein ...«

Jule überlegte einen Moment. »Mir fallen spontan mehrere Senioren ein, von denen ich weiß, dass sie gerne backen und kochen. Ich wurde auch schon öfter von anderen Klienten zu einem Stück selbstgebackenen Kuchen eingeladen, und es hat mir jedes Mal ganz wunderbar geschmeckt.«

»Frau Neubert, zum Beispiel«, merkte Marieke an.

»Stimmt. Sie gehört definitiv dazu.«

Marieke fühlte sich bestätigt. »Was meinst du? Wollen wir den Omakuchen-Club ins Leben rufen?«

»Ja! Unbedingt. Das heißt ... Was sagt eigentlich Berta Tetens dazu? Ich meine, wir planen hier, aber es ist ihre Backstube«, gab Jule zu bedenken.

»Ich habe sie noch nicht gefragt, weil ich zuerst mit dir sprechen wollte. Sonst hätte ich die Pferde scheu gemacht, und hinterher wäre sie vielleicht enttäuscht gewesen, wenn es nicht geklappt hätte.« Marieke fügte hinzu: »Ich glaube aber nicht, dass sie etwas dagegen hat. Sie ist Feuer und Flamme, wenn es ums Backen geht, und hat ja auch angeboten, für Emils Geburtstag Kuchen zu backen.«

»Na, wunderbar! Sobald alles mit Frau Tetens abgesprochen ist, kann ich anfangen, Senioren wegen des Kuchen-Clubs anzusprechen. Und für den Transport zur Backstube kann ich unseren Kleinbus zur Verfügung stellen.«

»Das ist toll! Vielleicht können wir zusammen alles Weitere mit Frau Tetens bei einer Tasse Tee am Nachmittag besprechen?«

»Das klingt gut.«

»Super.« Marieke erhob sich von ihrem Stuhl. Sie fühlte sich voller Energie, seit sie die Idee des Kuchen-Clubs hatte und sich Gedanken über die Umsetzung machte. »Ich muss los. Herr Velthuisen hat einen Termin bei der Krankengymnastik.«

Der idyllische Hof von Keke Velthuisen lag etwas außerhalb zwischen Ording und Brösum. Seit der alleinstehende Rentner sich einen Nerv am Rücken eingeklemmt hatte, war er immer mal wieder, je nachdem wie stark seine Schmerzen wurden, auf Unterstützung angewiesen.

Marieke fuhr die Einfahrt vom Hof hoch und parkte gleich neben der Haustür, damit Herr Velthuisen einen möglichst kurzen Weg bis zum Fahrzeug hatte. Sie hatte den alten Mann schon vor einer Woche mit Jule zusammen gefahren und mochte ihn. Besonders sein sonniges Gemüt und seine positive Ausstrahlung hatten es ihr angetan.

Nachdem sie den Klingelknopf gedrückt hatte, wartete Marieke geduldig. Schließlich hatte der Senior einen Bandscheibenvorfall und war dementsprechend langsam unterwegs. Als nach fünf Minuten jedoch immer noch nichts geschehen war, drückte sie ein zweites Mal auf den Klingelknopf. Vielleicht hatte er die Türklingel nicht gehört.

Als sich wieder nichts tat, nahm sie den Haustürschlüssel aus ihrer Tasche, den sie für Notfälle immer dabeihatte. Marieke schluckte, als sie den Schlüssel im Schloss drehte.

Hoffentlich war nichts Schlimmes passiert. Marieke erinnerte sich daran, wie sie Frau Neubert vorgefunden hatte, und schluckte. Jule hatte ja auch schon Senioren tot in ihrem Bett vorgefunden. Bevor sie in den dunklen Hausflur trat, atmete sie tief durch und versuchte, sich für das zu wappnen, was immer sie erwarten mochte.

»Herr Velthuisen?«, rief sie laut, um sich bemerkbar zu machen. »Hier ist Marieke Schepat vom Pflegedienst. Ich komme wegen Ihres Termins beim Physiotherapeuten.«

Sie ging durch alle Räume im Erdgeschoss, fand ihn jedoch nicht. Als sie die Treppe in die erste Etage hochstieg, befürchtete Marieke das Schlimmste. Wenn Herr Velthuisen um diese Uhrzeit immer noch in seinem Bett lag, oder womöglich davor …

Die Schlafzimmertür war geschlossen. Marieke legte eine Hand auf die Klinke, zögerte jedoch. Sie schluckte, schloss kurz die Augen und atmete tief ein und aus, um sich zu beruhigen.

Es half alles nichts, aber sie musste in dem Zimmer nachsehen. Mit klopfendem Herzen drückte sie schließlich die Klinke runter und öffnete die Tür. Das Schlafzimmer war leer.

Erleichterung breitete sich in ihr aus. Und sie merkte erst jetzt, dass sie die Luft angehalten hatte.

Zumindest lag Herr Velthuisen nicht tot im Bett. Aber wo war er? Marieke schaute in den verbliebenen Räumen nach, ohne Erfolg. Kurze Zeit später verließ sie ratlos das Haus und blickte sich um.

Der Hof war ziemlich groß. Es gab mehrere Nebengebäude und auch einen Garten sowie Weideflächen, auf denen Schafe grasten. Zunächst suchte sie in einem alten umfunktionierten Stall, der als Geräteschuppen diente, dann in dem großen Garten. Zwischen den Schafen auf der Wiese konnte sie ihn nicht ausmachen.

Blieb noch das große rote Backsteinhaus, das etwas abseits errichtet worden war. Marieke vermutete darin eine Werkstatt. Sie erinnerte sich daran, dass Herr Velthuisen erzählt hatte, an wie vielen Autos er gebastelt hatte, und dass er immer noch gern dieser Leidenschaft nachging, wenn es die Gesundheit erlaubte.

»Mein ganzer Stolz ist ein Audi Variant aus dem Jahre 1966«, hatte er gesagt. »In dem bin ich jeden Sonntag über die Halbinsel Eiderstedt spazieren gefahren. Die Blicke hätten Sie sehen sollen!«

Die grüne Holztür stand halb offen. Während Marieke sich dem Gebäude näherte, hörte sie leise Musik und dann eine Stimme, die vermutlich aus einem Radio kam. Vorsichtig stieß sie die Tür auf und erkannte, dass es sich um eine geräumige Garage handelte. An der Vorderseite musste es ein Tor geben, das war Marieke gar nicht aufgefallen.

Jetzt entdeckte sie ein Paar Beine, die unter dem Auto hervorlugten. Na, bitte, dachte sie erleichtert.

Nachdem sie sich laut geräuspert hatte, klopfte sie mit den Fingerknöcheln gegen das Holz der Tür. »Herr Velthuisen?«

»Bin unter dem Auto«, kam es gedämpft zurück.

»Hier ist Marieke Schepat vom Pflegedienst. Sie haben gleich einen Termin beim Physiotherapeuten.«

»Wird auch Zeit, dass Sie kommen«, sagte die Stimme unter dem Auto. »Ziehen Sie mal an meinen Beinen, ich komme hier sonst nicht raus.«

Marieke stellte ihre Tasche auf dem staubigen Boden ab und tat, wie ihr geheißen, bis Her Velthuisen samt seinem Montagerollbrett unter dem Auto zum Vorschein kam. »Da sind Sie ja.«

Er trug einen Blaumann und hielt ölverschmiertes Werkzeug in den Händen. Sein Gesicht zierten einige schwarze Spritzer, und er lächelte ihr zu.

»Ich habe Sie zuerst im Haus und im Garten gesucht, nachdem mir keiner aufgemacht hat«, erklärte sie. »Jetzt müssen wir uns aber beeilen, wenn wir nicht zu spät zu Ihrem Termin kommen wollen.«

Er hielt ihr auffordernd die Hände entgegen und lachte verschmitzt. »Nichts lieber als das. Aber ich komme nicht von alleine hoch. Seit heute früh liege ich schon auf dem Brett und warte, dass jemand vorbeikommt und mir hilft.«

Marieke zog mit aller Kraft. Es kostete sie einige Mühe, denn Herr Velthuisen war durch seine Unbeweglichkeit ziemlich schwer. Aber da hat sich das Kistenschleppen ja gelohnt, dachte sie. Wenigstens habe ich jetzt ein paar Muskeln mehr.

»Danke«, sagte er schnaufend, als er auf beiden Beinen stand.

Vorsichtig ließ sie ihn los und war froh, dass sein Kreislauf mitspielte. »Was legen Sie sich auch mit ihrem eingeklemmten Nerv unter das Auto?«

Herr Velthuisen kratzte sich verlegen am Hinterkopf. »Mir war langweilig. Und ich dachte, ein bisschen Bewegung kann nicht schaden, ich komme schon wieder irgendwie von allein hoch. Hat nicht ganz geklappt.«

»Nicht wirklich«, stellte Marieke amüsiert fest und griff nach ihrer Tasche.

»Ich gehe mich dann mal eben umziehen.«

»Machen Sie das, ich warte im Auto auf Sie.« Nachdem sie das Licht ausgeschaltet und die Tür hinter sich geschlossen hatte, schaute Marieke dem alten Mann hinterher, während er über den Hof ging. Sein Gang war steif und ein wenig wackelig. Man musste kein Experte sein, um zu sehen, dass er Schmerzen beim Laufen hatte. Aber Hauptsache, er hatte Spaß beim Basteln, dachte sie und schüttelte leicht den Kopf.

Vielleicht gab es ja etwas anderes, das er tun konnte, wenn ihm die Langeweile unerträglich wurde … Vielleicht ja Kuchenbacken? Marieke nahm sich vor, Herrn Velthuisen vom Kuchen-Club zu erzählen, sobald er spruchreif war.

Trotz allem kamen sie pünktlich in der Physiotherapiepraxis in der Dünen-Therme an. Marieke hatte sofort einen freien Parkplatz ergattert, der auch noch direkt vor dem Gesundheitszentrum war.

Der Physiotherapeut nahm Herrn Velthuisen freundlich in Empfang. »Wie geht es Ihnen denn?«

»Danke, kann nicht klagen«, erwiderte er leichthin und schlenderte dann so gelassen mit dem Therapeuten in den Behandlungsraum, als hätte er keinerlei körperliche Beschwerden.

Von wegen, dachte Marieke, als sie eine Zeitschrift vom Stapel im Wartezimmer nahm und seufzend zu blättern begann. Nachdem sie Berichte über die Schönen und Reichen aus Hollywood in einem Hochglanzmagazin und eine Gesundheitszeitschrift mit Artikeln über Hot-Stone-Massagen und warum Yoga glücklich macht durchgelesen hatte, war die Behandlung von Herrn Velthuisen auch schon fertig.

»Schonen Sie sich, bitte. Keine Experimente. Dann bekommen wir ihren Nerv bald in den Griff«, ermahnte der Physiotherapeut ihn mit erhobenem Zeigefinger, nachdem er Herrn Velthuisen zur Tür begleitet hatte. Er warf Marieke einen vielsagenden Blick zu, und ihr wurde klar, dass er natürlich schnell gemerkt hatte, dass Keke es mal wieder übertrieben hatte.

»Wird gemacht, Chef«, antwortete Herr Velthuisen.

»Dann bis in drei Tagen.«

Die Männer verabschiedeten sich mit einem festen Händedruck.

Als Marieke wenig später die Einfahrt zu Herrn Velthuisens Hof hochfuhr, sah sie jemanden vor seiner Haustür stehen. Es war ein großer Mann, der wadenlange Hosen und ein lässiges T-Shirt trug. Er telefonierte gerade und wandte ihnen den Rücken zu.

»Ach, da ist ja mein Neffe. Hätte ich fast vergessen, dass er heute vorbeikommen wollte«, sagte Herr Velthuisen und legte die Hand auf das Armaturenbrett.

»Schön, dass Sie Besuch haben. Dann ist Ihnen wenigstens nicht so langweilig, dass Sie unter ein Auto krabbeln müssen«, erwiderte Marieke und zwinkerte ihm zu.

»Sie meinen, dann mache ich keinen Blödsinn.« Herr Velthuisen grinste schelmisch. Und plötzlich wirkte er viel jünger, als er war.

»So ist es.« Lächelnd stieg sie aus, öffnete die Beifahrertür und half dem Senior beim Aussteigen. In dem Moment drehte sich der Mann an der Eingangstür um – und es verschlug Marieke für einen Moment die Sprache, als sie plötzlich wieder in tiefblaue Augen blickte und sich so wackelig auf den Beinen fühlte wie nach ihrem Sturz vor der Apotheke.

»Tschüs, Frau Schepat.« Herr Velthuisen nickte ihr zu und ging auf seinen Neffen zu. »Moin, Marc!«

»Moin, Onkel Keke«, grüßte er und wandte sich dann Marieke zu. »Ach, sieh an.« Ein Grinsen breitete sich auf seinem Gesicht aus.

»Ja, so sieht man sich wieder«, sagte Marieke, da ihr nichts Besseres einfiel.

»In St. Peter läuft man sich früher oder später immer über den Weg. Das hört erst auf, wenn man tot ist.« Sein Lächeln vertiefte sich, während er sie ansah, und erreichte jetzt auch seine faszinierenden blauen Augen.

»Na, denn. Wenn du hier fertig bist, dann komm rein. Ich mache Tee in der Küche.« Herr Velthuisen verschwand im Haus und ließ die Eingangstür einen Spaltbreit offen stehen.

»Kommen Sie öfter zu meinem Onkel?« Er trat einen Schritt auf sie zu.

»Je nach Dienstplan«, antwortete Marieke wahrheitsgemäß. »Und Sie?«

»Auch, je nach Dienstplan. Mir gehört die Cafébar *Käppchenkuchen* in Bad. In der Hochsaison ist immer mächtig was los, sodass ich nicht viel Zeit habe, meinen Onkel zu besuchen«, lachte er und streckte ihr die Hand entgegen. »Marc Velthuisen.«

»Marieke Schepat.«

Lachend wandte sie sich um, als sie das durchdringende Pfeifen eines Wasserkessels aus dem Haus hörte. »Ich glaube, das Teewasser ist fertig.«

Marc Velthuisen nickte.

»Ich muss auch weiter«, fügte sie hinzu. »War nett, Sie wiedergetroffen zu haben.«

»Fand ich auch.« Er lächelte sie an. »Was halten Sie davon, wenn wir uns beim nächsten Mal nicht ganz so zufällig über den Weg laufen?«

Obwohl sie spürte, dass sie errötete, lächelte sie ihn herausfordernd an. »Das hört sich ja fast nach einer Verabredung an.«

»Ist es auch. Ich möchte Sie unbedingt wiedersehen.« Er zog aus der Gesäßtasche seiner Hose ein Portemonnaie hervor und nahm eine Visitenkarte heraus. »Hier. Das ist die Adresse von meinem Café. Meine Handynummer steht gleich darunter. Kommen Sie doch einfach vorbei.

Und wenn ich nicht hinter der Theke stehe, fragen Sie einfach nach mir! Okay?«

Marieke war um das Auto herumgegangen, blieb nun an der Fahrerseite stehen und betrachtete die Karte, die sie in der Hand hielt. »Ich werde es mir überlegen, danke.« Sie wollte nichts versprechen.

Als sie vom Hof fuhr, beobachtete sie im Rückspiegel, dass er ihr nachschaute, bis sie auf die Hauptstraße gebogen war.

## 13. Kapitel

*Nachmittags in der Friesenküche von Berta Tetens,*
*bei einer erfrischenden Apfelschorle*
*und Oma Irmgards Karottenkuchen.*
*Die Wolken hatten sich verzogen,*
*und die Temperaturen waren auf 28 Grad angestiegen.*

»Natürlich finde ich das gut. Sehr gut sogar«, sagte Berta Tetens erfreut, nachdem Marieke und Jule ihr die Kuchen-Club-Idee erläutert hatten. »Dass ich da nicht von allein drauf gekommen bin …«

»Und Sie sind damit auch wirklich einverstanden?«, fragte Marieke vorsichtshalber noch einmal.

»Und wie! Dafür ist die Backstube doch da!« Berta Tetens' Augen glänzten vor Vorfreude. »Endlich wieder mit mehreren Leuten backen. Sie können sich ja gar nicht vorstellen, wie sehr mir das gefehlt hat!«

Jule legte Berta Tetens eine Hand auf den gesunden Arm. »Das freut mich zu hören.«

»Jetzt muss nur bald der Gips mal ab«, lachte die alte Dame. »Dann bin ich wieder ganz die Alte. Wann soll es mit dem Kuchen-Club denn losgehen?«

Marieke zuckte die Schultern. »Gerne sobald ich einige Senioren gefragt habe. Ein Kleinbus für die Hin- und Rückfahrt steht auch zur Verfügung.«

»Wunderbar! Das sollten wir feiern! Und wie gut, dass ich heute ausgerechnet diesen besonderen Karottenkuchen gebacken habe«, fand Berta Tetens und schnitt einen Kuchen mit rosa Topping und hübscher Wildblümchendekoration an. »Das Rezept ist von meiner Oma Irmgard.«

Sie legte den Frauen jeweils ein Stück auf den Teller. »Guten Appetit.«

Höflich probierte Jule und seufzte dann genüsslich auf. »Hm, ist der köstlich! So herrlich saftig!«

»Ja, er schmeckt richtig gut nach Möhren, und dann dieses leckere Mandel-Zimtaroma. Danach könnte ich süchtig werden!«, stimmte Marieke begeistert zu.

»Dann können Sie ja jetzt beide verstehen, warum ich so glücklich war, als Sie das Buch in der Schublade entdeckt haben.« Berta Tetens schaute zufrieden zu, wie Marieke und Jule mit Appetit aßen.

»Was halten Sie eigentlich davon, wenn wir das mit dem Sie einfach lassen?«, fragte sie plötzlich.

Marieke und Jule schauten sie überrascht an.

»Immerhin gründen wir so etwas wie einen Verein, und da passt es doch nicht, wenn man sich siezt«, fügte die alte Dame hinzu. »Ich bin Berta.«

»Von mir aus herzlich gerne. Marieke.« Lächelnd schüttelte Marieke die ihr entgegengestreckte Hand.

»Freut mich sehr.« Berta strich sich eine weiße Haarsträhne aus dem Gesicht.

»Und ich bin Jule.« Sie hielt sich eine Hand vor den Mund, weil sie noch Karottenkuchen aß, als Berta ihr ebenfalls die Hand reichte.

Sie lächelten sich an. »Schön, dass es dir so gut schmeckt, Jule.«

»Wie viele Leute dürfen denn eigentlich zum Backen kommen?«, fragte Marieke und trank einen Schluck Apfelschorle.

»Früher waren wir eine Menge Bäcker in der Backstube.« Berta runzelte die Stirn. »An die zwanzig auf jeden Fall.«

»Toll! Mir sind schon einige Senioren eingefallen, die bestimmt Interesse an einem Kuchen-Club haben.« Nachdem sie die letzten Krümel mit der Gabel aufgenommen und verspeist hatte, tupfte Jule sich den Mund mit einer Serviette ab.

Während Berta ein zweites Stück Karottenkuchen auf ihren Teller hob, sagte sie: »Bald ist wieder Kirchenfest. Dafür können wir einige Torten spenden. Neben fleißigen Bäckern bräuchten wir aber auch einen Fahrer, der die fertigen Kuchen zur Kirche transportiert.«

»Da wüsste ich vielleicht schon jemanden.« Marieke dachte an den alten Herrn Velthuisen. Wenn er sich dazu bereit erklärte, beim Bringen der Kuchen zu helfen, konnte es doch ein perfekter Zeitvertreib gegen seine Langeweile sein. Sie war sich jedoch nicht sicher, ob er auch erst einmal als Beifahrer mitmachen wollte. Allein fahren konnte er ja zurzeit nicht ... »Ich frage ihn bei der nächsten Gelegenheit, ob er helfen möchte«, versprach Marieke nachdenklich.

»Ach, was freue ich mich! Das wird ein großer Spaß!« Enthusiastisch klatschte Berta in die Hände. Dann stand sie auf und kehrte kurz darauf mit drei kleinen Gläschen zurück zum Küchentisch. Andächtig öffnete sie eine Flasche mit einer orangefarbenen Flüssigkeit, die sie in die Gläser goss. »Zur Feier des Tages müssen wir mit Fasanenbrause anstoßen.«

»Auf den Kuchen-Club«, sagte sie laut, als alle die Gläser gehoben hatten.

»Auf den Kuchen-Club«, wiederholten Marieke und Jule, dann tranken sie das fruchtig-herbe Getränk mit dem angenehm säuerlichen Geschmack von Sanddorn.

Am nächsten Tag war Marieke ein erneuter Besuch bei Herrn Velthuisen zugeteilt worden. Sie besorgte für ihn ein Schmerzgel aus der Apotheke und nahm für sich gleich eine neue Flasche mit antiallergener Sonnencreme mit. Das trifft sich gut, überlegte sie, dann kann ich gleich mal vorfühlen, ob er bereit wäre, den Kuchen-Club zu unterstützen.

Fröhlich vor sich hin summend, fuhr sie auf den Hof. Als sie die Haustür sah, musste sie an die Begegnung mit Marc Velthuisen denken. Wenn sie ehrlich war, hoffte sie fast, ihn zufällig wieder bei seinem Onkel zu treffen. Doch was dann? Vor Nervosität würde sie vielleicht anfangen, alles Mögliche zu erzählen, was ihr einfiel und was ihr später unangenehm wäre ... Im Grunde fühlte sie sich auch einfach noch nicht bereit für ein Date.

Halb erleichtert, halb enttäuscht, stellte sie fest, dass er an diesem Tag nicht da war. Nachdem sie an der Tür geklingelt hatte, öffnete ihr Herr Velthuisen.

»Moin! Da habe ich ja Glück, dass ich Sie heute außerhalb der Garage erwische.«

»Ist ja auch kein Wunder!« Er ließ sie herein. »Seit der Krankengymnastik kann ich mich kaum bewegen. Da komme ich noch nicht einmal runter aufs Rollbrett. Nur Sessel und Beine hoch geht«, jammerte er und stützte sich auf einen Stock, während er Marieke in die Küche führte.

»Da trifft es sich ja gut, dass ich Ihnen eine Tube Schmerzgel mitgebracht habe.« Marieke legte die Packung mit dem Gel auf den Tisch.

Herr Velthuisen stieß einen verächtlichen Laut aus und verzog das Gesicht, als er sich auf einen Stuhl sinken ließ. »Vielleicht gehe ich zum nächsten Termin gar nicht hin. Wenn ich mich danach viel schlechter bewegen kann als vorher, nützt das doch nichts. Das macht doch keinen Sinn!«

»Vielleicht geht es Ihnen ja aber in drei Tagen besser als vorgestern. Meistens wissen Physiotherapeuten ja ganz gut, was sie tun«, beschwichtigte Marieke ihn. »Und ich wollte noch etwas anderes mit Ihnen besprechen.«

»Bitte.« Er zeigte auf einen freien Stuhl, auf dem Marieke nun Platz nahm. Angefangen mit dem Fund des alten Rezeptbuchs in Bertas Friesenküche bis hin zu Frau Neuberts Marmorkuchen erzählte Marieke von ihrer Idee, einen Kuchen-Club ins Leben zu rufen.

Abwehrend hob Herr Velthuisen die Hand, als sie geschlossen hatte. »Da muss ich Sie enttäuschen. Ich kann nicht backen.« Er schmunzelte und strich sich über den Bauch. »Aber ich esse gerne Kuchen, wenn das auch hilft.«

Marieke lächelte amüsiert. »Das ist okay. Und Sie fahren doch gerne mit dem Auto durch die Gegend, nicht wahr?«

»Stimmt genau.«

»Das trifft sich gut! Der Kuchen-Club braucht nämlich dringend jemanden, der die Kuchen von der Backstube zu den Orten transportiert, an denen sie in St. Peter-Ording gebraucht werden.« Herr Velthuisen verzog schon den Mund und wollte zu einer Antwort ansetzen. »Allerdings weiß ich nicht, ob Sie sich so gut in St. Peter auskennen, dass Sie als Beifahrer helfen können?«, packte Marieke ihn an seiner Eitelkeit.

»Und ob ich mich gut in St. Peter auskenne!«, polterte er. »So gut wie in meiner Garage. Wo soll denn der Kuchen-Club stattfinden?«

Zufrieden strich sie sich eine blonde Locke aus dem Gesicht. »In Berta Tetens' Backstube in Ording.«

Herr Velthuisens Gesichtsausdruck hellte sich merklich auf. »Berta Tetens' Backstube kenne ich. Gut. Also, wenn der Kuchen-Club mich braucht, bin ich dabei«, verkündete er entschieden. Schmerzen schien er nicht mehr zu haben.

»Da freue ich mich aber!«

»Wann soll es denn losgehen? Ich müsste vorher wohl noch eine Inspektion an meinem Auto vornehmen und es sauber machen, damit die Kuchen auch unversehrt an ihre Zielorte kommen«, sagte er mit wichtiger Miene. »Schließlich möchte ich nicht nur als Beifahrer rumsitzen. Das ist mir viel zu langweilig.«

»Ich sage Ihnen rechtzeitig Bescheid«, versprach Marieke und stand von ihrem Platz auf. »Ich muss nun leider weiter.«

Er hob einen Finger. »Moment!«

»Ja?«

»Mein Neffe war vorhin hier. Ich soll Ihnen das hier geben.« Mit einer Hand zog er eine Schachtel von der Fensterbank und überreichte sie ihr.

»Oh, für mich? Vielen Dank«, sagte Marieke überrascht und betrachtete die pastellfarbene Box, auf der in geschwungenen Buchstaben *Käppchenkuchen St. Peter-Ording* stand.

»Ich habe nicht reingeschaut.« Herr Velthuisen hob die Hände.

»Das habe ich auch gar nicht angenommen«, beeilte

sich Marieke, ihm zu versichern. »Ich schaue nach meiner Arbeit, was in der Schachtel ist. Auf Wiedersehen, Herr Velthuisen! Und noch einmal danke, dass Sie den Kuchen-Club unterstützen.«

Als Marieke zwei Straßen von Herrn Velthuisens Hof entfernt war, siegte ihre Neugier. Sobald sie rechts an einer Weide, auf der Schafe grasten, rangefahren war, öffnete Marieke die Schachtel. Darin fand sie einen Cupcake mit weißem Zuckerguss und eine Karte.

*Liebe Frau Schepat,*

*hier kommt eine kleine Erinnerung, damit Sie meine Einladung nicht vergessen.*

*Ich freue mich darauf, Sie demnächst auf einen Kaffee und einen Cupcake in meiner Cafébar* Käppchenkuchen *einzuladen.*

*Als kleinen Vorgeschmack schicke ich Ihnen einen Cupcake mit Blaubeeren und weißer Schokolade.*

*Marc Velthuisen*

Vorsichtig wickelte sie den Cupcake aus der Verpackung. Marieke musste lächeln. Selbstbewusst war Marc Velthuisen ja, das musste man ihm lassen.

Sie roch zuerst an dem Cupcake und biss dann hinein. Das kleine Törtchen schmeckte nicht schlecht, das musste sie zugeben, auch wenn sie fand, dass es kein Vergleich zu den Kuchen war, die ihre Oma, Berta und all die anderen Senioren backten. Genussvoll verzehrte sie den Cupcake und las dann noch einmal die Karte.

Sollte sie seine Einladung annehmen? Immerhin war sein Onkel ihr Klient – war es da nicht moralisch verwerflich und höchst unprofessionell, sich mit seinem Neffen privat zu treffen? So arbeiteten doch Erbschleicher, oder nicht? Und sicherlich erwartete Jule von ihr, dass sie Beruf und Privatleben trennte – und das zu Recht. Dazu gehörte doch, respektvoll Abstand zu wahren und sich lediglich um Herrn Velthuisen und seine Belange zu kümmern.

Andererseits wären es ja nur eine Tasse Kaffee und vielleicht noch ein Cupcake. Waren ihre Bedenken nicht etwas übertrieben?

Einige fänden es vermutlich einfach unhöflich, wenn sie die Einladung ausschlug oder gar ignorierte. Zumal Marc Velthuisen ihr nach ihrem Sturz so nett geholfen hatte. Eigentlich sollte sie ihn deshalb einladen, und nicht umgekehrt. Genauer betrachtet war es ja auch kein Date, sondern lediglich ein Besuch in seinem Café. Dort konnte ja jeder hingehen. Nichts wirklich Privates.

Marieke verschob ihre Entscheidung, startete den Motor und fuhr zur nächsten Seniorin, die sicher bereits auf sie wartete.

Nach ihrer Schicht hatte Marieke noch etwas Zeit, bevor sie Emil von der OGS abholen musste. Seufzend saß sie im Auto, nahm noch einmal die Karte zur Hand und las Marc Velthuisens Worte. Marieke ließ den Kopf gegen die Stütze fallen und sah auf die Uhrenanzeige. Für einen Kaffee und ein Törtchen würde es gerade reichen.

So schlimm war es nun auch wieder nicht, dass sie die Einladung eines Mannes annahm. Was sollte schon großartig passieren? Im besten Fall entstand ein neuer freundschaftlicher Kontakt.

Sie fuhr Richtung Bad und suchte kurz darauf nach einem Parkplatz vor der Dünen-Therme. Es war alles belegt. Marieke wollte es sich schon wieder anders überlegen, da entdeckte sie einen Volvo, der langsam aus einer Parklücke zurücksetzte. Sie fuhr in die Lücke.

Die Cafébar *Käppchenkuchen* lag in unmittelbarer Nähe des Kinos *Nordlicht*. Überrascht nahm Marieke zur Kenntnis, dass sich vor dem Café sogar eine kleine Warteschlange gebildet hatte. Die Geschäfte schienen sehr gut zu laufen. Die meisten Leute kamen mit einem Coffee to go in der einen und eingepackten Cupcakes in der anderen Hand heraus. Hier schien man sich auf Getränke und Törtchen zum Mitnehmen zu konzentrieren statt auf gemütliches Beisammensein. Marieke bevorzugte Cafés, in denen sie Platz nehmen und in aller Ruhe essen und trinken konnte. Aber der große Kundenandrang gab Marc Velthuisens Geschäftsmodell recht.

Vermutlich wollten die Leute ihre Zeit in keinem Café verschwenden, wenn sie Kaffee und Cupcakes auch mit zum Strand nehmen konnten. Was bei dem fantastischen Wetter ja irgendwie auch verständlich war … Marieke genoss die warmen Sonnenstrahlen auf der Haut, während sie auf das Café zuging. Als sie es geschafft hatte, ins Innere des Ladens vorzudringen, entdeckte sie wider Erwarten neben einer großen Theke auch einige Stühle und Tische, die alle belegt waren.

Neben einem Kaffeeautomaten arbeitete Marc Velthuisen. Er bereitete Kaffeespezialitäten für seine Kunden zu, bewegte sich routiniert und zielstrebig, um niemanden länger als nötig warten zu lassen. Noch hatte er sie nicht entdeckt. Das gab ihr die Gelegenheit, ihn eine Weile unauffällig zu beobachten. Und wieder fiel ihr auf, wie unverschämt gut er aussah. Das enge blaue Shirt betonte seinen athletischen Körper und die Farbe seiner Augen, die im gedämpften Licht des Cafés geheimnisvoll schimmerten. Er hatte für jeden Gast ein Lächeln und ein freundliches Wort, was ihr gut gefiel. Selbst in der größten Hektik verlor er nichts von seiner sympathischen Ausstrahlung, bemerkte Marieke. Er machte einen nahezu perfekten Eindruck auf sie, wenngleich ihr klar war, dass es keine perfekten Menschen gab.

Langsam rückten die Menschen vor ihr nach, sodass sie sich allmählich der Theke näherte. Als Marc Velthuisen sie unter den Kunden entdeckte, leuchteten seine Augen auf. Marieke musste lächeln.

Er überließ die Kaffeemaschine seiner jungen Angestellten und kam auf sie zu. »Moin! Wie schön, dass Sie gekommen sind«, begrüßte er sie und nahm wie selbstverständlich ihre Hand. Er schien sich wirklich zu freuen und es nicht nur zu sagen.

»Hallo! Hier ist ja einiges los.« Sie konnte gar nicht aufhören zu lächeln und merkte, dass ihr Herz mit einem Mal schneller schlug. Durch seine Geste fühlte sie sich gar nicht fremd in dem Café, sondern willkommen und gut aufgehoben.

»Nachmittags ist immer Hochbetrieb. Aber das Pärchen da drüben hat gerade gezahlt. Die Plätze dürften gleich frei werden.« Er deutete auf einen Mann und eine Frau mittleren Alters, die gerade im Begriff waren zu gehen. Eine Angestellte räumte bereits den Tisch ab und wischte mit einem Tuch über die Tischplatte.

Marieke und er setzten sich.

»So habe ich es mir hier gar nicht vorgestellt«, gab sie zu.

»Wie denn?«, wollte er wissen.

»Eher ruhig und beschaulich. Wie in einem klassischen Café eben.« Sie dachte an das Café der Bäckerei in Herne, für die sie gearbeitet hatte. Dort wurden alle Backwaren und Getränke auch zum Mitnehmen angeboten. Trotzdem war die Atmosphäre nicht halb so hektisch wie im *Käppchenkuchen*.

»Mein Laden ist sehr beliebt. Bei Einheimischen und Touristen gleichermaßen«, erklärte er, fast ein bisschen entschuldigend und ohne eingebildet zu klingen. »Wir haben von Anfang an versucht, uns mit kreativen Cupcakes von anderen Lokalen in St. Peter-Ording abzuheben, und das ist uns gelungen.«

Marieke nickte und zupfte nervös am Riemen ihrer Handtasche, die sie sich auf den Schoß gelegt hatte. »Den Eindruck habe ich auch.«

»Darf ich Ihnen etwas anbieten? Einen Latte macchiato vielleicht und einen Cupcake?«

»Einen Latte macchiato nehme ich gerne.«

»Okay. Und welchen Cupcake?«

Marieke überlegte nicht lange. »Einen Käsekuchen-Cupcake würde ich gern probieren«, sagte sie kühn und war sich ziemlich sicher, dass es das im *Käppchenkuchen* nicht gab.

»Den Cheesecake Cupcake mit Kirschen oder ohne?«, fragte er jedoch ungerührt.

»Ähm … ohne, bitte«, antwortete sie verwundert.

»Ich kümmere mich eben darum und bin gleich zurück.« Bevor er ging, warf er ihr ein unwiderstehliches Lächeln zu. Dann verschwand er hinter der Theke und kehrte nach wenigen Minuten mit einem Tablett zurück, auf dem zwei Tassen und Teller standen.

»Einmal Latte macchiato und ein Cheesecake Cupcake ohne Kirschen.« Er stellte das Getränk und das Törtchen vor sie hin.

Marieke war beeindruckt. »Danke. Sieht lecker aus.«

»Das hoffe ich. Jetzt muss es Ihnen nur noch schmecken.« Er lehnte das Tablett einfach gegen das Tischbein, dann nahm Marc Velthuisen wieder neben ihr Platz.

Als sie das Törtchen probierte, spürte sie, wie er sie dabei beobachtete. Und obwohl sie bei Käsekuchen besonders kritisch war und bislang keiner an den ihrer Oma Friedel heranreichen konnte, fand sie den Geschmack des Törtchens überdurchschnittlich gut. »Schmeckt auch wirklich sehr lecker. Besser, als ich gedacht habe.«

»Mit diesem Kompliment machen Sie mir eine große Freude.« Er sah ihr direkt in die Augen.

Marieke wurde bewusst, wie sie sich in seiner Nähe entspannte. Wie wohl ich mich in seiner Gegenwart fühle, ist schon erschreckend, dachte sie. Denn sie kannte ihn doch so gut wie gar nicht, und dennoch hatte sich eine Art Vertrautheit eingestellt, die sie überraschte. Oder es war etwas, das sich wie Vertrautheit anfühlte. In jedem Fall erschreckte es sie.

Da fiel ihr Blick auf die Wanduhr, die über der Theke hing. »Es tut mir leid, aber ich muss gehen. Die OGS schließt gleich, und ich muss meinen Sohn abholen.« Entschuldigend lächelte sie ihm zu, erhob sich und gab ihm zum Abschied die Hand. »Nochmals vielen Dank für die nette Einladung.«

Er umschloss ihre mit beiden Händen. »Sie sind jederzeit herzlich willkommen, hier wird immer ein Cheesecake Cupcake für Sie da sein.«

Während sie die Wärme seiner Haut spürte, ertappte Marieke sich dabei, dass sie sich wünschte, er würde sie nie wieder loslassen. Hastig entwand sie ihm ihre Hand und eilte zu ihrem Wagen.

## 14. Kapitel

*Ein paar Tage später in Bertas Reetdachhaus, bei böigem Nordwind und wolkigem Himmel.*

»Hauptsache, wir werden beim Gemeindefest nicht weggeweht.« Ditte schaute aus dem Küchenfenster in Bertas Vorgarten. Blätter flogen umher, einige Blumen waren umgeknickt. »Der Wind pfeift ganz schön durch die Bäume.«

»Morgen soll es schon wieder besser sein, habe ich gehört«, meinte Lilo, die eine leichte Strickjacke über ihrer Sommerbluse trug. »Solange auf unserem Platz keine Zelte durch die Luft fliegen, bin ich völlig entspannt.«

Berta blickte von ihrem Schreibblock auf und klemmte sich einen Bleistift hinter das Ohr. »Der Wind interessiert mich nicht die Bohne. Viel wichtiger ist doch, dass wir nichts vergessen. Sonst stehen wir nachher dumm da und sind die Gelackmeierten.«

»Zeig mal.« Gertrud nahm Berta die Liste aus der Hand und las laut vor. »Mehl, Zucker, Eier, Karotten, Mandeln, Zimt, Puderzucker, Nüsse, Vanillezucker, Backpulver, Butter, Magerquark, Sonnenblumenöl …« Sie gab Berta den Block zurück. »Du hast Rum vergessen.«

»Richtig.« Lächelnd ergänzte Berta die Zutat auf der Einkaufsliste. »Zitronen habe ich auch vergessen. Kakaopulver und Bitterschokolade brauchen wir außerdem. Ich weiß gar nicht, wo mir der Kopf steht …«

»Mach dir mal nicht so einen Stress. Es wird schon schiefgehen«, fand Lilo und setzte sich neben Berta an den Tisch.

Berta räusperte sich und zuckte entschuldigend die Schultern. »Mir ist die Routine völlig abhandengekommen. Es ist viel zu lange her, dass ich im großen Stil gebacken habe.« Sie ging noch einmal die Liste durch.

»Meinst du, das passt überhaupt alles in den Kofferraum deines Wagens?«, fragte sie Gertrud.

»Aber sicher. Der Kofferraum ist so groß, da ist obendrauf noch Platz für einen Sarg, wenn es sein muss«, sagte sie, ohne eine Miene zu verziehen.

Berta verzog den Mund, Gertruds Sinn für Humor konnte sie einfach nichts abgewinnen. »Die Einkäufe reichen völlig aus, danke. Aber ich schreibe zur Sicherheit noch ein paar Obstkonserven auf.«

Ditte trat vom Fenster zurück und warf einen Blick über Bertas Schulter. »Hast du schon Speisestärke, Milch und Tortenguss auf deiner Liste?«

»Wenn ihr so weitermacht, passt am Ende doch nur noch ein Schuhkarton obendrauf.« Gertrud entnahm ihrem silbernen Etui eine Zigarette. »Ich gehe mal kurz vor die Tür.« Ihre Handtasche über die Schulter gehängt, verließ sie die Küche.

»Ich habe das Gefühl, ich habe die Hälfte vergessen«, murmelte Berta aufgeregt. Der Kuchen-Club sollte am Nachmittag das erste Mal zusammen backen. Sechzehn Senioren, Ditte, Lilo, Gertrud und sie eingeschlossen, hatten sich angemeldet. Für Berta war es ein wichtiges Ereignis. Sie wollte ihre Familientradition ehrenhaft fortführen und ihre Backstube öffnen. Alles sollte perfekt sein, und fehlende Zutaten könnten ihr einen gehörigen Strich durch die Rechnung machen. Das durfte auf keinen Fall passieren. Obwohl es das allererste Gründungstreffen war, hatten sie sich bereits ein konkretes Ziel gesetzt: Kuchen backen für das Gemeindefest.

Nun warf auch Lilo einen prüfenden Blick auf die Liste. »Sieht meines Erachtens ziemlich vollständig aus. Aber wenn dann doch noch etwas fehlt, fahren wir eben ein zweites Mal.«

Als es an der Haustür klingelte, stützte Berta sich auf die Tischplatte und stand kopfschüttelnd auf. »Gertrud raucht auch immer schneller.«

Sie ging in die Diele, um ihre Freundin hereinzulassen, und staunte nicht schlecht, als sie die Haustür öffnete. »Du?«, fragte Berta nur verblüfft.

»Moin, Berta! Ist lange her.« Vor ihr stand Keke Velthuisen. Er trug ein kurzärmeliges Hemd und eine helle Stoffhose. Sein graues Haar hatte er zuvor offenbar ordentlich nach hinten gekämmt, doch der Wind zerzauste sie. In der Hand hielt er einen Blumenstrauß.

»Das kannst du wohl laut sagen. Ich dachte, du lebst gar nicht mehr.« Als Berta an Keke vorbeischaute, entdeckte sie Gertrud auf dem Bürgersteig vor ihrem Garten. Sie telefonierte und schien ganz in das Gespräch vertieft zu sein.

»Wie du siehst, atme ich durchaus noch.« Er lächelte sie unsicher an.

»Lässt dich all die Jahre nicht blicken, und plötzlich klingelst du bei mir, als wäre nichts gewesen.« Berta hörte selbst, wie vorwurfsvoll sie klang, konnte es jedoch nicht ändern.

»Ja ... Ich weiß. Ich hätte mich eher melden sollen«, räumte Keke ein wenig kleinlaut ein und lächelte sie schief an.

»Eher ist gut!« Berta schüttelte verständnislos den Kopf. »Was machst du eigentlich hier?«

»Oh, ja ... Stimmt.« Er streckte ihr den Blumenstrauß entgegen. »Die sind für dich.«

»Danke.« Berta nahm den Strauß, hielt den Blick aber erwartungsvoll auf Keke gerichtet.

»Also, ich habe gehört, dass hier ein Kuchen-Club stattfindet und mich dafür angemeldet.«

»Du willst backen?«, fragte Berta ungläubig.

»Gott bewahre!« Lachend schüttelte er den Kopf.

»Ich wollte schon sagen. Backen war doch nie dein Ding. Dafür essen umso mehr«, erinnerte sich Berta und öffnete die Tür einen Spaltbreit.

»Ich habe mich als Fahrer gemeldet«, klärte er sie auf. »Hat Frau Schepat dir denn nichts gesagt?«

»Nein. Davon hat Marieke nichts erwähnt.« Berta schaute abwechselnd auf Keke und die Blumen.

»Ach, das trifft sich doch sehr gut. Wir wollen gleich zum Supermarkt fahren und können für Bertas Großeinkauf einen zweiten Kofferraum gebrauchen«, sagte Gertrud in diesem Moment, ging einfach an ihnen vorbei und betrat das Haus.

Fragend sah Keke sie an. Sie seufzte, dann bedeutete sie ihm einzutreten. »Komm mal rein. Ist ja 'n büschen windig draußen.«

»Jetzt fahr doch nicht so dicht auf. Du hängst gleich in Gertruds Kofferraum, wenn sie bremst«, sagte Berta und hielt sich mit einer Hand am Sitz fest.

»Ich halte so großen Abstand zu Gertruds Wagen, da passen vier Kombis zwischen«, entgegnete Keke geduldig.

Berta war noch nie eine gute Beifahrerin gewesen, aber heute waren ihre Nerven eindeutig überreizt.

»Warum sagst du nicht einfach, was dich wirklich stört?«

»Die ganzen Jahre, in denen du dich tot gestellt hast, die stören mich natürlich!«, platzte es aus ihr heraus. »Ich hätte dich so gebraucht. Als Hanni so schwer krank geworden ist und noch viel mehr nach ihrem Tod. Wo warst du?«

Stur blickte er auf die Straße. »Ich wusste nicht, wie ich mich dir gegenüber verhalten sollte. Ich war überfordert und wusste nicht, was ich sagen oder tun sollte«, antwortete er leise.

»Ach? Und da tauchst du jetzt auf einmal aus dem Nichts wieder auf? Als wäre nichts geschehen?« Sie fuchtelte aufgebracht mit den Händen in der Luft. »Es hätte gereicht, wenn du einfach da gewesen wärst. Du hättest nicht viel tun oder sagen müssen.«

»Das wusste ich nicht.«

»Und jetzt hättest du wenigstens vorher anrufen können, bevor du mich so überfällst«, fügte sie etwas ruhiger hinzu.

An der nächsten roten Ampel verloren sie den Anschluss an Gertrud, die noch bei Grün gefahren war. Keke wandte sich Berta zu und sah sie fest an. »Ich bin davon ausgegangen, dass du längst über meinen Job Bescheid weißt. Außerdem war ich mir nicht sicher, ob du nicht gleich auflegst, wenn ich dich anrufe.«

Sie verschränkte die Arme vor der Brust. »Das weiß ich auch nicht, ob ich mit dir geredet hätte.« Sie deutete auf die Ampel. »Grüner wird es nicht.«

Keke gab Gas. Sie fuhren in südliche Richtung nach Böhl in das Industriegebiet, in dem es mehrere große Supermärkte gab. Als Keke mit seinem alten Audi auf den großen Parkplatz fuhr, warteten Lilo, Ditte und Gertrud schon vor dem Eingang des Geschäfts.

Er parkte und stellte den Motor aus. Berta schnallte sich ab und wollte schon aus dem Fahrzeug aussteigen, da hielt Keke sie am Arm zurück. »Ich möchte mich aufrichtig für mein Verhalten bei dir entschuldigen, Berta. Es war nicht richtig von mir, mich die ganze Zeit nicht zu melden. Das meine ich ehrlich. Meinst du, du kannst mir verzeihen, wenn ich dir fest verspreche, dass so etwas nie wieder vorkommt?« Er sah sie bittend an.

Berta verdrehte die Augen. »Na ja … In meinem Alter lohnt es ja nicht, lange böse zu sein. Aber beim nächsten Mal mache ich dir die Tür nicht mehr auf. Hörst du?«

»Schon klar.« Er wirkte erleichtert.

»Und nun komm. Die anderen warten auf uns.« Sie stieg aus dem Wagen und holte ihre Einkaufsliste aus der Tasche. »Hoffentlich passt das alles in die Autos …«

Überall in Bertas Backstube standen Zutaten herum. Päckchen mit Mehl und Zucker, Eierkartons, Milchtüten und viele weitere Dinge in Tütchen, Dosen und Schachteln bedeckten fast die gesamte Arbeitsfläche.

»Zwanzig Stück. Das müsste reichen. Bedient euch.« Berta legte einen Stapel frisch gewaschener Schürzen über einen Stuhl und nahm sich eine, die sie sich sofort umband. »Sonst sehen wir hinterher auch wie ein Kuchen aus.«

Lilo, Ditte und Gertrud taten es ihr gleich, nur Keke Velthuisen machte keinerlei Anstalten, eine der Schürzen anzuziehen.

»Und was ist mit dir?«, fragte Ditte.

»Ich bin nur der Fahrer«, wiegelte Keke ab und verschränkte die Arme.

»Du kannst dich trotzdem nützlich machen«, meinte Lilo, während sie Klappstühle für die Club-Mitglieder in der Backstube aufstellte.

»Das finde ich aber auch«, stimmte Berta ihr zu. »Bloß hier rumstehen geht nicht.«

Gertrud lächelte verschmitzt. »Wir können gemeinsam die richtige Mischung Rum im Teig abschmecken.« Beherzt warf sie ihm eine Schürze zu.

»Da bin ich wohl überstimmt«, gab er sich schließlich geschlagen und band sich nun doch eine Schürze um.

»Oh, ich glaube, sie kommen!« Aufgeregt zeigte Ditte aus dem Fenster.

Durch die Scheiben beobachteten alle, wie vor dem Reetdachhaus ein Kleinbus hielt. Marieke und Jule stiegen aus, die beiden Jungen folgten und eine Gruppe Senioren. Zwei Damen benötigten Rollatoren beim Gehen, ein Senior war auf die Hilfe eines Gehstocks angewiesen.

»Keke, du bekommst männliche Unterstützung. Vielleicht wird das ja doch was mit dem Backen und dir«, sagte Lilo augenzwinkernd.

Berta lief zur Eingangstür, um die Kuchen-Club-Mitglieder ins Haus zu lassen. Bald darauf waren alle in der gemütlichen Backstube versammelt.

Sobald alle einen Platz gefunden hatten, stellte sich Berta vor die Anwesenden. »Keine Sorge, es dauert nicht lange. Ich bin Berta Tetens und möchte alle Mitglieder des Kuchen-Clubs in meiner kleinen Backstube willkommen heißen. Ich freue mich sehr, dass so viele gekommen sind. Und da wir ein Club sind und eine gemeinsame Leidenschaft fürs Backen haben, schlage ich vor, dass wir uns alle duzen.« Sie schaute in die Runde und erntete zustimmendes Nicken. »Gut, das wäre damit geklärt. Obwohl es unser erstes Treffen ist, haben wir gleich eine wichtige Mission zu erfüllen. Das Gemeindefest steht vor der Tür, und der Pastor hat gefragt, ob wir zu diesem Anlass Kuchen backen könnten. Durch den Verkauf von Kaffee und Kuchen sollen dieses Mal Spenden für das Karkenschipp gesammelt werden. Sicherlich wisst ihr alle, dass das Schiff seit über zehn Jahren immer in den Sommermonaten am Ordinger Strand ›vor Anker geht‹. Wir unterstützen mit unseren selbst gemachten Kuchen die Arbeit und sorgen dafür, dass weiterhin Freiluft-Gottesdienste und andere Veranstaltungen stattfinden können.«

»Dann verlieren wir am besten keine Zeit und legen gleich los«, sagte eine alte Dame mit gekrümmter Haltung und griff nach einer Rührschüssel. »Ich backe einen gedeckten Pflaumenkuchen.«

»Und ich einen Schokoladenkuchen«, meldete sich der Senior mit dem Gehstock zu Wort und ging auf Keke zu. »Ich heiße übrigens Günter.«

»Ich bin Keke.« Die Männer schüttelten einander die Hände.

»Ich glaube, ich kenne dich vom Sehen«, überlegte Günter. »Fährst du nicht einen alten Audi?«

»Das stimmt! Einen Variant von 1966, um genau zu sein.«

Günter hob anerkennend die Augenbrauen. »Tolle Kiste.«

»Danke.« Keke lachte geschmeichelt auf. »Soll ich dir bei dem Schokoladenkuchen helfen?«

Berta beobachtete zufrieden, wie die Männer in einer Schüssel Teig anrührten. Marieke half der Dame, die sich als Maria vorgestellt hatte, bei der Zubereitung des Pflaumenkuchens, und Jule verteilte auf Zuruf die gewünschten Zutaten an die Kuchen-Club-Mitglieder. Alle waren mit den Backvorbereitungen beschäftigt. Alle schienen die Gesellschaft zu genießen.

Plötzlich zuckte Berta zusammen, da jemand an ihrer Schürze zog. Als sie sich umdrehte, sah sie Emil und Anton.

»Wir wollen auch einen Kuchen backen«, meinte Emil fordernd.

»Ja, natürlich! Ihr könnt mir helfen. Sollen wir gemeinsam Oma Irmgards Karottenkuchen backen?«

»Au ja!« Sie waren sofort Feuer und Flamme.

»Dann holt mal eine Teigschüssel, Mehl und Zucker. Die Karotten liegen im Kühlschrank.«

In der alten Backstube duftete es herrlich nach den verschiedenen Backzutaten, es herrschte reges Treiben und eine heitere Stimmung. Die Senioren unterhielten sich freundlich, aber in erster Linie konzentrierten sich alle auf die Aufgabe, die vor ihnen lag.

Als Marias Pflaumenkuchen im Ofen war und durch die Backstube der Duft von aufgehendem Teig zog, kam Marieke zu Berta und tippte ihr auf die Schulter. »So habe ich mir das vorgestellt«, sagte sie zufrieden.

»Es ist fast wie früher.« Berta lächelte und schob den Karottenkuchen, den die Jungen in eine Springform gefüllt hatten, in einen anderen Ofen. »Ich hätte nie zu hoffen gewagt, dass es in der alten Backstube jemals wieder so lebendig wird.«

»Schau mal. Sogar Herr Velthuisen, ich meine Keke, ist im Backfieber. Wer hätte das gedacht?« Amüsiert blickte Marieke zu ihm hinüber und sah, wie er zusammen mit Günter Teig kostete.

»Ich am allerwenigsten«, gab Berta zu.

»Sein Nerv scheint nicht mehr eingeklemmt zu sein.« Sie ließ den Blick durch die Backstube gleiten. »Wohin sind eigentlich die Jungen entschwunden?«

»Mit Schröder draußen im Garten. Es war ihnen doch ein bisschen zu langweilig, mir beim Möhrenraspeln zuzusehen.« Berta wischte sich die Hände an einem Küchentuch ab. »Da fällt mir ein: Was ist eigentlich mit Emils Geburtstagskuchen?«

Marieke seufzte. »Die muss ich morgen backen. Er hat ja am selben Tag Geburtstag, an dem das Gemeindefest stattfindet.«

»Dann haben wir morgen eine Verabredung in der Backstube.« Berta sah sie fest an. »Was hat er sich denn für Kuchensorten gewünscht?«

»Ganz viel Schokoladenkuchen und Kuchen am Stiel.«

»Das kriegen wir hin.«

Sanft legte Marieke ihr eine Hand auf die Schulter. »Danke, Berta.«

Berta lächelte. »Da nicht für.«

»Ich schaue mal nach Maria und ihrem Pflaumenkuchen.« Beschwingt ging Marieke zu der Seniorin, die auf einem Klappstuhl in der Nähe des Ofens Platz genommen hatte, um den Kuchen zu beobachten.

Berta sah, wie ihre Freundinnen Ditte, Lilo und Gertrud zusammen um einen Teigklumpen auf einer Arbeitsplatte standen. Gertrud bearbeitete hektisch den Teig und wirkte dabei ungewöhnlich gestresst. Normalerweise brachte sie nichts aus der Fassung. Nicht einmal Stimmen aus einem Sarg hätten das vermocht. Ein Teigklumpen offenbar aber schon.

»Ist bei euch alles in Ordnung?«, fragte Berta und bekam nur ein wortloses Mienen-Verziehen als Antwort.

Kraftvoll begann Gertrud nun, den Teig in seine Einzelteile zu zerlegen. Auf ihrem Gesicht hatten sich rote Hektikflecken gebildet.

»Was machst du da eigentlich, Gertrud?«

Sie hielt kurz inne, blies sich eine rote Haarsträhne aus dem Gesicht und erklärte dann mit Grabesstimme: »Ich suche meinen Fingernagel.«

# 15. Kapitel

*Am nächsten Nachmittag in St. Peter-Böhl.*
*Immer noch stürmischer Wind,*
*der die Wolken über den Himmel scheuchte.*

Als Marieke aus dem Backsteinhaus an der Straße *Zum Leuchtturm* kam, blies ihr eine kräftige Windböe ins Gesicht. Sie konnte es kaum glauben, da es ja mitten im Sommer war. Aber sie fröstelte. Seufzend klemmte sie sich die Mappe mit den Unterlagen von Frau Hiller, die sie gerade versorgt hatte, zwischen die Beine. Dann zog sie in einer Bewegung den Reißverschluss ihrer Sweatshirtjacke mit dem Firmenemblem des Pflegedienstes ganz nach oben. Zufrieden legte Marieke anschließend den Ordner auf den Beifahrersitz, ging auf die Fahrerseite und stieg ein. Endlich Feierabend, dachte sie. Ein kurzer Blick auf die Uhr bestätigte ihr, dass sie noch etwas Zeit hatte, bevor sie Emil von der OGS abholen musste.

»Sie sollten sich unbedingt mal den alten Ziegelturm ansehen«, hatte Frau Hiller gerade noch zu ihr gesagt. »Er ist wunderhübsch und steht gleich auf dem Deich. Nicht weit von hier. Können Sie gar nicht verfehlen. Deswegen heißt die Straße ja auch *Zum Leuchtturm.*«

Das werde ich noch kurz machen, überlegte Marieke und nahm sich vor, den Ausflug mit Emil zu wiederholen, wenn der Turm so sehenswert war, wie Frau Hiller ihn beschrieben hatte.

In westlicher Richtung ging die Straße in einen Sandweg über, der von Büschen und Bäumen gesäumt war. Marieke parkte und stieg aus dem Auto aus. Nach einem kurzen Fußweg stand sie bald darauf auf dem menschenleeren Deich, wo der Wind noch kräftiger toste. Links von ihr erhob sich ein vergleichsweise kleiner Leuchtturm, der mitten auf dem Deich in einer Nische errichtet worden war. Um ihn herum lud eine Bank zum Verweilen ein.

Marieke ging zu dem Turm und schaute an ihm empor. Für einen Leuchtturm war er wirklich klein, fast schon ein wenig putzig. Die Ziegelmauer wirkte, als hätte sie schon vielen Stürmen getrotzt. Er schien wirklich sehr alt zu sein. Aber hübsch war der kleine Turm allemal, und er gefiel ihr. Im Vergleich zu den großen Leuchttürmen an der Küste hatte er eine nahezu charmante Bescheidenheit, fand Marieke.

Trotz des Windes setzte sie sich für einen Moment auf die Bank vor dem Leuchtturm und blickte über die Salzwiesen, bis hin zu den Pfahlbauten und dem Meer, das weit in der Ferne lag. Bei schönem Wetter war das hier bestimmt ein romantischer Ort, den viele Verliebte aufsuchten. Auf der Bank Hand in Hand zu sitzen und den Sonnenuntergang zu genießen, musste herrlich sein.

Marieke seufzte leise und musste in dem Moment an Marc Velthuisen denken. Nach dem Treffen in der Cafébar hatte sie ihn nicht mehr gesehen. Ehrlicherweise war sie einem Wiedersehen mit ihm geradezu aus dem Weg gegangen. Sie hatte sich ganz auf ihren Sohn, ihre Arbeit und den neuen Kuchen-Club konzentriert und dabei die Gedanken an ihn erfolgreich ausgeblendet.

Eigentlich war ihr Leben ja gut ausgefüllt, und es gab gar keinen Platz für einen Mann. Keinen *neuen* Mann zumindest. Mit Daniel wäre es anders gewesen, dachte Marieke traurig. Seinen Platz würde nie ein anderer Mann einnehmen können. Das ging einfach nicht. Mochte er noch so charmant und nett sein oder die blausten Augen des Universums haben, die Stelle in ihrem Herzen würde auf immer und ewig Daniel gehören.

Und für Emil konnte sie sich keinen Ersatzvater vorstellen. Zumal er einen Vater in seinem Leben gar nicht zu vermissen schien. Natürlich, manchmal fragte er nach Daniel, aber alles andere wäre wohl eher bedenklich gewesen. Marieke hatte noch nie den Eindruck gehabt, dass Emil unglücklich war, weil er mit ihr alleine aufwuchs. Vielmehr glaubte sie, dass ein neuer Mann Unruhe in Emils Leben bringen würde und sich negativ auf seine Psyche auswirken könnte.

Sie hatte schon oft davon gehört, dass ein neuer Partner zu Verlustängsten bei Kindern führen konnte. Und Emil sollte auf keinen Fall das Gefühl haben, sie mit irgendwem teilen zu müssen. Er hatte ihre vollste Aufmerksamkeit verdient.

Marieke fröstelte. Trotz des Hochsommers war es wegen des Küstenwinds nicht besonders heiß, und sie war in ihrem rosa Sommerkleid, das nur Spaghettiträger hatte, definitiv zu dünn angezogen, um noch länger auf der Bank vor dem Leuchtturm sitzen zu bleiben. Da half auch keine Fleecejacke.

Marieke blickte über den Rückspiegel zu ihrem Sohn. »Was habt ihr denn heute Schönes in der OGS gemacht?«

»Gebastelt und Beruferaten gespielt. Jedes Kind musste, ohne etwas zu sagen, zeigen, was die Eltern arbeiten.«

»Aha. Und? Haben die Kinder meinen Beruf erraten?« Marieke schaltete die Scheibenwischer ein. Mittlerweile klatschten dicke Regentropfen gegen die Windschutzscheibe.

»Nee. War zu schwer.« Emil folgte mit dem Finger an der Fensterscheibe der Bahn eines Regentropfens. »Bei Anton wussten die Kinder sofort, was sein Vater macht. Er hat einfach ein Flugzeug nachgemacht.«

Marieke lächelte. »Ja. Das ist leicht.«

»Anton hat gewonnen.« Er seufzte tief. »Warum kann ich keinen Vater haben? Häuser bauen hätten die Kinder auch leicht erraten. Dann hätte ich vielleicht gewonnen«, fügte er mit einem leicht trotzigen Unterton hinzu.

Marieke warf einen Blick in den Rückspiegel und runzelte besorgt die Stirn. Emil blickte starr aus dem Fenster und wirkte sehr traurig. So kannte sie ihren sonst so fröhlichen Sohn gar nicht. »Nicht alle Väter haben leicht zu erratende Berufe. Dein Opa hat zum Beispiel als Fernmeldetechniker gearbeitet, das hätte bestimmt auch keiner erraten«, versuchte sie, ihn aufzuheitern.

»Aber aufs Häuserbauen wären sie gekommen«, beharrte Emil und verschränkte die Arme vor der Brust. »Warum kann ich keinen Vater haben? Das ist unfair!«

Marieke wies ihn nicht darauf hin, dass er ja trotzdem Daniels Beruf hätte zeigen können. Auch wenn sein Vater tot war und Emil ihn nie kennengelernt hatte, war er ja Bauingenieur gewesen. Das hilft ihm jetzt aber nicht, überlegte sie seufzend. »Weißt du, was wir gleich machen?«, versuchte sie, Emil abzulenken. »Wir backen mit Berta ganz viel Kuchen für deinen Geburtstag. Die Kinder in der OGS haben bestimmt noch nie so leckeren Kuchen gegessen. Jede Wette!«

Emils Miene hellte sich ein wenig auf. »Auch Schokoladenkuchen?«

»Schokoladenkuchen und Kuchen am Stiel«, bestätigte Marieke und freute sich darüber, ihren Sohn wieder lächeln zu sehen. »Das hast du dir doch gewünscht.«

»Das wird cool!«, freute er sich.

Als sie durch den Ortsteil Bad fuhren, hatte es aufgehört zu regnen, und erste Sonnenstrahlen brachen durch die Wolkendecke. Auf der Höhe vom Kino wurde der Verkehr dichter, sodass Marieke im Schritttempo fahren musste. Sie riskierte einen Seitenblick zum *Käppchenkuchen.*

Gerade in dem Moment spannte Marc Velthuisen einen Sonnenschirm vor dem Laden auf und schaute zufällig in ihre Richtung. Ihre Blicke trafen sich für den Bruchteil einer Sekunde. Er schaute zuerst erstaunt zu ihr, dann breitete sich ein Lächeln auf seinem Gesicht aus, und er winkte ihr zu. Marieke brachte die unerwartete Begegnung völlig aus dem Konzept. Ihr Herz klopfte mit einem Mal viel schneller als gewöhnlich.

Erschrocken wandte sie ihren Blick ab und schaute starr auf die Fahrbahn. Sie fühlte sich, als wäre sie bei etwas Verbotenem ertappt worden. Das war natürlich Blödsinn. Sie hätte einfach freundlich zurückgrüßen sollen. Marc Velthuisen musste doch jetzt denken, sie wäre sozial völlig inkompetent. Ärgerlich über ihr eigenes Verhalten, schaltete sie das Radio ein und bog rechts ab.

»So, das sind jetzt alle.« Marieke stellte eine letzte Kuchenbox zu den unzähligen, die sich bereits im Kofferraum befanden. Pünktlich zu Emils Geburtstag hatte sich der Sturm verabschiedet, und herrliches Sommerwetter war nach St. Peter-Ording zurückgekehrt. So soll es sein, dachte Marieke hoffnungsvoll, Sonnenschein für meinen Sonnenschein.

Sie war früher als sonst aufgestanden, hatte das Wohnzimmer mit Girlanden und Luftballons dekoriert und zehn Kerzen in Emils Geburtstagskuchen gesteckt. Auf dem Tisch hatte sie drei Geschenke für das Geburtstagskind bereitgelegt, die Emil nicht schnell genug hatte öffnen können, nachdem er aufgestanden und ins Wohnzimmer gekommen war.

»Haben wir noch etwas vergessen?« Marieke machte den Kofferraum zu und wandte sich Berta zu.

»Alle Kuchen sind aus der Backstube raus«, erwiderte diese. »Die Geburtstagskuchen sind im Kofferraum, die anderen Backwerke sind schon im Gemeindehaus.« Sie beugte sich zu Emil und strich ihm liebevoll durchs Haar. »Feier schön mit den anderen Kindern!«

»Wir haben aber etwas vergessen.« Emil blickte die Frauen mit großen Augen an.

»Was denn?« Marieke ging in Gedanken noch einmal die Dinge durch, die sie für die Geburtstagsfeier in der OGS gekauft hatte.

»Du hast noch nicht gesagt, ob ich bei Anton übernachten darf«, erinnerte er sie. »Das wünsche ich mir doch am allermeisten.«

Nachdenklich sah sie Berta an, die nur die Schultern zuckte. Seit sie am vergangenen Tag in der Backstube gebacken hatten, hing Emil ihr damit in den Ohren. Im

Grunde freute Marieke sich ja darüber, dass Emil einen so guten Freund in St. Peter-Ording gefunden hatte. Doch sie fragte sich, woher das plötzliche Interesse kam, bei Anton zu übernachten. Emil hatte zwar schon öfter bei Lucas geschlafen, meistens war sie jedoch dabei gewesen, weil sie mit Sanne verabredet gewesen war. Ob es mit dem Vaterwunsch zu tun hatte? Unschlüssig schürzte Marieke die Lippen. Vermutlich sah sie Gespenster …

»Das kann ich nicht entscheiden. Wir müssen erst Antons Mutter fragen, ob sie damit einverstanden ist«, wich sie aus. Sie glaubte jedoch nicht, dass Jule etwas dagegen haben würde.

»Hurra!«, jubelte Emil, als wäre damit nun alles geklärt.

Marieke schmunzelte. »So, jetzt aber ab ins Auto mit dir. Sonst kommen wir so spät zur OGS, dass ihr keine Geburtstagsfeier mehr machen könnt.« Sobald sie die Autotür geöffnet hatte, krabbelte er auf die Rückbank und befestigte den Gurt ordnungsgemäß.

»Wir sehen uns dann später beim Gemeindefest, Berta!«

»Bis nachher!«

Vom Fenster aus sah Marieke, wie Berta ihnen zum Abschied zuwinkte und zurück ins Reetdachhaus ging.

Das Gemeindefest fand in St. Peter-Ording Dorf statt, in unmittelbarer Nähe zur Kirche und zum Friedhof. An verschiedenen bunten Ständen wurden Speisen und Getränke angeboten. Neben Kaffee und Kuchen gab es alle denkbaren Sorten Fischbrötchen, Bratwürste und Fischfrikadellen, und an zwei Buden wurden Bio-Schafskäse und Honig aus der Region verkauft. Außerdem boten die Händler Kunsthandwerk, selbst gemachte Marmelade und handgefertigte Bienenwachskerzen an. Währenddessen spielte eine Band aus einem Nachbarort deutsche und englische Schlager auf einer kleinen Bühne.

Das Fest war gleichermaßen gut besucht von Einheimischen und Touristen, die sich um die Buden drängten. Es herrschte eine ausgelassene Stimmung, als Marieke am Nachmittag bei Berta und den anderen Kuchen-Club-Mitgliedern vorbeischaute.

Die Leute standen in einer langen Schlange an, um ein Stück selbst gebackenen Oma-Kuchen zu ergattern. Ditte und Lilo gaben Geschirr und Besteck aus, Gertrud kassierte dafür eine Pfandgebühr ab. Günter wusch benutztes Geschirr und Besteck ab. Und Keke sorgte erstaunlicherweise für Kuchennachschub aus dem Gemeindebüro. Diese Aufgabe erfüllte er auffallend behände. Es schien, als wäre er über die Freude, wieder gebraucht zu werden, glatt seinen eingeklemmten Nerv losgeworden. Oder der Physiotherapeut ist doch sehr gut, dachte Marieke. Bewundernd stellte sie fest, dass alles Hand in Hand lief, wie bei einem alteingespielten Team.

»Hier ist ja schön was los«, sagte sie zu Berta, die einen hübschen Sonnenhut mit einer geblümten Borte trug, und schaute zu den Wartenden in der Schlange.

»Gut, dass du da bist! Ich weiß schon nicht mehr, wo mir der Kopf steht. Wir kommen mit dem Verkaufen nicht nach. Ich bräuchte vier Hände, um den Andrang zu bewältigen. Wenn das so weitergeht, sind der Karottenkuchen und dein Käsekuchen bald ausverkauft.« Berta reichte einer Frau zwei Stücke Kuchen und gab ihr anschließend ihr Wechselgeld. »Wo hast du denn das Geburtstagskind gelassen?«

Sie hob die Hände. »Jule hat ihn und Anton von der OGS mit nach Hause genommen. Sie hatte nichts dagegen, dass Emil bei ihnen übernachtet. Also machen sie heute Abend eine Pizza-Party. Ich bringe ihm später aber noch sein Schlafzeug vorbei. Dann sehe ich ihn wenigstens an seinem Geburtstagsabend noch«, sagte sie mit gemischten Gefühlen. Dann stellte sie sich neben Berta hinter den Verkaufstisch und schnitt mit einem großen Messer ein Blech Pflaumenkuchen an.

Berta nickte verständnisvoll. »Ich bin mir sicher, dass es ihm bei Anton gefallen wird. Für Jungs in dem Alter ist das doch wie ein kleines Abenteuer, wenn sie bei einem Freund übernachten dürfen.«

Marieke fasste sich ein Herz. »Hat er dir gegenüber eigentlich jemals seinen Vater erwähnt?«, fragte sie und hielt ihren Blick auf den Kuchen gerichtet.

»Ja.«

»Und was?« Marieke schaute Berta überrascht an.

»Er hat gesagt, dass sein Vater auf dem Friedhof schläft.«

Sie bediente weiter und hob ein weiteres Stück Karottenkuchen auf den Teller einer Frau, deren Gesicht mit unzähligen Sommersprossen bedeckt war.

»Mehr nicht?«

»Bis jetzt nicht.« Berta drehte sich zu ihr. »Mach dir nicht so viele Sorgen. Der Junge ist in Ordnung. Es ist doch normal, dass er auch mal wissen will, wie es in einer Familie mit Mutter und Vater zugeht. Das heißt ja nicht automatisch, dass er unglücklich ist.«

»Ich weiß.« Sie machte sich daran, den nächsten Kuchen anzuschneiden. »Trotzdem mache ich mir Gedanken. Seinen Vater kann ich nicht ersetzen, das ist ja klar.« Seufzend fuhr sie fort: »Ich habe einfach ein bisschen Angst davor, dass er sieht, was ihm all die Jahre gefehlt hat, und traurig wird.«

»Moment mal.« Bevor Berta ihr antwortete, kümmerte sie sich um die Kuchenbestellungen dreier Frauen und eines Mannes. »Zwei Mal Käsekuchen und zwei Mal Karottenkuchen, bitte sehr. Das macht acht Euro, bitte.«

»Das kann Emil theoretisch jeden Tag in jeder Situation bewusst werden«, sagte sie dann zu Marieke. »Da reicht es schon, wenn er am Strand Kinder mit ihren Eltern sieht, denke ich. Und das ist bestimmt schon öfter vorgekommen. Weißt du, Marieke, ich glaube nicht, dass er einen Mangel fühlt, weil sein Vater nicht da ist. Dafür kümmerst du dich viel zu gut um ihn.« Sie legte ihr eine Hand auf die Schulter und lächelte.

»Vielleicht hast du recht, und ich sehe wirklich Gespenster.« Sie erwiderte Bertas Lächeln und schnitt den nächsten Pflaumenkuchen in gleich große Stücke.

»Moin!«, sagte plötzlich eine tiefe Stimme.

Als Marieke aufsah, versank sie förmlich in den blauen Augen von Marc Velthuisen. Sie starrte ihn einen Moment verwundert an.

Er legte den Kopf schief und musterte sie über die Gläser seiner Sonnenbrille, wobei seine Mundwinkel leicht zuckten. »Alles klar? Sie gucken, als hätten Sie einen Geist gesehen.«

»Hallo«, brachte sie hervor, während ihr Herz in den nächsthöheren Gang schaltete. Sie fuhr sich mit einer Hand durch die Locken und strich dann über ihr marinefarbenes Sommerkleid mit dem Ankermuster. »Entschuldigung, ich war gerade bloß in Gedanken und habe nicht mit Ihnen gerechnet.«

»Das habe ich gemerkt.« Er nahm die Sonnenbrille ab und grinste sie breit an.

»Was machen Sie denn hier? Ist Ihnen der Kuchen in Ihrer Cafébar ausgegangen?«, fragte sie forsch, nachdem sie sich wieder gefangen hatte.

»Eine berechtigte Frage«, gab er zu und spielte mit der Brille in seinen Händen. »Aber nein, die Cupcakes sind uns nicht ausgegangen. Trotzdem wollte ich mal schauen, was die Konkurrenz so treibt«, sagte er mit Blick auf die verschiedenen Kuchen.

»Soso«, erwiderte Marieke ein wenig belustigt. »Wollen Sie nur gucken oder auch essen?«

»Auch essen. Ich hätte gerne ein Stück von der Käsetorte da mit den Streuseln und eins von dem Karottenkuchen.«

»Da haben Sie sich treffsicher unsere Bestseller ausgesucht.« Marieke nahm einen Teller, um Marc Velthuisen zu bedienen.

»Damit kennt sich mein Neffe aus.« Lächelnd kam der alte Herr Velthuisen mit Kuchennachschub aus dem Gemeindehaus zu ihnen. Er stellte zwei große Schachteln auf den Tisch. »Moin, Jung! Willst du endlich auch mal richtigen Kuchen essen?« Er klopfte seinem Neffen auf die Schulter und lachte dabei vergnügt.

»Dir scheint der Kuchen jedenfalls gut zu bekommen, Onkel Keke. Du läufst ja hier rum wie frisch aus der Werkstatt«, merkte er an und zwinkerte Marieke zu. »Der Kuchen hier scheint ja heilende Kräfte zu haben.«

»Och, die Schmerzen waren auf einmal weg. Weiß auch nicht, wohin die sich verflüchtigt haben.« Keke zuckte mit den Schultern und griff nach einem leeren Blech. »Ich hole denn mal neuen Pflaumenkuchen.«

»Nicht zu glauben.« Marc Velthuisen schaute seinem Onkel kopfschüttelnd hinterher und klemmte die Sonnenbrille am Ausschnitt seins Shirts fest. Er nahm Marieke den Kuchenteller ab, den sie ihm entgegenhielt. »Danke.«

»Guten Appetit.«

Nachdem er bezahlt hatte, probierte er zuerst den Käsekuchen und danach Oma Irmgards Karottenkuchen. »Hm.« Er hob anerkennend die Augenbrauen. »Wirklich sehr lecker!«

»Kuchen mit magischer Wirkung!« Marieke lachte.

In dem Moment trat Pastor Niehues zu ihnen. »Gut, dass ich Sie noch erwische, Herr Velthuisen. Ich habe gerade von Ihrer großzügigen Spende erfahren. Damit helfen Sie dem Karkenschipp wirklich sehr! Herzlichen Dank.« Er strahlte Marc Velthuisen an und schüttelte beherzt seine freie Hand.

»Da nicht für«, wehrte er bescheiden ab und widmete sich wieder seinem Kuchen.

»Kommen Sie doch mal wieder in den Gottesdienst. Ich würde mich freuen, Sie bei uns zu sehen«, lud der Pastor ihn ein.

»Werde ich machen«, versprach er, bevor der Pastor sich verabschiedete und weiter zur Bude mit der selbst gemachten Marmelade ging.

»Die Kuchen haben wirklich köstlich geschmeckt«, sagte er, als er Marieke den leeren Teller nach einer Weile zurückgab.

»Wollen Sie noch ein Stück?«

»Nein, danke. Für heute ist mein Appetit auf Kuchen gestillt. Aber …«

»Aber?«

Sein Lächeln wirkte auf sie fast ein wenig provokant, doch es ging ihr durch und durch.

»Aber heute Abend werde ich sicher wieder Hunger haben. Es wäre schön, wenn Sie mir beim Abendessen Gesellschaft leisten. So gegen halb acht vielleicht? In der Strandbar in Ording?«

»Ich weiß nicht …« Es wäre schon ihre zweite Verabredung mit Marc Velthuisen. Und dieses Mal zum Abendessen in einem Restaurant? Das gehörte eindeutig in die romantische Kategorie. Ein richtiges Date!

»Rufen Sie mich an«, unterbrach er ihre Gedanken, zog eine Karte aus seiner Brieftasche und hielt sie ihr hin. »Vorsichtshalber, falls Sie die andere verlegt haben.«

Amüsiert nahm sie die Karte und steckte sie ein. Dabei spürte sie Bertas interessierten Blick auf sich ruhen. »Sie geben wohl nicht so leicht auf?«

»Aufgeben? Ich? Nie!« Er lachte und setzte wieder die Sonnenbrille auf. »Also, bis später.«

»Ich wusste gar nicht, dass Keke so einen netten Neffen hat«, merkte Berta vielsagend an, als Marc Velthuisen in der Menschenmenge verschwunden war.

Marieke stellte seinen Teller und die Gabel zu dem benutzten Geschirr in den großen Plastikkasten, den sie im Gemeindehaus spülen konnten. »Du würdest dich von ihm zum Essen einladen lassen?«

»Aber selbstverständlich. Emil übernachtet doch bei Anton. Eine bessere Gelegenheit gibt es nicht«, erwiderte sie wie aus der Pistole geschossen und warf einen Seitenblick auf Herrn Velthuisen, der gerade mit einem neuen Blech Pflaumenkuchen bei ihnen angekommen war. »Mich hat schon sehr lange niemand mehr zum Essen eingeladen.«

»Okay, okay. Ich werde es mir überlegen.« Marieke nahm dem alten Mann das Blech ab und stellte es auf den Tisch.

»Wir sind übrigens fast ausverkauft«, merkte Herr Velthuisen an. »Noch vier Kuchen, dann können wir den Laden dichtmachen.«

»Mir scheint, unsere Feuertaufe ist uns gelungen«, sagte Berta zufrieden lächelnd.

»Ein voller Erfolg für die Oma-Kuchen«, stimmte Marieke zu.

»Das ist fast wie in alten Zeiten. Nicht wahr, Berta?«, fragte er mit leuchtenden Augen und rieb sich die Hände.

Berta wiegte den Kopf hin und her. »Aber nur fast. Früher wäre ich nach dem Gemeindefest noch mit dir tanzen gegangen.«

»Oh, ja! Im Tanzen waren wir unschlagbar gut. Im Disco-Fox haben wir alle von der Tanzfläche gefegt«, erzählte er Marieke.

»Das hätte ich zu gern gesehen!« Marieke versuchte, sich Berta und Herrn Velthuisen als junges Tanzpaar vorzustellen, wie sie in den 70er Jahren die Tanzflächen unsicher gemacht hatten.

Berta winkte ab. »Ich fürchte, das machen meine Knochen leider nicht mehr mit.«

»Was machen wir dann heute?«, fragte er sie voller Tatendrang.

»Du kannst mir nachher in der Backstube helfen, das restliche Geschirr zu spülen.« Sie zwinkerte Marieke zu. »Danach könnte ich für uns einen Auflauf in den Ofen schieben, wenn du den noch verträgst.«

So macht man das also, dachte Marieke belustigt. Berta hatte sich so geschickt mit ihm verabredet, dass es am Ende aussah, als hätte er sie gefragt und nicht umgekehrt.

»Ja, gute Idee. Deine Aufläufe sind mindestens so gut wie deine Kuchen«, stimmte er zu. »Du kannst ja mit uns essen, Marieke. Übrigens kannst du auch ruhig Keke sagen, wir gehören ja jetzt zum selben Club.«

»Mach ich, Herr V… Keke. Es wird mir schwerfallen, aber das schaffe ich schon!« Marieke lachte.

»Hattest du nicht heute Abend schon etwas vor?«, fragte Berta sie scheinbar beiläufig.

»Oh, ja. Stimmt. Ich würde ja furchtbar gern mit euch essen, aber ich bin schon verabredet. Tut mir wirklich leid.«

»Mit deinem Neffen übrigens«, ergänzte Berta und schaute Marieke aufmunternd an. Anscheinend hatte sie sich nicht nur in den Kopf gesetzt, den Abend mit Keke zu verbringen, sondern auch, sie und dessen Neffen zu verkuppeln.

»Ach, wirklich? Wie schön!«, sagte Keke erfreut, bevor Marieke etwas anderes erwidern konnte. »Dann lass dir mal von ihm kein Rezept für seinen Laden entlocken.«

»Keine Sorge, ich werde schweigen wie ein Grab. Die Rezepte der Oma-Kuchen sind unser Betriebsgeheimnis«, versprach Marieke und gab sich still geschlagen. Eigentlich müsste sie dringend noch die Wände in ihrem Schlafzimmer streichen und eine Kommode aufbauen. Als sie Bertas zufriedenen Blick auffing, musste sie aber lachen. Vielleicht hatte sie ja recht, und es wurde für alle ein schöner Abend.

# 16. Kapitel

*Am Spätnachmittag im Reetdachhaus am Gräftendiek. Durch die geöffneten Fenster trug ein leichter Wind angenehme Sommertemperaturen in die Einliegerwohnung.*

Marieke stützte aufgebracht die Hände in die Hüften. Das durfte doch nicht wahr sein! Ärgerlich nahm sie das Asthma-Spray in die Hand, das auf Emils Schreibtisch gelegen hatte. Wie oft hatte sie ihm schon gesagt, dass er nirgendwo ohne sein Spray hingehen durfte? Tausend Mal? Oder sogar zehntausend Mal? Sie wusste es nicht, und es war auch egal.

In Herne hatte er eigentlich immer an sein Spray gedacht. Seit sie aber in St. Peter-Ording lebten, vergaß er fast regelmäßig, es einzustecken. Gut, er hatte seit ihrem Umzug tatsächlich keinen Asthma-Anfall gehabt, was sie für ein Wunder hielt, das sie dankbar hinnahm, ohne es zu hinterfragen. Damit war die Gefahr aber ja lange nicht gebannt. Nach so kurzer Zeit konnte er keineswegs vom Asthma befreit sein, er war bloß im Moment beschwerdefrei. Warum verstand Emil das nicht? Natürlich, er wollte so sein wie die anderen Kinder. Unbeschwert. So sollte er sich auch fühlen. Trotzdem musste er für den Notfall immer gewappnet sein.

Seufzend packte sie das Asthma-Spray in das Fach der Sporttasche, in dem sie bereits seine Zahnbürste, Zahnpasta und einen Plastikbecher verstaut hatte. Aus Emils Kleiderschrank suchte sie schnell einen Schlafanzug, frische Unterwäsche, Socken, eine Jeans und ein T-Shirt heraus.

Als sie die fertig gepackte Tasche auf das Sofa stellte, fiel ihr Blick auf ihr Handy, das auf einem Beistelltisch lag. Wenn sie wirklich essen gehen wollte, musste sie sich bei ihm melden. Seine Visitenkarte hatte sie noch in ihrer Hosentasche.

Sie setzte sich auf die Couch und drehte die Karte in ihren Händen. »Rufen Sie mich an«, hatte er gesagt.

Wenn sie jetzt einen Rückzieher machte, würden Berta und Keke es mitbekommen. Das wäre ihr sehr unangenehm … Und ein schönes Abendessen in einem Restaurant? Sie wollte ihr Leben doch ändern und konnte nicht nur arbeiten und sich um Emil kümmern. Also, was sollte es?

Nachdem sie die Mobilnummer gewählt hatte, hörte sie das Tuten und wartete. Nach dem sechsten Klingeln sprang die Mobilbox an.

*Moin! Hier ist Marc Velthuisen.*

Beim Klang seiner Stimme rieselte ihr ein angenehmer Schauer den Rücken hinunter.

*Leider kann ich Ihren Anruf nicht persönlich entgegennehmen. Wahrscheinlich stecke ich gerade mitten in einer Kuchenschlacht oder mache sonst etwas Lebenswichtiges.*

Sein leises Lachen erklang. Sie musste grinsen. Eine Kuchenschlacht würde sie ihm glatt zutrauen.

*Trauen Sie sich, und hinterlassen Sie mir eine Nachricht. Ich rufe Sie dann ganz bald zurück.* Es piepste.

»Ja … Hallo, hier ist Marieke Schepat«, begann sie zaghaft. Sie hasste es nach wie vor, auf Anrufbeantworter zu sprechen. Insbesondere bei Männern wie Marc Velthuisen, die sie ohnehin schon nervös machten. »Ich wollte nur Bescheid sagen, dass ich es mir überlegt habe. Wir sehen uns dann um halb acht in der Strandbar. Tschüs.«

Sie legte hastig auf und war froh, ihre Nachricht ohne Stottern aufgesprochen zu haben. Anrufbeantworter und Mailboxen waren doch bestimmt nur erfunden worden, um Leute wie sie zu ärgern.

Nun musste sie sich aber sputen, wenn sie pünktlich in der Strandbar sein und davor noch Emils Sachen bei Jule abliefern wollte. Plötzlich voller Elan, sprang sie auf und lief ins Bad. Während aus dem Duschkopf Wasser auf ihren Kopf prasselte, überlegte sie, was sie anziehen würde. Sie wollte zwar hübsch aussehen, aber nicht zu offensichtlich zurechtgemacht. Nicht dass er am Ende glaubte, sie hätte sich für ihn in Schale geworfen.

Jule wohnte mit ihrer Familie in einem großen Bauernhaus, das am Ende einer ruhigen Sackgasse lag. Ein hübscher weißer Holzzaun umgrenzte den gepflegten Garten. Blühende Büsche, Stauden und hohe Sonnenblumen, die ihre Gesichter der Abendsonne zuwandten, wuchsen hinter dem Zaun. Ein kleiner Steinweg führte durch den idyllischen Garten zu einem überdachten Eingangsbereich, über dem Rosen rankten. In der sommerlichen Abendluft lagen ein süßlicher Blumenduft und das Zirpen von Grillen, und irgendwo in den Sträuchern zwitscherten Vögel.

Neben der Haustür stand ein blau-weißer Strandkorb, zusammen mit einem bepflanzten Blumenkübel, in dem ein Blechschild mit der Aufschrift *Willkommen* steckte. Marieke drückte auf den Klingelknopf neben der Tür. Wenig später hörte sie Schritte, die sich näherten.

Jule öffnete die Tür. Sie trug einen luftigen ärmellosen Overall mit hellen Punkten und dazu offene Schuhe. »Hallo, komm rein!«

»Hallo. Ich habe Emils Sachen dabei.« Sie betrat die Diele und zeigte auf die Sporttasche, die sie geschultert hatte. »Und ein kleines Hühnchen habe ich mit meinem Sohn auch zu rupfen. Wo ist Emil?«

»Oh, tut mir leid. Emil und Anton sind gerade mit meinem Mann Pizza holen gefahren.« Jule schloss die Tür. »Das dauert bestimmt noch ein halbes Stündchen.«

Marieke seufzte. »Da hat er ja noch mal Glück gehabt an seinem Geburtstag.«

»Was hat er denn ausgefressen?«, wollte Jule wissen.

»Das hier.« Marieke öffnete den seitlichen Reißverschluss der Sporttasche und holte das Spray hervor. »Sein Asthma-Spray lag auf dem Schreibtisch.«

»Oh. Ich gebe es ihm gleich, wenn er zurück ist«, bot Jule an. »Oder willst du solange warten?«

»Danke. Nein, ich muss gleich noch woandershin.« Marieke reichte ihr das Spray. »Am besten steckst du es ihm eigenhändig in die Hosentasche, sonst lässt er es wieder irgendwo liegen. Er denkt gar nicht mehr daran, dass er krank ist.«

»Ich gebe es ihm«, versprach Jule und musterte Marieke. »Du siehst übrigens sehr schick aus. Das dunkelblaue Kleid steht dir richtig gut. Was hast du denn vor?«

»Ich bin zum Essen eingeladen worden«, erwiderte sie unbestimmt und hoffte, dass sie nicht rot wurde.

»Ach, echt? Von wem denn?«

»Von Keke Velthuisens Neffen.«

»Von Marc?«, fragte Jule erstaunt.

»Genau.«

»Das ist ja ein Ding! Marc und ich kennen uns schon seit dem Kindergarten. Ich wusste gar nicht, dass ihr euch schon über den Weg gelaufen seid.«

Marieke winkte ab. »Wir haben uns bloß einmal bei Keke und dann in seiner Cafébar gesehen. Er war vorhin beim Gemeindefest und hat mich gefragt, ob wir was zusammen essen gehen.« Dass er ihr nach ihrem Sturz eigentlich das erste Mal begegnet war und ihr auf die Beine geholfen hatte, behielt sie für sich.

Trotzdem lächelte Jule vielsagend, als sie sie jetzt ansah. »Ich kenne Marc. Er lädt nicht einfach beliebig Frauen zum Essen ein. Dafür ist er zu wählerisch. Er scheint dich wirklich nett zu finden.«

»Ich finde ihn auch ganz nett«, sagte sie so leichthin, wie es ihr möglich war.

»Ich meine *richtig* nett! Netter als nett. Verstehst du?«

»So viel würde ich in die Sache nicht hineininterpretieren. Bloß weil er mich zum Abendessen eingeladen hat …«

»Gib ihm eine Chance«, ermunterte Jule sie und stieß sie freundschaftlich in die Seite. »Und grüß ihn von mir.«

»Mach ich.«

Jule öffnete wieder die Tür. »Viel Spaß.«

»Danke. Denk bitte daran, Emil das Spray zu geben, ja? Und wann soll ich Emil morgen abholen?«, sagte sie und umarmte Jule zum Abschied.

»Ach, wir rufen dich an. Nutze die Gunst der Stunde, und schlafe dich ruhig aus.«

Da Marieke sich noch schnell eine Strickjacke holen wollte, war sie zurück zum Reetdachhaus im *Gräftendiek* gefahren. Als sie die Jacke hatte und das Haus wieder verließ, drang fröhliches Lachen aus der unteren Küche. Marieke erkannte Bertas und Kekes Stimme. Aus dem würzigen

Duft, der ums Haus zog, schloss sie, dass der Auflauf bereits im Ofen war. Marieke lächelte. Berta und Keke waren ein niedliches Paar. Es wäre schön, wenn sie wieder zueinanderfinden würden.

Während sie den Garten verließ, knöpfte sie sich die Strickjacke zu und beschloss, den Weg zur Strandbar zu Fuß zurückzulegen. Am Campingplatz bog sie links ab, lief bis zum Ende vom Deich und nahm rechts den *Strandweg*, der wie sein Name schon verriet, direkt zum Ordinger Strand führte. Auf der Höhe des Abstellplatzes für Fahrräder zog Marieke die Schuhe aus. Auf nackten Sohlen lief sie über den hölzernen Bohlenweg bis zur Strandbar.

Sie spürte die feinen Sandkörner unter ihren Füßen und genoss, wie der Wind durch ihr offenes Haar blies. Das Meer glitzerte in der Ferne. In lockerer Strandkleidung kamen ihr mehrere Leute entgegen, die vermutlich nach einem langen Strandtag auf dem Rückweg zu ihren Ferienwohnungen oder Hotelzimmern waren. Möwen flogen tief über den Strand und stießen dabei schrille Schreie aus. Zwei Kinder ließen ihre Drachen steigen und versuchten, sich dabei nicht in die Quere zu kommen. Eine Frau posierte vor einer Düne und ließ sich dabei von einem Mann fotografieren. Ein älteres Ehepaar mit Sonnenhüten schlenderte Arm in Arm an ihr vorbei.

Marieke fiel auf, dass alle Leute, die sie sah, eines gemeinsam hatten: Sie sahen glücklich aus. Wie konnte es auch anders sein? St. Peter-Ording war nun mal ein richtiger Glücksort, wo der Nordseewind Trübsinn und Gram mit sich forttrug, oder? Sie überlegte, was sich alles für sie seit ihrer Ankunft in dem Küstenort zum Guten gewendet hatte. Emil ging es besser, er hatte sogar einen neuen besten Freund gefunden. Sie hatte einen tollen Job, der ihr Spaß machte, eine Chefin, die gleichzeitig zu einer Freundin geworden war. Berta war die beste Vermieterin, die sie sich hätte wünschen können, und ihre Wohnung ein wahr gewordener Traum. Es war bloß ein Katzensprung zum Meer, und sie durfte dort leben, wo andere Urlaub machten – nach der schweren Zeit nach Daniels Tod und der ständigen Sorge um Emil konnte Marieke gar nicht glauben, wie leicht ihr Leben mit einem Mal war.

Vor der Treppe, die zum Pfahlbau führte, blieb sie stehen. Und nun hatte sie ihre erste Verabredung mit einem Mann. Sie spürte eine plötzliche Nervosität in sich aufsteigen. Ob er schon da war und auf sie wartete? Mit einem Mal fühlte sie sich unsicher. Vielleicht hatte er ihre Nachricht ja gar nicht erhalten, oder ihm war etwas dazwischengekommen … Außerdem war sie doch völlig aus der Übung, was den Umgang mit Männern und besonders mit potenziellen neuen Partnern anging. Und das aus gutem Grund, rechtfertigte sie sich.

Trotzdem wollte sie jetzt keinen Rückzieher mehr machen. Sie würde ganz souverän sein. Wenn er da war, würde sie einfach mit Kekes Neffen zu Abend essen und dabei mit ihm über dies und das reden. Alles rein freundschaftlich und unverbindlich. Mehr würde nicht passieren. Es gab keinen Grund, die Nerven zu verlieren. Und wenn er nicht da war, würde sie sich eben etwas zu essen bestellen und die wunderbare Abendstimmung genießen. Sie war ja bereits mit Jule hier gewesen und kannte sich ein wenig aus.

Entschlossen erklomm sie die Stufen.

Marieke sah ihn sofort, als sie die Veranda des Lokals betrat. Er saß an einem der hinteren Tische und blickte versonnen aufs Meer. Er trug ein marineblaues Shirt und dazu eine helle Cargohose. Seine Füße waren nackt wie ihre. Sie konnte nicht leugnen, dass Marc Velthuisen ein unglaublich attraktiver Mann war. Das war selbst aus einigen Metern Entfernung nicht zu übersehen.

»Hallo«, grüßte sie, als sie an seinem Tisch angekommen war.

Er schien sie vorher nicht bemerkt zu haben und wandte sich ihr jetzt erst zu.

Als er sie sah, leuchteten seine Augen auf. »Guten Abend. Bitte setzen Sie sich.«

Er stand auf und deutete auf den Platz ihm gegenüber. »Entschuldigung, ich war ganz in den Anblick der See vertieft. Schön, dass Sie gekommen sind.«

Marieke setzte sich auf die Holzbank ihm gegenüber und legte ihre Schuhe darunter ab. »Von hier aus hat man auch einen wunderbaren Ausblick auf die Nordsee. Als ich das erste Mal hier war, konnte ich mich auch nicht daran sattsehen.«

»Mir geht es jedes Mal so, obwohl ich mein ganzes Leben hier verbracht habe. Die See wird wohl nie ihre Faszination für mich verlieren. Dafür ist sie ein viel zu unbegreifliches Wunder der Natur.«

Eine Kellnerin kam und brachte ihnen die Karten. »Moin! Wissen Sie schon, was Sie trinken möchten?«

Marieke überflog kurz die Getränkekarte. »Für mich eine Gurkenlimonade, bitte.«

»Ich nehme einen Pfefferminztee.«

Die Kellnerin bedankte sich lächelnd und ging wieder.

Marieke nahm die Speisekarte zur Hand. »Tee zum Essen ist wohl wirklich typisch für St. Peter-Ording. Im Ruhrgebiet trinkt man eher etwas Kaltes dazu. Wasser, Limo oder ein kühles Bier. Eventuell mal Wein.«

»Ganz so typisch nun auch wieder nicht.« Er schaute von seiner Karte auf. »Hier trinkt man eher Schwarztee. Oft mit Klüntjes und Sahne. Aber das mochte ich schon als Kind nicht und bin dann bei Pfefferminztee geblieben. Pur.«

»Dieser kleine Unterschied ist mir gar nicht aufgefallen«, gab sie zu. »Tee ist für mich Tee.«

Er lächelte. »Als Pfefferminztee-Trinker sticht man aus der breiten Masse heraus. Man ist fast ein kleiner Exot.« Seine Mundwinkel zuckten ein wenig, als er weitersprach.

»Das ist wohl so ähnlich wie ein Schalke-Fan in Dortmund. Irgendwie fischt man da in fremdem Gewässer.«

Marieke lachte auf. »Das ist wohl wahr.« Sie merkte, dass die Anspannung von ihr abgefallen war. In seiner Gesellschaft fühlte sie sich einfach sehr wohl. Fühlte sich fast zu ihm hingezogen.

Nachdem die Kellnerin ihnen die Getränke gebracht hatte, nahm sie die Essenswünsche auf. Marieke bestellte hausgemachte Lachsfrikadellen mit wildem Brokkoli, Cranberrys, gerösteten Haselnüssen und Kartoffelstampf. Marc Velthuisen entschied sich für Oktopus mit Pflücksalaten, Tomaten, Oliven und Krustenbrot.

»Darf ich mir erlauben, für uns noch zwei Gläser Chardonnay zu bestellen?«, fragte er sie.

»Von mir aus gern.«

Als die Kellnerin wieder weg war, erhob er seine Teetasse. »Dann auf einen schönen Abend.«

Marieke hob ebenfalls ihr Glas. »Auf einen schönen Abend. Und vielen Dank für Ihre Einladung.«

Er schüttelte lächelnd den Kopf und schaute sie an. »Das mit dem Sie lassen wir aber ab jetzt mal. Ich bin Marc.«

»Marieke.«

»Ich weiß.« Er lächelte vielsagend. Das warme Sonnenlicht spiegelte sich in seinen blauen Augen und verlieh ihnen einen geheimnisvollen Glanz. »Ich habe mich gleich nach unserer ersten Begegnung vor der Apotheke nach deinem Namen erkundigt.«

»Was?« Marieke hätte sich fast an ihrer Gurkenlimonade verschluckt.

»War gar nicht schwer, den herauszubekommen. Ich kenne die Inhaberin der Apotheke ziemlich gut und habe ihr von deinem Sturz erzählt. Als ich ihr sagte, ich hätte noch weitere Medikamente gefunden, die ich dir geben müsste, hat sie mir deinen Namen genannt und verraten, für welchen Pflegedienst du arbeitest.«

»Aha. Datenschutz scheint es in St. Peter-Ording wohl nicht zu geben.« Sie fühlte sich sehr geschmeichelt, war aber auch verwirrt. Denn wenn er solch einen Aufwand betrieben hatte, um ihren Namen zu erfahren – warum hatte er sie dann nicht schon früher kontaktiert? Oder …

»Kommt ganz darauf an.« Er musste grinsen.

»Dann wusstest du wahrscheinlich auch, dass ich mich um deinen Onkel kümmere«, kombinierte sie. »Und unser zweites Treffen war gar nicht so zufällig, wie ich dachte.«

Er zuckte die Schultern. »Nicht wirklich.«

»Ich überlege gerade, ob ich mich verfolgt oder geschmeichelt fühlen soll.«

»Auf jeden Fall Letzteres.«

Das Essen und der Wein wurden von einem jungen Kellner serviert, dessen Arme stark tätowiert waren.

»Das Essen sieht lecker aus.«

»Dann einen guten Appetit.« Marc hob das Weinglas und blickte ihr dabei in die Augen.

Marieke tat es ihm gleich und führte lächelnd das Glas zu den Lippen. Sie genoss das leckere Essen und die gemeinsame Zeit, den freien Blick aufs Meer und die leichte salzige Brise im Gesicht. Während sie aßen, unterhielten sie sich über unverfängliche Themen und sparten Beziehung und Familie aus. Marieke merkte kaum, wie die Zeit verging und aus einem Glas Wein wurden schnell drei. Als die Sonne schon tief über dem Meer stand, verließ sie mit Marc zusammen das Restaurant.

»Lass uns noch ein bisschen am Strand spazieren gehen«, schlug er vor. »Das wird uns nach dem Essen guttun.«

»Gerne.«

Sie trugen beide ihre Schuhe in der Hand und liefen mit nackten Füßen durch den angenehm kühlen Sand. Marieke kam nicht umhin zu bemerken, wie gut sie sich bei Marc aufgehoben fühlte. Der Wein hatte sicher ein Übriges getan. Und sie genoss den Abend einfach ohne schlechtes Gewissen oder Skrupel.

»Komm mit, wir laufen in der Brandung.« Plötzlich griff Marc nach ihrer Hand und zog Marieke mit sich zum Meer.

Lachend ließ sie es geschehen.

Gischt spritzte an ihren Beinen empor, und ihre Füße versanken im nassen Sand. Marieke juchzte auf. Ihre Hand lag immer noch in Marcs.

Und Hand in Hand blieben sie in der Brandung stehen und schauten auf das Meer hinaus, wo am Horizont die untergehende Sonne den Sand und die Dünen in ein warmes rotes Licht tauchte. Es herrschte eine einzigartige Atmosphäre am Strand, die schon fast etwas Magisches hatte.

»Ist das nicht herrlich?«, fragte er und sah sie an.

»Wunderschön. Einfach atemberaubend.«

Er legte seine Schuhe hinter sich in den trockenen Sand und strich Marieke eine Haarsträhne aus dem Gesicht. Instinktiv schloss sie bei seiner Berührung die Augen. Wie lange hatte sie kein Mann mehr so berührt? Sie wollte, dass er es noch einmal tat. Sie wollte sich endlich wieder als Frau fühlen können.

Als sie die Augen wieder öffnete, konnte sie das Knistern zwischen ihnen förmlich spüren. In dem Moment war ihr egal, was gewesen war oder was kommen würde. Für sie zählte nur der Augenblick. Sie hielt seinen Blick und wich nicht zurück, als sein Gesicht sich ihrem näherte. Sein warmer Atem strich über ihr Gesicht, seine Lippen waren bloß wenige Zentimeter von ihren entfernt. Mit seiner kräftigen Hand hielt er ihre Taille und zog sie zu sich. Als er sie küsste, fühlte Marieke sich ganz leicht. So unendlich leicht. Und sie spürte, wie das Leben durch ihre Adern floss.

# 17. Kapitel

*Am nächsten Morgen*
*in der Einliegerwohnung im Reetdachhaus.*
*Durch das gekippte Fenster drang das Knattern*
*des Motors eines Rasenmähers.*

Marieke richtete sich im Bett auf und blinzelte verschlafen gegen das helle Sonnenlicht an, das durch die Vorhänge in den Raum fiel. Sie brauchte einen Moment, um zu begreifen, was sie geweckt hatte.

Während sie sich die Augen rieb, gähnte sie ausgiebig und griff nach ihrem Wecker, der neben ihrem Bett auf dem Boden stand. Viertel nach neun. Sehr früh an ihrem freien Tag.

Langsam ging sie zum geöffneten Fenster und schaute hinaus in den Garten. Eine Mischung aus frisch geschnittenem Gras und Benzin drang von draußen in die Wohnung. In der Nähe einer blühenden Staude entdeckte sie dann, wer dafür verantwortlich war: Zufrieden vor sich hin pfeifend schob Keke einen Rasenmäher über die Wiese. Marieke lächelte.

Seit der Gründung des Kuchen-Clubs verbrachte er mehr Zeit bei Berta als in seiner Bastelgarage. Und das lag nicht bloß an dem leckeren Karottenkuchen nach Oma Irmgards Rezept, da war sich Marieke sicher, sondern vor allem an Berta, die er oft unverhohlen anstrahlte. Ob Berta wusste, wie viel Keke für sie übrighatte, und es einfach überging? Oder war es die typisch nüchterne norddeutsche Art, die Dinge nicht so aufgeregt zu betrachten? Er musste schon in aller Frühe bei Berta geklingelt haben. Vielleicht hatten sie zusammen gefrühstückt.

Als Marc sie nach Hause gebracht hatte, hatte Kekes Audi nicht mehr vor dem Reetdachhaus geparkt … Marc …

Marieke kniff die Augen zu und massierte sich die Schläfen. Wie hatte sie sich nur darauf einlassen können? Sie dachte an den Wein und ärgerte sich darüber, so viel getrunken zu haben. Der Alkohol hatte sie leichtsinnig und unüberlegt handeln lassen. Im nüchternen Zustand wäre ihr das niemals passiert.

War ihr noch vor wenigen Stunden alles ganz richtig erschienen, fragte sie sich jetzt, wie sie dabei Daniel hatte vergessen können. Sie hatte das Gefühl, ihn mit Marc hintergangen zu haben.

Bei der Hochzeit hatte sie ihm ewige Treue geschworen, und er allein war ihr Mann, mit dem sie ihr Leben geteilt hatte, der sie gekannt hatte wie kein anderer und mit dem sie bis ans Ende der Zeit hatte zusammenbleiben wollen.

»Oh nein.« Seufzend wischte sie sich über den Mund.

Unter keinen Umständen durfte sie Marc wieder küssen. Sie schaute auf den Stuhl, über den sie das Kleid gehängt hatte, das sie gestern Abend getragen hatte. Seine blauen Augen kamen ihr in den Sinn und wie charmant und unterhaltsam er gewesen war. Hätte sie Daniel nicht geheiratet und kein Kind von ihm bekommen, würde sie bei Marc bestimmt einen zweiten Blick riskieren. Aber so war es nun einmal nicht. Sie war kein unbeschriebenes Blatt und konnte nicht unbelastet in eine Zukunft mit einem anderen Mann gehen.

Sie brauchte dringend eine kalte Dusche.

Marieke blieb zum Glück nicht viel Zeit, um sich in Grübeleien zu vertiefen. Nachdem sie geduscht und angezogen war, schnappte sie sich den Autoschlüssel, um Emil bei Jule abzuholen.

Bevor sie losfuhr, wollte sie noch schnell bei Berta vorbeischauen. Da sie aus dem Garten die Stimmen von Berta und Keke hörte, ging Marieke kurz entschlossen um das Haus herum. Sie saßen auf der Terrasse. Keke hielt ein großes Glas Wasser in der Hand, und auf dem Tisch lag die Tageszeitung ausgebreitet.

»Guten Morgen, ihr beiden.«

Im Haus klingelte das Telefon.

»Moin!« Keke prostete ihr mit seinem Wasserglas zu.

Berta runzelte die Stirn. »Na, ob das ein guter Morgen ist, wird sich noch rausstellen.« Das Telefon klingelte immer noch, aber sie machte keinerlei Anstalten, den Anruf entgegenzunehmen.

»Dein Telefon klingelt«, sagte Marieke.

»Das Ding bimmelt schon seit heute früh um sieben. Ununterbrochen.« Berta klang leicht verzweifelt und verdrehte genervt die Augen.

»Ja? Weswegen denn?« Marieke hoffte, es war nichts Schlimmes passiert.

»Deswegen.« Berta tippte mit dem Zeigefinger auf die Schlagzeile der Tageszeitung.

Marieke blickte über Bertas Schulter und las: *Oma-Kuchen lösen Nostalgiewelle aus*. Sie überflog den Artikel über den Kuchen-Club und den Verkauf beim Gemeindefest. Darunter war sogar ein Foto von Gertrud und Günter am Kuchenstand abgebildet.

»Unsere Kuchen sind wie eine Bombe eingeschlagen«, merkte Keke grinsend an. »Alle wollen sie haben.«

»Woher wissen die von der Zeitung das denn alles?«, fragte sie Berta staunend.

Berta seufzte schwer. »Von Gertrud und Günter. Sie haben einer Reporterin ein paar Fragen beantwortet und sich offenbar nichts dabei gedacht.«

»Das ist doch aber toll!«, fand Marieke. »Ein großer Erfolg für unseren Kuchen-Club. Uns gibt es noch nicht lange, und gleich bekommen wir in der Zeitung einen so positiven Artikel.«

Sie runzelte die Stirn, da das Telefon immer noch schrillte. »Aber wer ruft denn bei dir die ganze Zeit an?«

»Cafés, Hotels und Touristen«, zählte Berta auf. »Alle wollen mit Oma-Kuchen beliefert werden.«

Berta fasste sich mit beiden Händen an die Stirn und stützte die Ellenbogen auf. »Dittes Nichte vom Café *Strandrose* war die erste Anruferin heute früh und hat nach Oma Irmgards Karottenkuchen und deiner Käsetorte gefragt. Kurz danach hatte ich Lilos Nichte Insa an der Strippe. Sie möchte auch Kuchen für die *Miesmuschel* bestellen. Karotten-, Käse- und Pflaumenkuchen!«

Marieke setzte sich auf einen freien Stuhl. »Und was hast du gesagt?«

»Ich habe gefragt, ob sie sonst noch Wünsche haben, und dann gelacht.« Berta lehnte sich im Gartenstuhl zurück und schaute zum blauen Himmel empor, an dem kleine Schäfchenwolken hingen. »Wie soll man das nur schaffen? Da braucht man eine richtige Backtruppe.«

»Das sind Größenordnungen wie früher«, kommentierte Keke vergnügt. Ihm schien der Rummel um die Oma-Kuchen zu gefallen.

»Da haben meine Eltern und Großeltern noch gelebt, und Hanni. Alle haben in der Backstube mit angefasst, damals war das machbar. Aber mit so einem großen Interesse für unsere Oma-Kuchen habe ich im Traum nicht gerechnet.«

»Das liegt daran, dass eure Kuchen eben besonders gut

schmecken. Wie früher halt. Da kommt kein industriell gefertigter Kuchen mit.« Marieke fand die große Nachfrage eigentlich sehr schön. Eine bessere Bestätigung gab es doch gar nicht.

Nachdem Keke sein Glas leer getrunken hatte, stellte er es geräuschvoll auf den Tisch. »Ich weiß, was Hanni dazu gesagt hätte.«

»Ach, ja?«

»Natürlich. Schließlich kannte ich deine Schwester fast so gut wie dich.«

Berta machte eine wegwerfende Handbewegung. »Meine Schwester war eine unverbesserliche Optimistin. Und verrückt obendrein.«

Marieke schaute zwischen Berta und Keke hin und her. »Was hätte sie denn gesagt?«

»Das schaffen wir«, kam Keke Berta mit einer Antwort zuvor.

»Ich sag es ja, völlig verrückt war sie.« Berta seufzte. »Gleich ziehe ich den Stecker raus, wenn das Telefon weiterklingelt.«

»Vielleicht können wir es ja wirklich schaffen«, überlegte Marieke laut.

»Was?«

Nachdenklich tippte sie sich mit dem Zeigefinger an die Nase. »Die Belieferung der Cafés und Hotels.«

Berta schüttelte den Kopf. »Ich hätte nicht gedacht, dass du genauso verrückt bist wie meine Schwester.«

»Marieke hat bestimmt einen Plan«, vermutete Keke. »Hab ich recht?«

Sie lächelte. »Noch keinen richtigen Plan, aber eine Idee.«

»Jetzt reicht's! Ich kann das Bimmeln nicht mehr hören.« Berta verschwand im Haus. Kurz darauf erstarb das Klingeln des Telefons, dann kam sie zurück auf die Terrasse. »So! Von mir aus kann nun ganz St. Peter anrufen.«

»Ich muss dann auch mal los, Emil bei Anton abholen.« Marieke stand vom Stuhl auf. Ernst schaute sie Keke an. »Würdest du eigentlich regelmäßig Kuchen ausliefern, oder wäre dir das zu viel?«

»Eine Tour am Tag schaffe ich schon«, sagte er spontan zu.

»Das würde reichen.«

»Was ist mit deinem eingeklemmten Nerv, Keke? Das ewige Ein- und Aussteigen und dann noch Kuchenschleppen?!«, gab Berta zu bedenken.

Beruhigend strich er ihr über den Handrücken. »Die Schmerzen sind weg. Beim Rasenmähen habe ich auch nichts gemerkt. Im Gegenteil. Die Bewegung tut mir gut. So roste ich nicht so schnell ein.«

Berta zeigte ihm einen Vogel, musste aber lächeln.

»Prima! Dann sollten wir heute Nachmittag eine Kuchen-Club-Mitgliederversammlung einberufen und alle zusammen überlegen, ob wir das schaffen. Ich bespreche das gleich mit Jule. Bis später!«

Am Nachmittag versammelten sich alle Mitglieder des Kuchen-Clubs in Bertas Backstube. Trotz des kurzfristig anberaumten Treffens hatten alle Zeit gefunden zu kommen und waren zusammen mit Jule in dem Kleinbus in den *Gräftendiek* gefahren. Währenddessen spielten Emil und Anton im Garten. Sie hatten es sich im Schatten der Bäume in der Hängematte gemütlich gemacht und wollten lesen, wie sie Marieke angekündigt hatten.

Zunächst begrüßte Berta alle und erzählte, was in den letzten Stunden passiert war. »Der Zeitungsartikel tut sein Übriges. So sind ja zusätzlich Leute auf unsere Kuchen aufmerksam geworden, die vorher nichts davon gewusst haben. Ich musste vorhin den Telefonstecker aus der Wand ziehen, weil ich die Klingelei nicht mehr ausgehalten habe.«

Hier hakte Marieke ein: »Mit solch einem großen Erfolg unserer Kuchen hat bestimmt niemand von uns gerechnet. Deswegen müssen wir nun überlegen, wie es weitergehen soll. Wollen wir die Herausforderung annehmen und Kuchen an Hotels und Cafés ausliefern? Das würde bedeuten, dass wir bestimmt drei Nachmittage in der Woche zusammen backen müssten. Natürlich wäre das dann eine Beschäftigung, mit der wir auch etwas Geld verdienen würden und jedes Mitglied seine Rente aufbessern könnte.«

»Ich finde das toll«, sagte Günter begeistert. »Drei Mal in der Woche backen ist für mich kein Problem. Dadurch habe ich ja drei Mal weniger Langeweile.«

»Mir macht das auch nichts aus. Ich backe bestimmt vier Mal wöchentlich bei mir allein zu Hause«, meinte Maria, die sich auf ihren Rollator gesetzt hatte. »In Gesellschaft macht es doch viel mehr Spaß.«

»Dann sollten wir abstimmen. Wer dafür ist, dass wir ab jetzt Kuchenbestellungen aufnehmen und uns drei Mal in der Woche in der Backstube treffen, meldet sich bitte jetzt.« Marieke schaute auf die Handzeichen der Senioren. Ihr Vorschlag wurde einstimmig angenommen. Bei Berta war sie nicht sicher gewesen, aber natürlich war sie dabei, wie Marieke glücklich feststellte.

»Lasst uns am besten gleich anfangen«, sagte Lilo voller Tatendrang. Schon verteilte sie mit Ditte und Gertrud zusammen die Backschürzen.

»Dann werde ich wohl den Telefonstecker wieder einstöpseln«, meinte Berta und stand auf.

»Bleib ruhig hier. Das kann ich auch für dich erledigen und bei der Gelegenheit gleich mal nach Emil schauen.« Marieke legte ihr eine Hand auf die Schulter.

»Danke, dann kümmere ich mich um die Backvorbereitungen.« Berta reichte ihr den Schlüssel zu ihrer Haushälfte.

»Warte, ich komme mit!«, rief Jule und folgte Marieke aus der Backstube in den Flur.

Marieke ahnte, warum ihre Freundin sie begleiten wollte. Nach ihrem Treffen mit Marc hatten sie noch keine Möglichkeit gehabt, sich in Ruhe auszutauschen. Bestimmt wollte sie erfahren, wie es zwischen ihnen gelaufen war.

»Das ist ja noch ein uralter Anschluss.« Marieke drückte den Stecker in die Buchse, auf der das Logo der Post zu erkennen war. »Dass man damit überhaupt noch telefonieren kann.«

»Vermutlich besser als mit den neueren.«

»Ja, vielleicht.« Marieke schaute zur Terrassentür. »Wie hat sich Emil denn eigentlich bei euch benommen?«

Jule warf ihr ein beruhigendes Lächeln zu. »Es gibt nichts an deinem Sohn auszusetzen. Er hat sogar geholfen, den Tisch abzuräumen, womit du Anton jagen kannst. Sein Asthma-Spray hat er übrigens die ganze Zeit in der Hosentasche gehabt.«

»Sehr gut! Vielleicht denkt er demnächst wieder zuverlässig daran.«

»Er hat übrigens von seinem Vater erzählt.«

»Was?« Marieke schaute sie entgeistert an. »Er kennt ihn nur von Fotos und aus Erzählungen.«

»Also, Emil hat nicht mir von seinem Vater erzählt, sondern Anton. Ich habe es zufällig mit angehört, als ich im Flur vor Antons Zimmer Bettwäsche aus einem Schrank geholt habe. Die beiden haben zusammen gespielt und sich darüber unterhalten.«

Aufmerksam hörte Marieke zu. »Was hat er denn gesagt?«

»Zuerst hat er gesagt, wie gut es ihm bei uns gefällt und wie nett er Antons Vater findet. Danach hat er von seinem Vater erzählt, dass er Häuser gebaut hat, aber schon vor seiner Geburt gestorben ist.« Sie lächelte. »Anton hat dann gefragt, ob er keinen neuen Vater kriegen könne. Darauf hat Emil geantwortet, dass er sich sehr einen Vater wünscht, der wie mein Mann ist, also mit ihm Fußball spielt und Pizza vom Italiener holt. Er hofft, dass sein Wunsch irgendwann in Erfüllung geht.«

»Puh!« Marieke setzte sich in Bertas Sessel. »Das hat er wirklich gesagt? Er wünscht sich einen Vater?«

Jule nickte.

Besorgt schüttelte sie den Kopf. »Darüber hat er noch nie mit mir gesprochen.«

»Das habe ich mir gedacht, deshalb wollte ich es dir ja erzählen.« Jule stemmte die Hände in die Hüfte.

»Und ich habe gedacht, dass du mich wegen Marc ausquetschen willst.« Aus dem Garten ertönte lautes Kindergeschrei. Als sie den Blick wandte, sah sie Emil und Anton einem Fußball hinterherrennen, der über die Wiese rollte. »Und das wäre mir ehrlich gesagt lieber gewesen als diese Nachricht.«

»Ich finde es gar nicht so schlimm, dass die beiden sich darüber unterhalten haben. Immerhin weißt du jetzt, dass er einen neuen Mann an deiner Seite akzeptieren würde, falls es einen gäbe.« Jule legte den Kopf schräg. »Wie war es denn mit Marc?«

»Also doch!« Marieke konnte sich ein Grinsen nicht verkneifen. »Sagen wir es mal so, wir haben uns noch nicht wieder verabredet. Es war ein sehr schöner Abend, und

Marc hat sich sehr viel Mühe gegeben. Trotzdem bin ich mir nicht sicher, ob es eine gute Idee wäre, ihn weiter zu treffen. Ich glaube einfach nicht, dass ich dazu bereit bin, mich auf eine neue Beziehung einzulassen.«

»Dabei würdet ihr so gut zusammenpassen. Meinen Segen bekämt ihr sofort.«

Marieke musste lachen. »Falls wir heiraten sollten, wirst du unsere Trauzeugin. Versprochen.« Da der Lederfußball in diesem Moment draußen nur knapp an der Scheibe von Bertas Terrassentür vorbeiflog, stand Marieke auf. »Lass uns lieber mal zu unseren Nachwuchsfußballern gehen, bevor wir hier noch den Glaser bestellen müssen.«

# 18. Kapitel

*Ein paar Tage darauf, nachmittags in der Backstube.*
*Aus dem Radio erklangen alte Schlager,*
*und in den Öfen backten leckere Oma-Kuchen.*

Keke beugte sich über eine Liste. »Drei Kuchen für die *Strandrose*, zwei zur *Miesmuschel* und den Rest zum Café im Pfahlbau nach Böhl«, las er vor.

»Nicht zu vergessen die sechs Kuchen für zwei Beerdigungen morgen früh«, schaltete sich Gertrud ein. Sie half Maria gerade dabei, ein Blech mit fertig gebackenen Pflaumenkuchen aus einem Ofen zu holen und es zum Auskühlen auf einen Tisch zu stellen. »Müssen heute Abend alle noch zu den Lokalen gebracht werden, sonst kippen mir die Diabetiker wegen Unterzuckerung gleich mit in die Grube.«

»Schaffst du das, oder soll ich mitkommen?«, fragte Marieke.

»Lass mal gut sein, Mädchen. Die Kuchen für die Beerdigungen übernehme ich schon. Petter kann mir dabei helfen«, bot Gertrud an.

»Danke. Das ist wirklich nett von dir!« Marieke lächelte sie an. Gertruds raue Schale und ihr teilweise derber Humor erinnerten sie ans Ruhrgebiet. Meistens waren es genau die Menschen mit den seltsamsten Sprüchen, auf die man am meisten zählen konnte.

»Den Rest schaffe ich schon. Außerdem kommt Günter mit.« Keke zeigte seinem Mitstreiter den erhobenen Daumen.

»Günter hat doch Gehprobleme«, raunte Marieke ihm zu.

»Sind besser geworden. Er kann kurze Strecken ohne Stock laufen.«

»Na gut, die Lieferung für die *Strandrose* nehme ich euch aber trotzdem ab. Ich muss für Emil ein Buch abholen. Das liegt für mich praktisch auf dem Weg.«

Nachdem die frisch gebackenen Kuchen etwas abgekühlt waren, lud Marieke sie in ihr Auto und lieferte sie wie versprochen im Café *Strandrose* ab. Danach holte sie das bestellte Buch für Emil ab. Es war eine neue Detektivgeschichte, die er sich gewünscht hatte und als Belohnung bekam, weil er sein Asthma-Spray wieder bei sich trug. Nachdem sie die Buchhandlung verlassen hatte, blieb Marieke nachdenklich vor dem Laden stehen.

Von hier aus waren es bloß wenige Meter bis zum *Käppchenkuchen*. Seit dem Abendessen und dem anschließenden Kuss hatte sie Marc nicht wiedergesehen. Er hatte ihr zwar ein paar Nachrichten geschrieben, die sie auch alle höflich beantwortet hatte, doch es war bisher um keine neue Verabredung gegangen.

Ein bisschen enttäuscht war sie deswegen schon, wenn sie ehrlich war. Eigentlich hatte sie damit gerechnet, dass Marc sich nach dem Abend richtig ins Zeug legen würde, um sie möglichst bald wiederzusehen. Doch nichts dergleichen geschah. Seine Nachrichten waren freundlich und unaufdringlich. Dabei wäre sie schon darauf eingestellt gewesen, ihn abzuwimmeln und auf Distanz zu halten … Vielleicht hatte ihm der Abend am Ende gar nicht so gut gefallen? Aber hätte er sie dann geküsst? Das kam Marieke höchst unlogisch vor.

Sie blickte quer über die Straße zur Cafébar, wo gerade keine Menschenschlange vor dem Eingang ausharrte. Die Gunst der Stunde könnte sie nutzen.

Dem Impuls folgend, setzte Marieke sich in Bewegung und überquerte die Straße. Kurz darauf betrat sie die Cafébar, die auch drinnen auffallend leer war. An einem Fensterplatz saß eine junge Frau, die ganz in ihr Handy vertieft zu sein schien. Vor ihr auf dem Tisch stand ein Glas mit Limonade. Eine Angestellte wischte in aller Ruhe die restlichen Tische ab. Marc stand hinter dem Tresen und reinigte Teile des Kaffeeautomaten.

»Hallo«, sagte sie, als sie vor ihm stand.

Er drehte sich um. Da bemerkte sie eine Falte zwischen seinen Augenbrauen, die sie zum ersten Mal sah. Als er ihren Blick erwiderte, erschien aber ein Lächeln auf seinem Gesicht, und die Falte verschwand. »Welch seltener Besuch. Hallo, Marieke. Da geht hier doch gleich die Sonne auf.« Er legte das Putztuch, das er in den Händen hielt, neben den Kaffeeautomaten und ging um den Tresen herum zu ihr.

»Ich war gerade im Buchladen und dachte, ich schau mal kurz rein.« Sie war erleichtert über den positiven Empfang. Marc schien sie nach wie vor zu mögen. Es musste einen anderen Grund für seine Zurückhaltung der letzten Tage geben.

Er gab ihr die Hand und strich kurz sanft mit dem Daumen über ihr Handgelenk. »Ich freue mich wirklich, dass du da bist. Möchtest du etwas essen oder trinken?«

»Warum nicht? Einen Eiskaffee trinke ich gerne.«

»Mache ich dir sofort fertig.«

Sie nahm an einem der freien Tische Platz und beobachtete ihn dabei, wie er das Getränk für sie zubereitete. Ich habe mir ja, typisch Frau, viel zu viele Gedanken gemacht und Dinge in sein Verhalten hineininterpretiert, die es gar nicht gibt, dachte sie seufzend. Bestimmt war er einfach nur beschäftigt gewesen und hatte deswegen kein neues Treffen vorgeschlagen. Trotzdem wurde Marieke das Gefühl nicht los, das irgendetwas nicht stimmte. Inzwischen war die junge Kellnerin mit den Tischen fertig und nahm sich als Nächstes einen Stapel Zeitschriften vor, um sie zu sortieren. Augenscheinlich hatte sie einen äußerst ruhigen Tag im *Käppchenkuchen* erwischt.

»So, einmal ein Eiskaffee.« Marc stellte das Glas mit dem kühlen Getränk auf den Tisch und setzte sich zu ihr.

»Danke.« Sie trank einen Schluck. »Da habe ich ja richtig Glück, dich in einer ruhigen Phase zu erwischen.«

Er verzog den Mund zwar zu einem Lächeln, aber es wirkte nicht echt. »Ehrlich gesagt, die ruhige Phase habe ich euren Oma-Kuchen zu verdanken.«

Erschüttert stellte sie das Glas auf der Tischplatte ab. »Wie soll ich das denn bitte verstehen?«

»So wie ich es gesagt habe.« Er lehnte sich mit dem Oberkörper zurück. »Seit der Zeitungsartikel über eure Oma-Kuchen erschienen ist und du mit deiner Seniorengruppe Cafés und Hotels versorgst, wollen alle nur noch Karotten- oder Käsekuchen wie von Oma gebacken essen.«

»Ach, das kann ich mir nicht vorstellen.« Marieke war sicher, dass er sich bloß einen Scherz mit ihr erlaubte. Das konnte doch unmöglich der Grund für seine Zurückhaltung sein. Immerhin sprachen sie hier lediglich von ein paar Senioren, die drei Mal in der Woche zusammen Kuchen backten, und nicht über eine Systemgastronomie, die eine echte Konkurrenz darstellen konnte.

»Sieh dich um.« Seufzend wies er mit dem Arm durch den Raum. »Ich habe heute erst zwölf Kunden gehabt. Normalerweise kann ich unsere Gäste gar nicht zählen, weil ich keine Zeit dafür habe. So starke Umsatzeinbrüche hatte ich noch nie.« Die Falte zwischen seinen Augenbrauen kam wieder zum Vorschein. Er meinte es tatsächlich ernst.

»Das kann doch auch ein Zufall sein und muss nicht zwangsläufig mit unseren Oma-Kuchen zu tun haben, oder? Pass mal auf, morgen ist der Laden wieder rappelvoll und der Umsatz normal«, versuchte sie, ihn aufzumuntern. »Dann lachst du darüber, dass du dir überhaupt Gedanken gemacht hast.«

»Dein Wort in Gottes Ohr.« Er schaute sie nachdenklich an und wirkte fast ein bisschen unglücklich.

»Wirst sehen! Du machst dir ganz umsonst Sorgen. Die Cupcakes sind beliebt bei den Leuten, so etwas ändert sich doch nicht von jetzt auf gleich«, fügte sie hinzu, auch um ihr aufkeimendes schlechtes Gewissen zu beruhigen.

»Du hast heute auch keinen gegessen, sondern nur etwas getrunken«, stellte er sachlich fest. »Beim letzten Mal durfte ich dir noch ein Getränk mit Cupcake servieren.«

»Heute hatte ich keinen Hunger auf einen Cupcake, weil …« Sie brach mitten im Satz ab, als ihr klar wurde, dass sie sonst seine Theorie bestätigen würde. Stattdessen trank Marieke einen weiteren Schluck und wich Marcs Blick aus. Denn es stimmte ja, sie hatte keinen Appetit auf Cupcakes, weil sie zuvor schon reichlich Oma-Kuchen in Bertas Backstube genascht hatte.

»Weil?«, hakte er nach.

»Ich kann einfach nicht jeden Tag Kuchen essen. Schließlich muss ich auf meine Linie achten, sonst passe ich bald in nichts mehr rein«, erwiderte sie möglichst leichthin.

»Typisch Frau.« Er lächelte. »Vielleicht sollte ich Low-Carb-Cupcakes oder welche ohne Zucker als neue Kreationen aufnehmen. Es scheint einen Markt dafür zu geben.«

»Klingt nach einer revolutionären Geschäftsidee«, fand Marieke und erwiderte sein Lächeln. Er wirkte nicht mehr ganz so besorgt, doch die Falte zwischen seinen Augenbrauen blieb.

Und wenn er doch recht hatte und seine Kunden wegen ihrer Oma-Kuchen wegblieben? Sie war keine Expertin für Geschäftsentwicklungen, aber allein die Möglichkeit verursachte ihr Magenschmerzen. Da kam ihr eine Idee. »Hast du eventuell Lust, dir anzusehen, wo wir unsere Oma-Kuchen backen?«

»Du meinst, du nimmst mich mit in die Höhle des Löwen?«

»Nicht in die Höhle des Löwen. Eher in Bertas gemütliche Backstube!« Marieke lachte. »Was ist? Kommst du mit?«

»Und ob!«

Wenig später schweifte Marcs Blick durch die Backstube. »Wie viele Senioren backen hier?«

Er blieb vor einem der großen Öfen stehen und schaute neugierig hinein.

»Dein Onkel scheint dir nicht viel über den Kuchen-Club zu erzählen«, kommentierte Marieke amüsiert.

»Nicht wirklich. Ist für ihn so eine Art Betriebsgeheimnis.«

Sie wusste nicht, warum man die Mitgliederzahl verschweigen sollte. »Mittlerweile sind es siebzehn«, beantwortete sie Marcs Frage.

»Das ist ordentlich.« Er wandte seine Aufmerksamkeit einer alten Edelstahlmühle zu, die an einem Tisch festgeschraubt war. »Meine Güte. So etwas habe ich zuletzt bei meiner Oma gesehen.«

Marieke ging zu ihm. »Ja, das ist eine ganz spezielle Mühle. Damit mahlen unsere Seniorinnen Emma und Emmi den Mohn für ihre Kuchen«, sagte sie nicht ohne Stolz. Die beiden waren Mutter und Tochter und lebten zusammen in einem alten Friesenhaus im Ortsteil Dorf.

Stirnrunzelnd sah Marc sie an. »Ist das nicht ein bisschen viel Aufwand für einen Kuchen? Heutzutage bekommt man doch in jedem Supermarkt backfertige Mohnmasse.«

»Ja, heutzutage kann man so ziemlich alles fertig kaufen. Und wie schmeckt es dann?«

»Ganz gut.« Er drehte an der Kurbel der Mühle, die daraufhin ein leises Quietschen von sich gab.

Marieke schüttelte den Kopf. »›Ganz gut‹ ist die kleine Schwester von ›Irgendwie genießbar‹.« Sie öffnete einen der Kühlschränke und nahm eine Kuchenbox heraus. In einer Schublade fand sie zwei Kuchengabeln. Eine davon drückte sie Marc in die Hand.

»Hier. Probier mal. Ist noch der Rest vom letzten Mohnkuchen, den Emma und Emmi gebacken haben.«

»Hm«, machte Marc nach der ersten Gabel Kuchen und zog anerkennend die Augenbrauen hoch. »Wirklich ausgezeichnet.« Er nahm eine weitere Gabel. »So saftig, und der Mohn schmeckt richtig intensiv nach … Mohn.«

»Siehst du. Deswegen machen sich unsere Seniorinnen lieber die Mühe und mahlen per Hand, bevor sie irgendeine industriell gefertigte Backmasse kaufen.« Marieke ließ sich ebenfalls den fein-nussigen Geschmack des Mohns auf der Zunge zergehen.

Vier Gabeln später hörten sie von draußen ein Motorengeräusch. Marieke ging zum Fenster und schaute hinaus.

»Dein Onkel ist von seiner Tour zurück«, verkündete sie. »Sollen wir zu ihm gehen?«

»Erst esse ich den Kuchen auf«, erwiderte Marc kauend. »Schließlich bekomme ich nicht jeden Tag so einen leckeren Mohnkuchen angeboten. Falls deine Seniorinnen noch Kapazitäten haben, dürfen sie gerne auch für mich backen.«

Marieke lachte. »So weit kommt es noch!«

Nachdem er den letzten Bissen gegessen hatte, verstaute Marc die Box zusammen mit der benutzten Gabel in der alten Spülmaschine der Backstube. Dann folgte er Marieke in den Garten, wo sie erwartungsgemäß Berta und Keke auf der Terrasse antrafen. Emil und Anton tollten mit Schröder über die Wiese und warfen abwechselnd einen Stock für ihn.

»Moin!«, grüßte Marc zuerst.

»Moin, ihr zwei!«, sagte Berta erfreut, als sie Marieke und ihren Begleiter sah.

»Moin!« Keke zog einen nicht vorhandenen Hut zum Gruß.

»Hallo. Ich habe Marc die Backstube gezeigt«, erklärte Marieke.

»Oh! Dann weißt du ja jetzt endlich, wie das mit richtigem Kuchen funktioniert.« Keke zwinkerte Marieke zu.

»Ha, ha«, machte Marc und tat so, als würde er etwas nach seinem Onkel werfen.

»Jule hat die Jungs vorhin nach der OGS vorbeigebracht und Schröder gleich hier gelassen.« Berta nahm ein Leckerchen aus der Tüte. Kaum hatte der Hund das Knistern gehört, kam er angerannt, um seine Belohnung abzuholen. Die Kinder liefen ihm nach.

»Mama!« Emil rannte auf sie zu und umschlang ihre Taille.

»Wirf mich nicht um! Ich habe dein Buch abgeholt.« Lachend drückte sie ihn kurz und zeigte ihm dann die Tüte, die sie in der Hand hielt. Emil zeigte ihr im Gegenzug das Asthma-Spray, das sich in seiner Hosentasche befand.

»Vorbildlich!«, lobte sie und überreichte feierlich die Tüte.

»Wisst ihr was?«, rief Anton. »Wir können jetzt endlich zwei gegen zwei Fußball spielen.«

»Hurra!«, jubelte Emil.

»Das ist eine prima Idee!«, freute sich Keke. »Komm Marc, wir beide gegen Emil und Anton.«

Sofort lief Marc auf den Rasen. »Von mir aus.«

Anton holte den Ball aus der Hängematte und kickte ihn zu Emil. Schröder sprang wild bellend zwischen ihnen hin und her. Das Spiel schien genau nach seinem Geschmack zu sein.

»Keke, denk an deinen Rücken«, rief Berta noch, doch er winkte bloß ab. »Womit habe ich das nur verdient?«, fragte sie daraufhin stöhnend und verdrehte die Augen.

Marieke zuckte amüsiert mit den Schultern. »Wenn man das immer so genau wüsste.«

Sie beobachtete Emil beim Spielen. Seine Wangen waren vor Eifer gerötet. Er war ganz in seinem Element und machte einen glücklichen Eindruck auf sie. Ihr wurde warm ums Herz. Wenn sie ihn so sah, hatte sie keinen Zweifel daran, dass sie die richtigen Entscheidungen für Emil getroffen hatte.

Der Fußball flog über die Hängematte und landete in einem Obststrauch.

»Tor!« Emil und Anton fielen einander jubelnd in die Arme.

Nach dem Fußballspiel musste Keke dringend eine Pause im Gartenstuhl einlegen. Währenddessen gingen Marc und die Jungen mit Schröder Gassi. Emil und Anton hatten darauf bestanden, Marc mitzunehmen auf ihre »Männerrunde«, wie sie es nannten.

»Das war aber eine große Gassi-Runde«, bemerkte Marieke, als alle vier später als erwartet zurück waren. »Deine Mama kommt dich bestimmt gleich abholen, Anton.«

»Wir mussten Marc was zeigen. Das hat gedauert«, erklärte Anton mit wichtiger Miene und stellte Schröder eine Schüssel Wasser hin.

»Was denn?« Fragend sah sie Marc an, der nur die Lippen aufeinanderpresste und die Schultern hob.

»Das ist ein Geheimnis, Mama.« Emil kraulte Schröder, nachdem dieser getrunken hatte.

»Ein Geheimnis darf man nicht weitererzählen, sonst ist es kein Geheimnis mehr.« Marc machte eine Bewegung mit einer Hand, als würde er seine Lippen mit einem Schlüssel verschließen.

Emil und Anton nickten ihm zufrieden zu.

Nachdem Jule Anton und Schröder abgeholt hatte, war Emil mit dem neuen Buch in sein Zimmer gegangen, um zu lesen.

»Wir brechen dann auch gleich auf«, sagte Keke zu Marc, den Marieke am Nachmittag vom *Käppchenkuchen* zum *Gräftendiek* mitgenommen hatte. »Kannst bei mir mitfahren, wenn du willst.«

»Da fällt mir ein: Bevor du gehst, musst du mir eben kurz noch helfen.« Berta bedeutete Keke, ihr zu folgen, und dirigierte ihn entschlossen ins Haus.

»Also, was war jetzt das Geheimnis?«, hakte Marieke nach, als sie mit Marc allein war.

Entschuldigend lächelte er ihr zu. »Ich sage nichts.«

»Ach, komm … So wild wird es doch nicht sein.«

»Nö. Ist eine Jungenssache.« Er versenkte die Hände in den Vordertaschen seiner Jeans. »Wann gehen wir denn mal wieder aus?«

»Ich soll mit dir ausgehen, wenn du mir noch nicht einmal das Geheimnis verrätst? Im Leben nicht!« Marieke fiel in dem Moment auf, dass sie offiziell ja noch nicht einmal wusste, ob Marc überhaupt Single war. Natürlich hatte sie das von Jule gehört. Und mit an Sicherheit grenzender Wahrscheinlichkeit hatte er das Gleiche längst über sie herausgefunden. Nachforschungen über sie anzustellen waren ja, wie sie wusste, eine seiner Spezialitäten. Trotzdem sollten sie doch darüber sprechen, allein um sicherzugehen …

»Wir können ja um das Geheimnis und ein Date wetten«, schlug er vor.

Marieke hob die Schultern. »Okay. Lass uns wetten. Und was genau ist die Wette?«

Er schaute sie herausfordernd an. »Ich wette mit dir, dass mein Laden bald wieder läuft wie in alten Zeiten und ich so viele Cupcakes verkaufen werde, dass kein Hahn mehr nach euren Oma-Kuchen kräht.«

Marieke griente. »Du willst dich mit mir messen?«

»Nenn es, wie du willst.« Er wippte auf seinen Füßen hin und her. »Gewinne ich die Wette, gehst du mit mir aus.«

»So? Und was, wenn ich gewinne?«

»Dann verrate ich dir das Geheimnis.«

»Und wie wollen wir kontrollieren, wer von uns gewinnt?«, fragte sie amüsiert. »Willst du etwa eine Prüfungskommission einsetzen?«

»Hm. Da ist was dran.« Er überlegte scheinbar einen Moment. »Lass es uns anders machen. Demnächst findet doch das Kuchenfest rund um das Karkenschipp am Ordinger Strand statt. Wer an dem Tag die meisten Kuchen verkauft, der hat gewonnen.«

Siegessicher streckte sie die Hand aus. »Einverstanden.«

Marc setzte ein provokantes und sehr selbstbewusstes Lächeln auf. »Aber keine Sorge, ich werde eh gewinnen. Dafür ist mir vorhin nämlich eine total geniale Idee gekommen, gegen die der Kuchen-Club nicht den Funken einer Chance hat.«

»Das werden wir ja beim Kuchenfest sehen«, konterte Marieke entschlossen und sah Berta und Keke entgegen, die wieder zu ihnen auf die Terrasse kamen.

»So, alles erledigt.« Berta blieb neben einem Kübel Margeriten stehen und zupfte eine verwelkte Blüte ab.

»Können wir?«, fragte Keke.

»Aber sicher, Onkel Keke.« Marc tippte zum Abschied mit zwei Fingern seitlich gegen seine Stirn.

»Bis morgen, Berta.« Keke zog seine blaue Strickjacke über, die über einem Stuhl gehangen hatte. »Tschüs, Marieke. Grüß mir Emil, morgen wird weiter Fußball gespielt.«

»Habt ihr euch gut unterhalten?«, fragte Berta mit vielsagendem Blick, als die Männer weg waren.

»Wie man es nimmt.« Marieke stützte die Hände in die Hüften. »Marc hat mich herausgefordert. Er wettet, dass er auf dem Kuchenfest mehr Cupcakes verkauft als unser Club.«

Berta schüttelte verständnislos mit dem Kopf. »Auf so eine Schnapsidee kann auch nur jemand von den Velthuisens kommen. Als ob wir das auf uns sitzen lassen würden!«

Sie winkte Marieke in ihr Wohnzimmer. Aus einem Vitrinenschrank holte sie zwei Schnapsgläser und eine schlanke Flasche mit einer orangefarbenen Flüssigkeit, die sie auf den Wohnzimmertisch stellte. Nachdem sie die Gläser gefüllt hatte, hielt sie Marieke eins hin. »So gern ich Kekes Neffen auch habe, die Wette wird er verlieren, so wahr ich eine Tetens bin! Schließlich liegt meiner Familie der Kuchen quasi im Blut. Und da du mit Emil unter meinem Dach wohnst und ihr nun fast zur Familie gehört, werden wir Marc zeigen, dass er keine Chance gegen uns hat. Darauf ein Gläschen Fasanenbrause. Prost!«

Marieke freute sich besonders über die Bemerkung, dass sie für Berta fast zur Familie gehörte, und lächelte ernst. »Das kann ich so unterschreiben. Prost!«

Amüsiert schaute Berta Minuten später in das leere Glas und leckte sich die Lippen. »Manche Dinge ändern sich nie.«

»Welche Dinge meinst du?«

Berta tätschelte ihr lächelnd die Schulter. »Was sich liebt, das neckt sich, Marieke. Das war schon immer so.«

Als Marieke ihre Wohnung über der Backstube betrat, brannte in Emils Zimmer noch Licht. Vorsichtig öffnete sie die Tür und musste im nächsten Moment lächeln. Emil lag im Schlafanzug in seinem Bett und las immer noch sein neues Buch.

Sie ging zu dem gekippten Fenster und schloss es. »Sonst kommen bei dem Licht die ganzen Mücken rein.«

Emil sah von seinem Buch auf. »Ich glaube, die sind schon längst hier drin.« Er zeigte auf drei Mückenstiche an seinem Hals. »Alle von gerade eben.«

Marieke setzte sich zu ihm aufs Bett, um die Stiche zu begutachten. »Ich hole dir gleich den kühlenden Rollstift, dann jucken die Stiche nicht so doll.«

Er legte sein Buch zur Seite. »Mama?«

»Ja, mein Schatz?« Liebevoll strich sie ihm durchs Haar.

»Kommt der Marc jetzt öfter?«

»Wieso? Hat er das gesagt?«

Seufzend schüttelte er den Kopf. »Aber es hat heute so viel Spaß mit ihm gemacht. Er kann ganz toll Fußball spielen und sagt keinem etwas von unserem Geheimnis. Das hat er versprochen.« Er senkte den Blick.

»Was ist denn?« Sie fasste unter sein Kinn und hob es sanft an, bis er die langen Wimpern hob.

Er blickte sie mit großen Augen an und schluckte, bevor er sprach. »So einen Papa hätte ich gerne«, flüsterte er leise. »So einen wie Marc.« Dann ließ er sich zurück aufs Bett fallen und zog sich die Decke übers Gesicht.

## 19. Kapitel

*Auf dem Bahnsteig in St. Peter-Ording Bad.*
*Bei allerbestem Urlaubswetter und einer kaum merklichen Brise.*

Touristen stiegen aus dem Ortsbus aus, zogen Rollkoffer hinter sich her oder schleppten bunte Reisetaschen. Ein Taxifahrer half einem älteren Ehepaar dabei, Gepäckstücke aus dem Kofferraum zu heben. Vor dem Backsteingebäude, in dem sich ein Surf-Shop und eine Cafébar befanden, saßen drei braungebrannte Typen mit schulterlangem blondem Haar, die so aussahen, als wären sie geradewegs vom Strand zum Bahnhof gekommen. Marieke und Emil schlängelten sich aufgeregt durch die Menschenmenge, die auf dem kleinen Bahnsteig auf den Zug wartete.

Sie hatte sich riesig über Sannes Anruf und den angekündigten Besuch gefreut. Natürlich sollten Sanne und Lucas bei ihr übernachten, statt in einem Hotel abzusteigen. Emils Bett war groß genug, dass zwei Jungs darin Platz fanden, und die Wohnzimmercouch konnte mit ein paar Handgriffen zu einem gemütlichen Schlafsofa umgebaut werden.

In den letzten Tagen hatte Marieke wirklich jede freie Minute neben der Arbeit damit verbracht, um die ausstehenden Malerarbeiten zu erledigen und die restlichen Möbel aufzubauen. So sinnvoll und effektiv hatte sie ihre Freizeit schon lange nicht mehr genutzt. Im Grunde genommen war sie Sanne auch deshalb für den spontanen Besuch dankbar, denn nun war die Wohnung noch um einiges gemütlicher und wohnlicher. Ein willkommener Nebeneffekt war außerdem, dass sie keine Zeit gehabt hatte, um über Marc nachzugrübeln. Emil hatte auch nicht wieder nach ihm gefragt, sondern begeistert beim Streichen geholfen.

Aber der Besuch ihrer lieben Freundin fiel mit dem Kuchenfest zusammen. Und dort würde sie Marc mit Sicherheit wieder begegnen. Sie hatten ja noch eine Wette offen …

Nervös schaute Marieke auf ihr Handy. Sannes Zug musste jeden Moment in den Bahnhof einfahren. Ungeduldig reckte sie den Hals. In der Ferne konnte sie schon die kleine Marschbahn erkennen, die sich in geruhsamem Tempo dem Bahnhof näherte. »Sie sind gleich da. Ich kann die Bummelbahn schon sehen«, sagte sie zu Emil.

Er ging auf die Zehenspitzen. »Ich glaub, ich sehe auch was«, rief er fröhlich. Seine Wangen schimmerten rosig.

Die Luftveränderung und die Nordseesonne haben ihm gutgetan, dachte Marieke. Aus dem einst blassen Kind war ein Junge mit gesunder Gesichtsfarbe geworden, der sich gern an der frischen Luft bewegte und richtig fit geworden war.

»Ich muss Lucas sofort mein Zimmer zeigen. Und dann gehen wir zum Strand. Anton hat versprochen, Schröder mitzubringen. Dann spielen wir alle zusammen mit ihm«, zählte er aufgeregt auf.

»Erst einmal müssen Lucas und Sanne ankommen, und wir wollen sie nicht mit unseren Plänen überfahren, ja? Vielleicht wollen sie sich nach der langen Reise auch erst mal ausruhen«, bremste Marieke ihn. »Oh, geh mal einen Schritt zurück. Der Zug kommt.«

Die Bahn fuhr in den Bahnhof ein, der lediglich aus einem Gleis bestand, und kam zum Stehen. Nachdem sich die automatischen Türen geöffnet hatten, stiegen müde, mit Gepäck bepackte Reisende aus. Vor dem hinteren Waggon entdeckte Marieke sie dann. Lucas trug einen Rucksack auf den Schultern und zog einen kleinen Kinderkoffer hinter sich her. Seine Mutter mühte sich mit einem großen Rollkoffer ab, in den bestimmt das Gepäck einer Großfamilie gepasst hätte.

»Sanne!«, rief Marieke und winkte. Emil und sie liefen auf ihre Freunde zu.

»Wie schön, dass ihr da seid!« Die Freundinnen umarmten sich, während sich die Jungen bis über beide Ohren grinsend ansahen.

»Ich kann es auch noch nicht ganz glauben, dass wir

tatsächlich angekommen sind. Ist ja schon eine ziemlich lange Fahrt von Herne bis hierhin«, sagte Sanne und wischte sich den Schweiß von der Stirn. »Wir hätten fast in Husum den Anschluss verpasst, weil wir so lange in Itzehoe warten mussten.«

»Ach, genau. Dort wird ja die alte Diesellok vor die Waggons gesetzt«, fiel Marieke ein, das hatte ihr eine Seniorin beim Backen erzählt. »Aber es hat ja doch alles geklappt.«

»Glücklicherweise. Aber beim Umsteigen mit diesem Monstrum die Treppen rauf- und wieder runterzukommen, das ist eine wahre Tortur!« Sie schnaufte und deutete auf den sperrigen Koffer neben sich. »An dem Bahnhof fehlen definitiv Rolltreppen.«

Marieke nahm ihr den Koffer ab. »Na ja, jetzt habt ihr es ja geschafft und könnt euch von der Reise erholen.«

»Wo ist denn der Strand?«, fragte Lucas und blickte sich um.

Lächelnd beugte Marieke sich zu ihm und sagte dicht an seinem Ohr: »Der ist hier ganz in der Nähe. Wir fahren jetzt kurz zu unserer Wohnung, und dann gehen wir sofort zum Strand, ja? Da steigt heute nämlich ein Kuchenfest. Und von der langen Reise habt ihr doch bestimmt Hunger, oder?«

»Und wie!« Sanne legte sich eine Hand auf den Bauch.

»Juhu! Kuchen!«, rief Lucas und reckte beiden Arme in die Luft.

»Ganz viel Schokoladenkuchen!«, ergänzte Emil grinsend.

»Erst mal muss ich aber dringend zur Toilette.« Plötzlich verzog Lucas das Gesicht und kniff die Beine zusammen.

»Im Zug wollte er nicht gehen«, erklärte Sanne entschuldigend.

»Dann aber schnell«, erwiderte Marieke und schob den Rollkoffer Richtung Ausgang. »Mein Wagen steht gleich da drüben.« Sie zeigte zum Parkplatz.

Im Gehen lächelte Sanne sie dankbar an. »Es ist so schön, dich wiederzusehen. Stell dir vor, ich wollte letzte Woche ins Kino gehen und fragen, ob du mitkommst. Erst als ich das Handy in der Hand hatte, ist mir eingefallen, dass du gar nicht mehr in Herne wohnst.«

In dem Moment wurde Marieke bewusst, wie sehr ihre beste Freundin ihr seit dem Umzug nach St. Peter-Ording gefehlt hatte. Es war doch ein Glück, dass noch Sommerferien waren und sie mit Lucas für ein paar Tage zu Besuch kam. Diese Zeit wollte Marieke in vollen Zügen genießen.

Nachdem Marieke und Sanne das Gepäck ausgeladen und Lucas das Bad aufgesucht hatte, machten sie sich alle zusammen auf den Weg zum Strand. Die Jungen hüpften vor ihnen her und riefen ihre Wiedersehensfreude immer wieder laut hinaus. Sie entfernten sich immer weiter von ihnen und tobten ausgelassen.

»Süß sind die beiden«, fand Marieke.

»Lucas hat Emil auch sehr vermisst«, erzählte Sanne. »Euer Umzug hat ihn stark getroffen, auch wenn er es nicht gern zeigt. Aber er hat sogar geweint und gemeint, dass er nie wieder so einen guten Freund wie Emil finden wird.«

»Oje, der arme Lucas. Hoffentlich vergisst er diese Gedanken in den nächsten Tagen. Er weiß ja jetzt, dass ihr jederzeit zu Besuch kommen könnt und Emil immer noch sein Freund ist.« Bevor sie den Strandweg erreichten, zog Marieke sich die Sandalen aus und lief barfuß weiter.

»So, aber nun erzähl mir mal, was es alles bei dir Neues gibt. Am Telefon hatten wir ja nie richtig Zeit zum Quatschen, aber danke für die Karte übrigens! Ich habe mich sehr gefreut«, sagte Sanne und entledigte sich ebenfalls ihrer Turnschuhe. »Wie ist dein Job denn? Und wie gefällt es dir wirklich in St. Peter-Ording?«

Marieke musste lachen. »Zum Strand sind es noch ein paar Minuten. Bis dahin schaffe ich die Kurzfassung.« Sie erzählte ihr von Berta und ihrem Job als Alltagsbegleiterin. Davon, dass sie von den Senioren oft leckeren Kuchen angeboten bekommen hatte, damit sie länger bei ihnen blieb, und wie sie Frau Neubert hilflos auf dem Boden liegend gefunden hatte. »Die meisten alten Leute sind ziemlich einsam. Selbst Berta, man kann es sich kaum vorstellen, hat nach dem Tod ihrer Schwester fast wie eine

Einsiedlerin gelebt, bevor wir in die Wohnung gezogen sind. Eines Tages hat sie mir dann die Backstube gezeigt und von ihrer Familie erzählt, die dort früher regelmäßig gebacken hat. Da kam mir die Idee, einen Kuchen-Club für Senioren zu gründen. Und inzwischen sind unsere Oma-Kuchen in St. Peter-Ording so beliebt, dass der Inhaber einer hiesigen Cafébar behauptet, ihm würden die Kunden weglaufen, weil keiner mehr seine Cupcakes essen möchte.«

Sanne seufzte, als der Wind ihr das Haar zerzauste, und lächelte Marieke an. »Wow! Das klingt ja fantastisch. Vielleicht sollte ich gleich ein Stück Oma-Kuchen probieren.«

»Das musst du sogar!«

»Muss ich?«

»Ja.« Während sie von der Wette zwischen ihr und Marc erzählte, hörte Sanne mit wachsendem Interesse zu.

»Und von diesem Marc erzählst du mir erst jetzt? Ganz beiläufig?«, fragte sie ungläubig. »Wie sieht er aus? Wie alt ist er? Ist er Single? Also wirklich, warum muss man dir denn alles aus der Nase ziehen?«

»Ach, so wichtig ist er mir gar nicht«, erwiderte Marieke ausweichend und zog dabei die Nase kraus.

Sanne blieb abrupt stehen. »Ich glaube dir kein Wort.«

Marieke hob das Kinn. »Wieso?«

»Weil ich dich in- und auswendig kenne. Seit dem Kindergarten ziehst du deine Nase immer kraus, wenn du von etwas ablenken willst, was dir in Wirklichkeit sogar ziemlich wichtig ist.«

Marieke holte Luft und setzte zum Widerspruch an: »Aber …«

»Du brauchst jetzt gar nicht damit zu kommen, dass das nicht stimmt. Überhaupt nicht stimmt.« Sanne machte eine weit ausholende Armbewegung. »Als du damals Daniel zum ersten Mal erwähnt hast, war das genau die gleiche Masche, auf die ich garantiert nicht mehr hereinfallen werde. Da war er dir auch nicht so wichtig, und angeblich bist du nur mit ihm ins Kino gegangen, weil du nichts anderes vorgehabt hattest. Wohin das geführt hat, wissen wir ja.«

Marieke ignorierte sie einfach und sah sich nach den Jungen um. »Ich sehe Emil und Lucas gar nicht mehr. Lass uns lieber schnell weitergehen. Bestimmt sind sie schon auf dem Fest und schlagen sich den Bauch mit Oma-Kuchen voll.« Schon eilte sie weiter.

Sanne holte sie ein und zog die Augenbrauen hoch. »Na schön. Du kannst von Glück sagen, dass mir der Magen in den Kniekehlen hängt. Aber eins sag ich dir gleich: So leicht lasse ich mich nicht abwimmeln. Heute Abend will ich alle Details über diesen Marc erfahren.«

»Das habe ich befürchtet!« Marieke freute sich darüber, das Verhör zumindest hinausgezögert zu haben, und hakte sich bei Sanne unter. »Komm, wir gehen zum Meer.«

Das in die Jahre gekommene Karkenschipp lag seit dem Vortag frisch poliert und geschmückt hinter den Dünen am Ordinger Strand. Decksbalken, Streben und Planken waren dank der Spenden vom Gemeindefest erneuert worden und ließen das alte Holzschiff pünktlich zum Kuchenfest im neuen Glanz erstrahlen.

Sanne blieb mitten auf dem Hitzsand stehen. »Was ist das denn für ein Strand? Damit habe ich im Traum nicht gerechnet!« Staunend blickte sie auf die riesige Sandbank, die sich vor ihnen erstreckte und auf der sogar Autos parkten.

»Deutschlands größte Sandkiste. Zwölf Kilometer lang und bis zu zwei Kilometer breit. Das gibt es nur in St. Peter-Ording«, erwiderte Marieke. »Ich habe genauso gestaunt, als ich zum ersten Mal hier gewesen bin. Und dieser weiße Sand.« Sie bückte sich und ließ Sandkörner durch ihre Finger rieseln.

Sanne schloss die Augen und atmete tief die Salzluft ein. »Und diese tolle Luft! Ich rieche das Meer. Das ist ja der Wahnsinn!«

»Na ja, bis zum Meer sind es noch ein paar Meter.«

»Von dem Strand muss ich unbedingt ein Foto schießen. Das glaubt mir ja sonst keiner.« Schon hatte Sanne ihr Handy aus der Hosentasche gezogen und ein paar Aufnahmen gemacht.

»Schau! Da vorne ist unser Kuchenstand.« Marieke deutete auf eine Holzbude in einiger Entfernung, die zwischen einem Eiswagen und einem VW-Bus stand, an dem Milchreis in allen Varianten verkauft wurde.

»Hm, dann lass uns schnell hingehen und die Jungs davon abhalten, sich den Magen zu voll zu schlagen.« Sanne folgte Marieke.

Die Mitglieder des Kuchen-Clubs hatten unzählige süße Leckereien für das Kuchenfest gebacken, das an diesem Tag stattfand. Da in der Holzhütte nur begrenzt Platz war, konnten nicht alle Mitglieder helfen. Berta und der harte Kern des Clubs hatten alle Hände voll zu tun. Vor der Holzbude hatte sich eine lange Menschenschlange gebildet.

Zufrieden registrierte Marieke, dass durch die Feuertaufe auf dem Gemeindefest alle perfekt aufeinander eingespielt waren und wieder jeder Handgriff saß. Gertrud kassierte und führte eine Strichliste über ihre Verkäufe, Günter spülte ab, Keke sorgte für Kuchennachschub aus einem der Kühlschränke, Lilo und Ditte gaben Geschirr an die Kunden aus, Berta und Maria hoben Kuchenstücke auf die Teller. Außerdem lief Jule zwischen ihnen hin und her und sprang immer da ein, wo gerade zwei zusätzliche Hände gebraucht wurden.

»Sieh mal, da sind die Jungs. Sie haben Anton und Schröder, das ist der Hund, schon gefunden.« Die drei Jungen tobten mit Schröder durch den Sand, als wären sie alle seit Jahren die dicksten Freunde.

»Bewundernswert, wie einfach das bei Kindern geht«,

fand Sanne. »Und hier können sie völlig ungestört spielen. Ein kleines Paradies, wenn ich da an die stark befahrenen Straßen in Herne denke.«

»Ja, das ist wirklich kein Vergleich.« Als sich die Gelegenheit ergab, stellte Marieke ihre Freundin den Kuchen-Club-Mitgliedern vor.

»Herzlich willkommen in St. Peter.« Berta griff nach dem Tortenheber. »Sie möchten doch bestimmt ein Stück Kuchen, oder?«

Sanne lachte. »Unbedingt. Mein Sohn wollte auch ein Stück Schokoldentorte … Gerade war er noch mit Emil und dem Jungen mit dem Hund hier.« Sanne schaute sich um, konnte Lucas aber nirgendwo entdecken. Sie hob die Schultern. »Keine Ahnung, wo er steckt.«

»Ihr Sohn taucht schon wieder auf. Machen Sie sich keine Sorgen,«, beruhigte Berta sie. »So schnell passiert in St. Peter nichts. Und ich gebe Ihnen dann schon mal zwei Stücke.«

»Wie läuft denn unser Verkauf?«, erkundigte sich Marieke. Sie zweifelte zwar nicht daran, dass sie die Wette gewinnen würde, aber es schadete nicht, ihre Vorstellung mit der Realität abzugleichen.

Berta verzog keine Miene. »Na, bestens natürlich. Wir kommen kaum mit dem Kuchen nach.«

»Da ärgert sich die Konkurrenz bestimmt.« Sie zwinkerte Berta zu.

»Womöglich.« Berta hielt noch immer den Tortenheber in der Hand. »So, genug gesabbelt. Welchen Kuchen möchten Sie außer der Schokoladentorte?«

Sanne leckte sich die Lippen, während sie den Blick über die Auslage schweifen ließ. »Was können Sie mir denn empfehlen?«

»Empfehlen kann ich alles. Besonders allerdings den Karottenkuchen nach dem alten Rezept meiner Oma Irmgard. Den esse ich am liebsten.«

»Klingt gut. Davon nehme ich ein Stück, bitte.«

Schon reichte Berta ihr zwei Teller mit dem gewünschten Kuchen, und Gertrud machte zwei weitere Striche auf ihrer Liste.

Jule kam zu ihnen. »Guten Appetit. Ich bin übrigens Jule.« Nachdem sie sich die Hand an der Schürze abgewischt hatte, schüttelte sie zur Begrüßung Sannes Rechte.

»Sanne«, sagte diese mit vollem Mund. »Mariekes Besuch aus Herne. Mein Sohn müsste auch hier irgendwo rumturnen.«

»Ach, ist das der Junge, der hier vorhin mit Anton, Emil und unserem Hund Schröder gespielt hat?«

»Genau. Das ist Lucas. Wir wissen nur gerade nicht, wo die Kinder abgeblieben sind«, antwortete Marieke.

»Da vorne kommen sie doch!« Sanne zeigte zum Karkenschipp.

Emil, Anton, Lucas und Schröder stapften durch den feinen Sand auf sie zu. Dem Hund hing seitlich die Zunge aus dem Maul.

»Da seid ihr ja!«, rief Marieke, als sie bei ihnen angekommen waren.

»Das ist voll cool hier, Mama!«, rief Lucas begeistert und ließ sich freudig seinen Kuchenteller reichen.

Jule holte für Schröder aus der Hütte eine Schüssel mit frischem Wasser.

»Kann Lucas nicht auch nach St. Peter-Ording ziehen?«, fragte Emil und biss in einen Cupcake.

»Ich fürchte, wir bleiben in Herne wohnen«, sagte Sanne, die inzwischen ihren Kuchen aufgegessen und den Teller zurückgegeben hatte.

»Manno!« Lucas schob seine Unterlippe vor und ließ die Kuchengabel sinken. »Hier ist es aber viel schöner als in Herne!«

»Woher habt ihr eigentlich den Kuchen?«, fragte Marieke und zeigte auf die Cupcakes, die Emil und Anton noch in ihren Händen hielten. Sie vermutete, dass Lucas seinen bereits gegessen hatte.

»Von Marc.« Emil strahlte sie an.

»Haben wir geschenkt bekommen«, ergänzte Anton.

Lucas' Mundwinkel waren mit Schokolade beschmiert. »Ja, die sind total lecker! Genauso gut wie die Torte hier.«

Emil klatschte in die Hände. »Marc ist voll nett! Er hat versprochen, nachher mit uns Strandfußball zu spielen.«

»Wenn ihr Kuchen wollt, könnt ihr euch den bei uns am Stand holen«, entgegnete Jule, die wieder zu ihnen gekommen war.

Marieke beäugte neugierig die angebissenen Cupcakes. »Was habt ihr euch denn für Sorten ausgesucht?«

»Ich habe einen Karotten-Cupcake. Der schmeckt fast so gut wie der von Berta.« Anton hielt seiner Mutter den Cupcake hin. »Hier, probier mal.«

Sie biss ein Stück ab und nickte nachdenklich. »Tatsächlich. Schmeckt im Grunde identisch, wenn man sich den industriellen Beigeschmack wegdenkt.«

»Und ich habe einen Käsekuchen-Cupcake mit Streuseln. So wie der Kuchen von der Uroma Friedel«, verkündete Emil und hielt Marieke den letzten Rest von seinem Törtchen hin.

Sie stutzte. »Nein, danke.« Ein unglaublicher Verdacht war ihr gekommen. Und sie warf Jule einen alarmierenden Blick zu, den diese auffing. »Das darf doch nicht wahr sein. Denkst du das Gleiche wie ich?«

Jule nickte. »Komm, das gucken wir uns an.«

Auch wenn Sanne nicht ganz zu verstehen schien, was los war, schloss sie sich den anderen an. Marieke und Jule stürmten voran, die Jungen und Sanne hinterher. Als sie über den Festplatz zu Marcs Cupcake-Stand liefen, sahen sie schon die lange Warteschlange. Sie war zwar nicht ganz so lang wie die bei den Oma-Kuchen, dennoch hatte Marc mit seinem Team gut zu tun.

Ein paar Meter von der Bude entfernt blieben sie stehen und schauten sich das Schauspiel an. Marc bediente einen Kunden nach dem nächsten und spießte nach jedem

Verkauf einen Zettel mit einer Nummer auf. Er war zu beschäftigt, um Marieke zu bemerken. Aber obwohl er sichtlich im Stress war, hatte er für jeden ein Lächeln und ein *Guten Appetit*. Wieder einmal musste sie feststellen, wie sympathisch und unglaublich attraktiv sie ihn fand. Sehr ärgerlich, gerade weil sie ihn verdächtigte, sie bestohlen zu haben. Und sollte sich der Verdacht bestätigen, würde sie nie wieder auch nur ein Wort mit ihm wechseln, geschweige denn sich mit ihm treffen.

»Ist das Marc?«, raunte Sanne ihr zu und wies auf ihn.

Marieke nickte bloß stumm.

»Wow! Was für ein Sahneteilchen mit seinen blauen Augen und den Lachfalten. Da würde ich an deiner Stelle nicht Nein sagen.«

»Manch ein Sahneteilchen entpuppt sich auf den zweiten Blick bloß als ein furztrockenes Heidesandplätzchen.« Marieke entdeckte eine Frau, die neben einem Cupcake einen blauen Flyer in der Hand hielt.

»Emil?« Sie winkte ihn zu sich und bemerkte erst jetzt, dass er in unmittelbarer Nähe mit Anton und Lucas begonnen hatte, eine Sandburg zu bauen.

»Ja?«

»Holst du uns bitte auch so einen blauen Zettel?« Sie zeigte auf ein Mädchen, das ebenfalls einen Flyer festhielt.

»Ist gut.« Emil rannte zum Cupcake-Stand und kam kurz darauf mit einem Flugblatt zurück.

Lächelnd nahm Marieke es entgegen. »Danke.«

Emil stürmte bereits wieder zu Anton und Lucas, die Schröder versuchten, davon abzuhalten, unter der Burg einen Tunnel zu buddeln.

Während die Frauen sich über das Flugblatt beugten, drehte Marieke es um und las. Was sie da sah, verschlug ihr für einen Moment die Sprache.

# 20. Kapitel

*Immer noch auf dem Kuchenfest am Ordinger Strand.*
*Leichter Wind zog auf, der vom Meer*
*die ersten dunklen Gewitterwolken ans Festland wehte.*

»Tz! Ich hab's doch gewusst!«, rief Marieke empört und hielt das Flugblatt anklagend hoch. »So eine bodenlose Unverschämtheit!«

Jule las vor:

»Die gute alte Zeit:
Käppchenkuchen wie von Oma!
Mit Liebe gebacken, schmeckt genau wie früher.
Der kleine Oma-Kuchen zum Mitnehmen auf die Hand,
zum Zwischendurchvernaschen …
Omas Käppchenkuchen sind in folgenden
klassischen Varianten erhältlich:

Karotten-Käppchenkuchen,
Käse-mit-Streusel-Käppchenkuchen,
Apfel-Käppchenkuchen,
Pflaumen-Käppchenkuchen,

Schoko-Käppchenkuchen,
Mohn-Käppchenkuchen,
Frankfurter-Kranz-Käppchenkuchen,
Friesen-Käppchenkuchen.
Happy Hour von 15 – 16:30 Uhr:
Kaufe 5 Käppchenkuchen, zahle 2.«

»Nicht zu fassen! Er hat tatsächlich unsere Idee geklaut«, sagte Jule entrüstet und stampfte mit dem Fuß auf.

»Sogar typische Oma-Kuchen-Sorten hat er für die Cupcakes genommen. Nichts mehr mit extravaganten Käppchenkuchen, englischen Namen, bunten Toppings und Streusel drauf.«

»Einfach nur dreist!«, fand auch Sanne.

»Das war also seine fulminante Geschäftsidee, gegen die wir keine Chance haben. Und ich war noch so vertrauensselig und habe ihm Bertas Backstube gezeigt. Manchmal bin ich echt eine dusselige Kuh«, ärgerte sich Marieke.

»Tja, hat man keine eigenen guten Ideen, klaut man eben von der Konkurrenz«, fasste Sanne zusammen.

»Das ist so eine typische Marc-Aktion«, sagte Jule ärgerlich. »Ich hätte eigentlich riechen müssen, dass er den Kundenschwund nicht auf sich sitzen lässt. Dass er mit neuen Cupcake-Kreationen gezielt gegen unseren Erfolg steuert, so kenne ich ihn. So nett er privat auch sein kann, wenn es ums Geschäftliche geht, kennt Marc kein Pardon.«

»Wie meinst du das?«

Jule zuckte die Schultern. »Marc ist ein Gewinnertyp durch und durch. Verlieren war noch nie seine Stärke.«

»Dann wird es Zeit, dass er es lernt. Unsere Wette wird er definitiv nicht gewinnen.« Marieke schaute ihre Freundinnen entschlossen an. »Seine nachgemachten Oma-Cupcakes können mit unseren originalen Oma-Kuchen nicht mithalten.«

Stirnrunzelnd sah Sanne zum Cupcake-Stand. »Da wäre ich mir nicht so sicher.«

Marieke und Jule folgten ihrem Blick und sahen ebenfalls, wie Marc gerade ein Schild aufstellte, auf dem stand:

*Happy Hour von 15 – 16:30 Uhr.*

*Kaufe 5 Käppchenkuchen, zahle nur 2!*

Die Mitteilung erregte sofort die Aufmerksamkeit der Besucher auf dem Fest. Die Menschen strömten zu Marcs Cupecake-Stand, und die Warteschlange wuchs in kürzester Zeit. Vor der Oma-Kuchen-Bude dagegen lichtete es sich.

»Das reicht! Mit der Aktion schießt er weit über das Ziel hinaus.« Jule schob wütend die Unterlippe vor.

»Was hast du vor?«, fragte Marieke, aber Jule war bereits auf dem Weg zu Marc. Sanne und sie beeilten sich, ihr zu folgen.

Energisch ging Jule auf Marc zu und zog ihn beiseite. Ohne langes Zaudern stelle sie ihn zur Rede: »Marc, ich kenne dich schon von klein auf und habe für vieles Verständnis, aber das schlägt dem Fass den Boden aus. Gewinnen in allen Ehren, aber nicht um jeden Preis.«

Marc vergrub seine Hände in den Hosentaschen. »Warum? Ich weiß gar nicht, was du hast«, tat er unschuldig und sah sie scheinbar ahnungslos an.

»Das ist doch nicht fair!« Jule wies ärgerlich auf das Schild. »Fünf Cupcakes zum Preis von zwei. Das war so nicht ausgemacht.« Auf ihrer Stirn bildete sich eine Zornesfalte. »Und als Krönung klaust du auch noch unsere Geschäftsidee! Was denkst du dir eigentlich dabei?«

»Moment mal.« Abwehrend hob er die Hände. »Erstens war nicht ausgemacht, dass es keine Preisaktionen geben darf. Und zweitens bin ich bei meinen Käppchenkuchen geblieben. Ich habe lediglich die Sorten gegen traditionellere getauscht. Das ist ja wohl nicht verboten.« Er schaute zu Marieke und Sanne, die bloß ein paar Meter von ihnen entfernt standen.

Marieke verschränkte die Arme vor der Brust und ging nun auch auf ihn zu. »Die Wahrheit ist doch, dass du unsere Oma-Kuchen-Idee einfach übernommen hast, weil dir nichts Besseres eingefallen ist«, klagte sie ihn in einem gedämpften Tonfall an, damit die umstehenden Besucher nicht jedes Wort mitbekamen. »Und damit ist unsere Wette gestorben.«

Entgeistert sah er sie an. »Marieke, ich …«

Ohne ein weiteres Wort zu verlieren, drehte sie sich um und stampfte zum Kuchen-Club-Stand zurück. Jule und Sanne folgten ihr.

»Mama!« Emil war ihnen hinterhergelaufen. »Darf ich noch einen Cupcake essen?«

»Nein. Für dich gibt es ab sofort nur noch Kuchen bei uns«, sagte sie etwas zu energisch.

Unsicher biss Emil sich auf die Unterlippe. »Hab ich was angestellt?«

Sofort bekam Marieke ein schlechtes Gewissen. »Nein, du hast nichts angestellt. Aber sag mal, dir schmeckt doch Bertas Schokokuchen so gut, du kannst doch auch ein Stück von Bertas Kuchen essen«, fügte sie in einem freundlicheren Ton hinzu.

»Manno. Ich möchte aber lieber Cupcakes von Marc«, entgegnete er trotzig.

Was war nur heute los? Genervt antwortete Marieke: »Also, wirklich. Dann lässt du es eben bleiben. Und jetzt spiel weiter mit deinen Freunden.«

Mit beleidigter Miene lief er zurück zu Anton und Lucas. Marieke sah aus der Entfernung, dass Schröder inzwischen einen halben Tunnel unter der Sandburg hindurch gebuddelt hatte.

»Also, ich brauche jetzt einen Pharisäer, oder zumindest eine Tote Tante«, meinte Jule. »Kommt, da vorne an der Bude gibt es Erwachsenengetränke. Ich lade euch ein.«

»Was ist denn eine Tote Tante?«, fragte Sanne leise.

Sannes Gesichtsausdruck war so argwöhnisch, dass Marieke lachen musste. »Keine Sorge, so nennt man hier den nordfriesischen Lumumba. Das ist Kakao mit Rum und Sahnehäubchen.«

»Ach so.« Sannes Miene hellte sich auf. »Wenigstens kannst du wieder lachen.«

An einem freien Stehtisch vor der Bude blieben sie stehen.

»Also drei Tote Tanten für drei Frauen in Wut?«, fragte Jule. Als Marieke und Sanne nickten, lächelte sie zufrieden. »Wartet hier, ich hole die Getränke.«

Seufzend schaute Marieke zu Marcs Cupcake-Stand und beobachtete die vergnügten Jungen. Es tat ihr leid, dass Emil ihre miese Stimmung abbekommen hatte. Er konnte ja wirklich nichts dafür.

»Das wurmt dich ganz schön, hm?« Wissend sah Sanne sie an.

»Ich bin einfach maßlos enttäuscht von ihm. Diese kühle geschäftsmännische Art habe ich vorher noch nicht an ihm kennengelernt. Er war jedes Mal so nett und zuvorkommend.« Sie erwiderte Sannes Blick. »Ich habe ihm vertraut, als ich ihm die Backstube gezeigt und den Kuchen habe probieren lassen. Und er hat dieses Vertrauen jetzt verspielt. Weil ihm Erfolg und Profit wichtiger sind. Dabei sind unsere Oma-Kuchen doch ein soziales Projekt, bei dem jeder verdiente und nicht gespendete Cent den alten Leuten selbst zugutekommen soll.«

Sanne schüttelte verständnislos den Kopf. »Manchmal weiß man nicht, was in den Köpfen der Leute vor sich geht.«

»So!« Geräuschvoll stellte Jule drei Tassen mit Sahnehäubchen auf dem Tisch ab. »Dann wollen wir mal den Ärger vergessen und auf das schöne Kuchenfest anstoßen.«

Sie prosteten einander zu. Und Marieke bemühte sich, den Ärger zu vergessen, um mit ihren Freundinnen eine schöne Zeit zu genießen. Doch so einfach würde sie den Vorfall nicht vergessen. Der Vertrauensbruch tat weh. Doch das war nicht alles, sie war auch persönlich enttäuscht von Marc. Das würde sie nicht derart aus der Bahn werfen, wenn er ihr weniger bedeuten würde. Von ihrer Seite waren also schon viel zu viele Emotionen im Spiel – obwohl sie von Anfang an versucht hatte, keine tiefen Gefühle für ihn zu entwickeln. Ein Grund mehr, keine neue Beziehung einzugehen, dachte Marieke traurig.

Eine Stunde später wirbelte plötzlich Wind den Sand auf. Als Marieke zum Himmel blickte, sah sie die heraufziehenden dunklen Wolken. Erste Aussteller packten bereits zusammen, und einige Besucher verließen nun den Strand.

Marieke zeigte zu den Wolken. »Sieht ganz schön ungemütlich aus, was sich da zusammenbraut.«

»Wir sollten auch besser dicht machen, bevor der Himmel seine Schleusen öffnet.« Jule nahm die leeren Tassen, um sie an der Getränkeausgabe zurückzugeben. »Geht ruhig schon vor, ich komme gleich nach.«

Erste Regentropfen klatschten in den Sand, als Marieke und Sanne am Kuchenstand ankamen. Keke trug gerade leere Bleche zum Bus. Günter räumte das Geschirr mit dem Besteck in Transportboxen. Gertrud rechnete die Strichliste zusammen, Ditte die Einnahmen. Berta und Lilo nahmen den restlichen Kuchen aus der Auslage.

»Wartet, wir helfen euch!«

Wenige Minuten später war der Stand ordentlich aufgeräumt, Marieke und Sanne wischten als letzten Handgriff zufrieden die Tische ab.

»389 Kuchenstücke haben wir verkauft«, verkündete Gertrud. »Fast genauso viel wie auf dem Gemeindefest.«

»Das ist ein toller Erfolg.« Marieke stieß einen anerkennenden Pfiff aus.

»Haben wir damit gewonnen?«, fragte Berta Marieke leise.

Sie winkte lächelnd ab. »Wir haben gar nicht mitgewettet. Deswegen haben wir auf jeden Fall gewonnen.« Stolz hob sie ihr Kinn. »Schon allein, weil es keine besseren Kuchen als unsere gibt.«

In Windeseile hatten sie die restlichen Kuchen, Transportboxen und Kisten im Bus verstaut. Die drei Jungen hatten mitgeholfen und hielten den Senioren jetzt sogar die Tür auf, damit sie leichter einsteigen konnten. Schröder sprang aufgeregt zwischen Anton und Lucas hin und her. Seufzend nahm Marieke zur Kenntnis, dass sich die Tropfen zu einem warmen Landregen verdichteten.

»Wo ist denn Emil?«, fragte sie alarmiert, als sie ihn nicht mehr entdeckte.

»Da drüben. Helfen.« Anton deutete in die Richtung von Marcs Stand.

»An der Cupcake-Bude etwa?«

Anton zuckte nur die Schultern.

»Fahrt ruhig schon mal ohne mich«, rief sie Jule zu. »Ich komme mit Emil nach! Hier ist mein Schlüssel«, sagte sie an Sanne gewandt und drückte ihr den Hausschlüssel in die Hand.

»Bist du sicher? Bei dem Regen?«

»Klar! Wir sind doch nicht aus Zucker. Und es ist Sommer!« Nachdem sie den Leuten im Bus zugewunken hatte, machte sie kehrt und lief durch den Regen zum Cupcake-Stand.

Marc würde sie keines Blickes würdigen, sondern einfach nur Emil einsammeln, um dann mit ihm nach Hause zu gehen. Auf keinen Fall würde sie sich auf eine Diskussion mit Marc einlassen. In ihrem Bauch grummelte es. Das geschah oft, wenn sie sich über etwas aufregte, sie konnte nichts dagegen tun.

Zwei Frauen eilten mit Kartons in Händen an ihr vorbei und stellten diese in den geöffneten Kofferraum eines

Landrovers. Daneben parkte ein grüner Mini Cooper mit dem Schriftzug *Käppchenkuchen St. Peter-Ording* an den Türen. Dann entdeckte sie sie.

Emil stand zusammen mit Marc unter der Überdachung des Verkaufsstands. Wenigstens war er nicht nass geworden. Er packte gerade Servietten und Pappteller in einen Karton, während Marc Cupcakes in Kühlboxen verstaute.

»Komm, Emil, wir gehen nach Hause«, sagte sie unvermittelt und ohne den Blick zu heben, als sie an der Bude angekommen war.

»Aber ich bin noch gar nicht fertig.« Emil zeigte auf einen Stapel Servietten, der auf der Theke lag.

Marieke ignorierte den Regen, der ihr an den Haaren hinuntertropfte. »Doch, du bist fertig. Du musst das nicht machen.«

»Und wenn ich das machen möchte?«, fragte er und packte in Seelenruhe weitere Servietten in den Karton.

»Ich sagte, wir gehen jetzt«, wiederholte sie streng und blickte ihn scharf an. Doch Emil verschränkte die Arme und schüttelte wortlos den Kopf.

»Lass ihn ruhig. Ich bringe ihn zu dir nach Hause, wenn wir hier fertig sind«, schaltete sich Marc ein.

»Du machst gar nichts«, fuhr Marieke ihn an und wiederholte dann noch einmal etwas ruhiger: »Emil, wir gehen jetzt!«

»Ich will aber lieber, dass Marc mich nachher nach Hause bringt.«

»Und ich bin deine Mutter und sage dir, dass wir jetzt gehen!«

»Nein.« Emil packte demonstrativ weitere Servietten in den Karton.

»Du brauchst dir wirklich keine Sorgen zu machen, ich bringe den Jungen heil nach Hause«, versuchte Marc es noch einmal.

Emil nickte und strahlte ihn an.

Das war der Tropfen, der das Fass zum Überlaufen brachte. Zornentbrannt ging Marieke auf Marc zu.

»Was glaubst du eigentlich, wer du bist?«, fuhr sie ihn an. Sie kochte innerlich vor Wut. »Zuerst klaust du unsere Idee und lockst mit unfairen Methoden die Leute zu dir, und jetzt spielst du meinen Sohn gegen mich aus?!«

»Emil möchte mir helfen, und ich habe lediglich angeboten, ihn danach nach Hause zu fahren. Mehr nicht«, erklärte er ruhig und hielt ihrem Blick stand.

»Für mich sieht es aber so aus, dass du ihn manipulierst, um an dein Ziel zu kommen. Darin scheinst du ja gut zu sein. Aber damit ist jetzt Schluss.«

Sie drehte sich um. »Emil, ich verbiete dir, jemals wieder ein Wort mit diesem Mann zu sprechen. Hörst du?« Mit einer Hand berührte sie Emils Schulter, um ihn aus der Bude herauszuschieben. »Jetzt komm!«

»Wieso müsst ihr streiten? Wieso kann nicht alles so sein wie früher?« Das Gesicht gerötet, warf Emil ein Päckchen Papierservietten auf sie und nutzte den Überraschungsmoment, um aus dem Stand und über den Strand zu laufen.

»Emil!«, rief Marieke ihm hinterher. Sie wusste, dass sie ihn unmöglich einholen konnte, weil er einfach zu schnell für sie war.

Marc seufzte. »Das habe ich kommen gesehen.«

»Ach, jetzt gibst du mir also die Schuld?«

Abwehrend hob er die Hände. »Emil ist vorhin zu mir gekommen und hat mir erzählt, dass du ihm verboten hast, Cupcakes von mir anzunehmen. Er wollte wissen, ob wir Streit haben.«

Marieke verschränkte die Arme vor der Brust. »Was hast du gesagt?«

»Was soll ich gesagt haben? Natürlich nein. Er meinte, wenn wir keinen Streit haben und er bloß keine Cupcakes essen dürfe, dann könne er mir trotzdem helfen.« Marc packte den Rest in den Karton und schloss ihn. »Oder hast du ihm auch verboten, mir beim Einpacken zu helfen?«

Mit einem Mal kam sie sich dumm vor, da sie ihrem Sohn so sinnlose Verbote erteilte. »Nein«, erwiderte sie etwas weniger wütend.

Nachdem Marc den Karton und die Kühlboxen seinen Mitarbeiterinnen übergeben hatte, kam er zu ihr. »Komm, ich helfe dir, den Jungen zu suchen.«

»Nicht nötig«, wehrte sie ab. »Emil wird nach Hause zu seinem Freund Lucas gelaufen sein.«

»Gut, dann fahre ich dich eben in den *Gräftendiek*. Wir

haben uns gestritten, und deswegen ist er weggelaufen. Ich möchte mich wenigstens vergewissern, dass er gut zu Hause angekommen ist.«

Widerwillig ließ sie sich darauf ein. Aber sie wollte ebenfalls so schnell wie möglich zum Reetdachhaus, um sich davon zu überzeugen, dass Emil dort und ihm nichts passiert war. Eilig hastete sie hinter Marc her durch den Regen und stieg schnell ein, nachdem er ihr die Wagentür geöffnet hatte.

Auf dem Beifahrersitz des Minis rückte sie so weit es ging nach rechts und überkreuzte die Arme vor der Brust. Zum Glück war die Fahrt nicht lang. Denn mit ihm reden wollte sie immer noch nicht. Stattdessen blickte sie starr aus dem Seitenfenster und sprach kein Wort.

Sobald der Wagen vor dem Reetdachhaus neben Kekes altem Audi gehalten hatte, schnallte Marieke sich ab und sprang auf den Bürgersteig. Sie eilte zum Haus, Marc kam hinterher.

Als sie den Schlüssel ins Schloss stecken wollte, fiel ihr ein, dass sie den ja Sanne gegeben hatte. Deshalb klingelte sie und sagte, ohne sich umzudrehen, zu Marc: »Danke, dass du mich gefahren hast, aber eine Begleitung bis zur Haustür ist nicht nötig.«

»Ich möchte gern wissen, ob Emil da ist«, beharrte er.

»Na schön.« Seufzend gab sie nach, doch im Haus rührte sich nichts. »Emil?«, rief Marieke hoch zum Fenster. »Emil? Bist du da?«

Es kam keine Antwort. Offenbar waren auch Sanne und Lucas noch nicht da.

»Vielleicht ist er bei Berta und Keke?« Marc lehnte in der Tür.

»Das hoffe ich.«

Kurz darauf klingelten sie bei Berta.

»Ist Emil bei dir?«, fragte Marieke nun sehr nervös, als die Tür aufschwang.

»Emil? Nein. Warum denn? Ich dachte, du wolltest mit ihm nachkommen.« Berta ließ sie beide herein.

»Er ist weggelaufen, weil wir uns gestritten haben«, gab Marieke zu und fuhr sich angespannt durch die Locken.

Berta führte sie in die Küche, wo Sanne, Lucas und Keke bei Tee und Kakao am Tisch saßen. »Emil ist weg.«

»Was?«, fragte Sanne erschrocken.

Lucas schaute sie entsetzt an.

»Er kommt bestimmt gleich«, versicherte Marieke ihnen und versuchte, selbst daran zu glauben.

»Wo hast du ihn denn das letzte Mal gesehen?«

»Er ist aus der Cupcake-Bude gelaufen und dann den Strand entlang.«

»So weit ist der Strand nicht von uns entfernt. Und dann bei dem Wetter ... Er müsste jeden Moment hier ankommen.« Berta ging zum Fenster und blickte hinaus. Ein Blitz zuckte über den Himmel.

»Bei so einer Witterung ist es gefährlich, sich am Strand aufzuhalten. Dorthin würde kein Einheimischer sich verirren.« Sie schaute auf ihre Armbanduhr. »Außerdem hat die Flut eingesetzt. Der Junge muss sofort gesucht werden.«

Bertas Gesichtsausdruck war ernst. »Ich verständige die Küstenwache.« Ohne zu zögern, ging sie ins Wohnzimmer.

»Oh, Gott!« Marieke fasste sich an den Hals. Ihre Kehle war wie zugeschnürt. Wieso hatte sie sich bloß so wenig im Griff gehabt, dass es zu dieser dummen Auseinandersetzung gekommen war? Sie hätte diplomatischer und sich vor ihrem Sohn nicht so gehen lassen sollen. Nicht auszudenken, wenn Emil etwas passiert war. Sie würde es sich nie verzeihen, sollte ihm ein Unglück zugestoßen sein oder er gar … Ihr stiegen Tränen in ihre Augen. Nein, das würde sie nicht verkraften. Erst hatte sie Daniel verloren – und jetzt womöglich auch Emil?

Ihre Knie zitterten, und Übelkeit stieg in ihr auf. »Ich muss ihn suchen gehen«, sagte sie mechanisch.

Sanne war aufgesprungen und drückte Marieke sanft auf einen Stuhl. »Du gehst nirgendwohin. Bist weiß wie ein Geist im Gesicht.«

»Marc und ich fahren mal durch die Straßen und halten Ausschau nach Emil. Vielleicht hat er sich bei dem Wetter auch bloß in einem Bushäuschen untergestellt. Der Junge ist klug genug, um so etwas zu tun.« Keke nahm seine Jacke vom Stuhl und zog sie über.

»Darf ich mitkommen und suchen helfen?«, fragte Lucas.

»Du bleibst schön hier.« Sanne legte ihm beide Hände auf die Schultern und flüsterte ihm zu: »Es wird schon alles gut werden.«

»Keine Sorge, mien Deern. Uns Lüttje wird sich schon wiederfinden.« Keke zwinkerte Marieke aufmunternd zu.

Marieke hoffte nur, dass sie recht behielten. Ihr war einfach schlecht vor Sorge. Aber irgendetwas musste sie doch tun … Unruhig sprang sie auf und begann, auf und ab zu gehen.

Berta kam zurück in die Küche. »Die Küstenwache ist alarmiert. Sie suchen Emil.«

»Wir denn auch, Berta.« Keke trank den restlichen Tee aus seiner Tasse, dann ging er zur Küchentür.

»Haltet euch vom Strand fern«, ermahnte Berta sie. »Bei dem Wetter zieht Nebel auf. Ich habe keine Lust, die Küstenwache heute noch mal anzurufen.«

Marc hakte sich bei ihm unter. »Ich passe auf Onkel Keke auf, versprochen.«

Sie warf ihm ein erleichtertes Lächeln zu. »Worauf wartet ihr denn noch? Los, los! Bringt uns Emil zurück!«

Als die Tür hinter Keke und Marc ins Schloss fiel, fühlte Marieke sich immer elender. Draußen wüteten der Regen und der Wind in einem mittelschweren Gewitter durch den Garten. Emil war irgendwo da draußen. Normalerweise verkroch er sich immer noch bei Gewitter unter seiner Bettdecke.

Sie wünschte sich, sie könnte irgendetwas für ihn tun. Doch sie konnte jetzt nur darauf hoffen, dass er gefunden wurde oder doch noch an der Tür klopfte. Dann wäre sie da.

In ihrer Verzweiflung sprach sie ein stummes Stoßgebet. Sie würde alles tun, wenn ihr Kind bloß heil und gesund wieder nach Hause kommen würde. Sogar sich mit Marc versöhnen, dachte sie.

# 21. Kapitel

*Spätabends in Bertas Küche.*
*Draußen stürmte es. Der Sturm peitschte den Regen prasselnd gegen die Fensterscheiben.*

»Ich bringe ihn mal ins Bett.« Sanne stand von der Küchenbank auf. Lucas war auf der Eckbank eingeschlafen.

»Ja, mach das«, sagte Marieke. Berta hatte ihr eine Wolldecke gegeben, weil sie wie Espenlaub gezittert hatte.

Sanne hob ihren schlanken Jungen auf die Arme. Er schlief so tief, dass er nichts davon mitzubekommen schien.

»Schaffst du es alleine?«

»Geht schon, ich packe noch etwas aus und komme dann wieder zu euch.« Sie trug Lucas aus der Küche und ließ sich von Berta den Ersatzschlüssel in die Hand drücken.

Es war Viertel nach elf. »Warum dauert das denn so lange?« Marieke konnte nicht sagen, wie oft sie an dem Abend auf Bertas Küchenuhr geschaut hatte. Die Minuten vergingen so langsam, dass sie sich wie Stunden anfühlten. Marc und Keke waren seit dem frühen Abend unterwegs.

Weder von ihnen noch von der Küstenwache gab es eine Rückmeldung. Marieke hatte versucht, Marc anzurufen, doch der Empfang schien gestört zu sein. Sie hatte nicht einmal ein Freizeichen gehört. »Irgendjemand muss doch was wissen.«

Berta stellte ihr eine weitere Tasse frisch gebrühten Tee vor die Nase. »Keine Nachricht kann auch eine gute Nachricht sein. Wäre etwas Schlimmes mit Emil passiert, wüssten wir längst Bescheid.« Aus ihrem Küchenschrank holte sie eine Flasche braunen Rum und verfeinerte den Tee mit einem großzügigen Schuss. »Damit du mir nicht aus den Latschen kippst.«

»Glaubst du, Emil ist was zugestoßen?«, fragte sie die alte Dame. »Er kennt sich an der Nordsee doch nicht aus.«

Berta winkte ab. »Das hat nichts zu sagen. Was glaubst du, wie vielen Leuten hier schon ein Unglück widerfahren ist, obwohl sie in St. Peter aufgewachsen sind? Meine Schwester Hanni ist eines Tages am nördlichsten Strandzipfel unterwegs gewesen, und wie aus dem Nichts ist auf einmal Nebel aufgestiegen. Bei schönstem Wetter, wohlgemerkt.« Sie hob den Zeigefinger, um ihre Worte zu unterstreichen.

»Und wie ging es weiter?«

»Sie hat die Orientierung verloren. Glücklicherweise ist sie irgendwann an einen Markierungspfahl gekommen und hat es so zurück in die Dünen geschafft.«

»Ein Glück.« Marieke nippte an dem heißen Getränk. »Puh! Du hast es aber gut mit mir gemeint.«

Berta drückte ihre Hand. »Das brauchst du heute, um die Zeit zu überstehen.«

In diesem Moment ertönte aus dem Wohnzimmer das schrille Klingeln des Telefons. Augenblicklich gefror Marieke das Blut in den Adern. Sie klammerte sich an die Sitzfläche des Stuhls, weil sie Angst hatte, den Halt zu verlieren.

Berta wirkte ebenfalls verspannt. »Ich gehe mal dran«, sagte sie, offensichtlich darum bemüht, ruhig zu klingen.

Marieke war das leichte Zittern in ihrer Stimme nicht entgangen.

Ihr Herz pochte so laut, dass sie kaum Bertas Stimme aus dem Wohnzimmer hören konnte. Und doch wollte sie jedes Wort verstehen, um endlich zu erfahren, ob es Neuigkeiten gab.

Im Haustürschloss wurde ein Schlüssel gedreht. Einen Augenblick darauf kam Sanne zurück in die Küche. »Gibt es was Neues wegen Emil?«

Marieke wies mit einer Kopfbewegung zum Wohnzimmer. »Sie telefoniert gerade.«

Hörbar ließ Berta den Hörer auf die Gabel fallen. Bange Momente später stand sie im Türrahmen der Küche. Sie stützte sich seitlich ab. »Das war Keke. Er hat von Marcs Handy aus angerufen«, sagte sie ein wenig atemlos. »Sie haben Emil gefunden.«

Marieke schlug sich die Hand vor den Mund. Tränen der Erleichterung strömten über ihre Wangen. Berta reichte ihr eine Packung Taschentücher und setzte sich zu ihr. »Jetzt wird alles gut!«

»Wo war er denn?«, fragte Sanne.

»Auf der Rettungsbarke vor Westerheversand.« Berta schüttelte den Kopf. »Dieser verrückte Kerl! Da ist jetzt alles überflutet.«

»Geht es ihm gut?«

»Soweit ich verstanden habe, schon.«

»Und wer hat ihn gefunden?«, fragte Marieke mit zittriger Stimme.

»Nun ja, eigentlich hat Marc ihn gefunden. Er hat der Küstenwache gesagt, wo sie suchen sollen.«

»Marc?«, fragte Marieke verständnislos. »Woher wusste er, wo Emil war?«

»So genau habe ich das auch nicht verstanden«, gab Berta zu. »Wir sollen zum Strand am *Norderdeich* kommen. Dahin bringen sie Emil.«

Ohne zu zögern, sprang Marieke von ihrem Stuhl auf. »Dann los! Ich möchte sofort zu ihm.«

»Ich kann euch fahren, wenn du mir die Autoschlüssel gibst«, bot Sanne an. »Du bist ja ganz von der Rolle.«

Marieke hielt ihr den Autoschlüssel hin. »Was ist mit Lucas? Wenn er wach wird?«

»Wird er nicht. Er hat einen absoluten Sauerstoffkoller. So gute Luft wie hier ist er nicht gewohnt. Ich fürchte, er wird mindestens bis morgen Mittag durchschlafen.«

Entschlossen zog Berta die Schublade eines Küchenschranks auf und entnahm daraus eine Hochleistungs-Taschenlampe. »Sonst finden wir den Weg zum Strand nicht.«

Nachdem sie sich Regenjacken übergezogen hatten, fuhr Sanne mit Marieke und Berta zum *Norderdeich*. Vor der Treppe, die auf den Deich führte, parkte sie. Auf dem Deich empfingen sie stürmischer Wind und Regen, gegen den sie ankämpfen mussten, um über den Steg und durch die Dünen zu kommen. Dahinter lag der Strand in völliger Dunkelheit.

Kurz hinter den Dünen blieben sie stehen. Der Schein von Bertas Taschenlampe war zunächst die einzige Lichtquelle. Durch die dichten Nebelschwaden, die über dem ganzen Strand lagen, blitzte in der Ferne das Leuchtfeuer des Westerhever Leuchtturms auf. Die Szenerie hatte es etwas Unwirkliches. Sie blickten in den Nebel und warteten.

»Ich habe was gesehen!«, sagte Berta und wies in die Dunkelheit, in der Marieke nun einen schwachen Lichtschein ausmachte, der langsam stärker wurde. »Sie kommen hierher.«

Weiter entfernt hörten sie ein Martinshorn. Minuten später liefen Sanitäter an ihnen vorbei, die augenscheinlich von der Küstenwache gerufen worden waren. Emil lag dick eingepackt auf einer Trage der Küstenwache und wurde von den Sanitätern übernommen. Dahinter kamen Keke und Marc, beide in dicke Decken eingehüllt.

»Emil!« Marieke umfasste seine kühlen Wangen und kümmerte sich nicht darum, dass ihr Tränen der Erleichterung und der Sorge übers Gesicht liefen. »Was machst du denn für Sachen?«

»Mir ist kalt«, brachte er leise hervor.

»Wir nehmen den Jungen vorsichtshalber mit ins Krankenhaus«, erklärte einer der Sanitäter. »Wahrscheinlich hat er eine Unterkühlung.«

»Ich komme mit. Ich bin die Mutter.« Marieke wich nicht von Emils Seite.

»Und ihr kommt mit zu mir. Ich habe noch Tee und Rum«, sagte Berta in einem Ton, der keine Widerrede zuließ.

Emil wurde im Krankenhaus untersucht. Er hatte eine leichte Unterkühlung und musste über Nacht bleiben. In den restlichen Stunden dieses schreckenvollen Abends wachte Marieke an seinem Bett. Sie wollte ihn keine Sekunde mehr aus den Augen lassen. Doch Emil erholte sich schnell von seinem Abenteuer, wie er es nannte, und durfte am nächsten Nachmittag nach Hause. Jule hatte eine Vertretung für Marieke organisiert, damit sie sich ein paar Tage zu Hause um Emil kümmern konnte.

»Du bleibst im Bett«, ordnete Marieke an. »Denk daran, etwas zu trinken.« Sie deutete auf eine Tasse heißen Tee, die sie neben sein Bett gestellt hatte. »Ich bringe dir nachher ein Stück Kuchen hoch.«

»Käsekuchen?«, fragte er vorfreudig.

Sie lächelte. »Mal sehen, was da ist.«

»Kann Lucas nachher zu mir kommen?«

»Wir gucken mal, wie es dir geht.« Sie gab ihm einen Kuss und strich ihm eine braune Haarsträhne aus der Stirn. »Jetzt verrate mir doch mal eins: Woher wusste Marc eigentlich, wo er dich finden könnte?«

Emil seufzte. »Das war doch das Geheimnis von Anton und mir.«

»Du meinst die Rettungsbarke?«

Emil nickte. »Die haben wir entdeckt und so getan, als wäre es ein Piratenschiff, auf dem wir Abenteuer erleben.«

»Bis zur Barke seid ihr gelaufen?«

Emil schüttelte den Kopf. »Nein. Wir haben nur durch ein Fernglas geguckt. Ich bin gestern zum ersten Mal dahin gelaufen.«

»Alleine. Und dann bist du von der Flut überrascht worden.« Sie würde ihm später noch mal erklären, welche Gefahren die Nordsee bargen. Die größte kannte er jetzt ja schon. Und sie war im Moment einfach froh, ihn wiederzuhaben. Und unendlich dankbar dafür, dass er lebte.

Emil nickte. »Anton hatte ja gesagt, es wäre zu gefährlich und zu weit. Aber ich habe ihm nicht geglaubt.«

»Anton ist ein schlauer Junge.«

Kleinlaut gab er ihr recht. »Ja. Das hat Marc auch gesagt.«

»Ja?«

»Ich musste ihm versprechen, dass ich niemals allein dorthin gehe. Aber ich war so sauer auf dich und auf ihn auch, und da … Ich weiß auch nicht.« Er guckte sie schuldbewusst an. »Glaubst du, Marc ist jetzt noch mein Freund?«

»Ach, Emil. Ich denke, schon.« Sie strich ihm sanft über den Kopf, was er sogar geschehen ließ. »So, ruh dich ein bisschen aus. Ich bringe dir später Kuchen.« Sie verließ die Wohnung und klingelte wenig später bei Berta.

Der Sturm war nicht ganz verschwunden, ein feiner Sprühregen lag noch in der Luft. Aber in Bertas Küche lag wie so oft der heimelige Kuchenduft in der Luft, den Marieke so liebte. Auf der Fensterbank stand ein backfrischer Apfelkuchen auf einem Gitter.

»Sanne und Lucas sind mit dem Ortsbus zur Dünen-Therme gefahren, weil sie nicht wussten, wann ihr wiederkommt.« Berta füllte Wasser in einen Kessel und setzte ihn auf den Herd. »Wie geht's denn unserem kleinen Abenteurer?«

Marieke seufzte. »Er hatte Glück im Unglück. Eine leichte Unterkühlung, sonst nichts. Das wird ihm eine Lehre sein.«

»Das glaube ich auch. Gut, dass Marc eine Ahnung hatte und der Küstenwache einen Tipp geben konnte. Sonst wäre Emil vielleicht nicht mit einer leichten Unterkühlung davongekommen.«

»Dieser blöde Streit ist an allem schuld. Alles wegen dieser Wette.« Marieke verdrehte die Augen.

»Ich weiß, Marc hat gestern bei mir ein umfangreiches Geständnis abgelegt, was seine Käppchenkuchen wie bei Oma anbelangt.« Sie reckte den Hals. »Wenn man vom Teufel spricht.«

Durch das Küchenfenster sah Marieke, dass Marc durch den Garten ging. In einer Hand hielt er einen opulenten Blumenstrauß.

Berta griff sich an den unteren Teil der Lendenwirbelsäule. »Mach doch mal auf. Mir tut der Rücken gerade so weh.«

Sie ist eine schlechte Schauspielerin, dachte Marieke belustigt, sagte jedoch nichts. »Bleib ruhig sitzen und ruh dich aus.«

Bevor Marc klingelte, war sie an der Tür. Er hielt einen riesigen Strauß Rosen in der Hand.

»Moin!«, sagte Marieke.

»Moin. Mit dir habe ich gar nicht gerechnet. Ich dachte, du bist noch mit Emil im Krankenhaus. Ich wollte die Blumen bei Berta abgeben.«

Sie lächelte schief. »Da wird sich Emil aber freuen.«

Fragend sah er sie an.

»Wegen der Blumen.« Marieke zeigte auf den Strauß.

»Ach so. Nein, die sind für dich.« Er streckte ihr den Strauß entgegen.

»Für mich?« Sie betrachtete die Blumen und roch daran. »Danke, die sind wirklich sehr schön.« Sie schenkte ihm ein weiteres Lächeln.

»Marieke?«, rief Berta aus der Küche.

»Ja?«

»Kannst du mal in der Backstube nachsehen, ob ich den Ofen ausgemacht habe?«

»Mach ich!« Sie nahm den Schlüssel für die Backstube vom Schlüsselbrett und legte die Rosen auf einer Holzkommode ab. »Was ist? Kommst du mit?«, fragte sie Marc über die Schulter gewandt.

»Sicher.«

In der Backstube kontrollierte Marieke gewissenhaft die Öfen. »Alles aus.«

Marc war bei der Mohn-Mühle stehen geblieben und drehte die quietschende Kurbel. »Ich möchte mich noch mal für mein Verhalten bei dir entschuldigen. Das war völlig daneben.«

Als er sie ansah, fielen ihr wieder einmal seine unglaublich schönen Augen auf, die sie gleich vom ersten Moment an fasziniert hatten. »Weißt du, ich wollte unbedingt unsere Wette gewinnen«, gab er zu.

»Ich weiß.«

»Nein, weißt du nicht.«

»Weiß ich nicht?«

»Du glaubst nur es zu wissen.« Er lächelte sie unsicher an. »Der Grund, aus dem ich gewinnen wollte, hatte nichts mit meinem Umsatz zu tun, sondern mit dir.« Er senkte verlegen den Blick. »Ich weiß, es ist kindisch. Aber ich wollte gewinnen, damit du dich mit mir verabredest. Und mit den Käppchenkuchen wie von Oma wollte ich dir eigentlich zeigen, wie toll ich eure Oma-Kuchen finde. Ich dachte, das würde uns verbinden, nicht auseinanderbringen.« Er zuckte mit den Schultern. »Der Schuss ist gehörig nach hinten losgegangen.«

Marieke hatte ihm ruhig zugehört und war von seinem Geständnis überwältigt. Nicht im Traum hatte sie an diese Möglichkeit gedacht! Sie wäre niemals darauf gekommen, dass diese Absichten dahintersteckten. Aber als sie ihn jetzt offen anschaute, erkannte sie, dass Marc die Wahrheit sagte. »Ich bin ein bisschen sprachlos«, gab sie zu.

Auf einer Arbeitsplatte entdeckte sie einen frisch gebackenen Karottenkuchen. »Möchtest du vielleicht ein Stück Kuchen?«

»Sehr gern.«

Sie schnitt den Kuchen in gleich große Stücke und gab davon zwei auf Teller in klassischer Friesisch-Blau-Optik. Eine Weile aßen sie schweigend.

Schließlich hob Marc den Blick von seinem Teller. »Meinst du, du könntest mir eine zweite Chance geben?«

Er berührte zaghaft ihre Hand. »Eine Chance, dir zu beweisen, dass ich mich aufrichtig in dich verliebt habe?«

Marieke schluckte und senkte den Blick.

»Falls dir das zu schnell geht, dann sag das bitte. Ich kann auch warten«, fügte er hastig hinzu.

»Nein, das ist es nicht.« Sie sah ihn an und erwiderte seinen Händedruck. Sie spürte keine Schwere mehr auf ihrem Herzen, sondern eine Leichtigkeit, die die Angst in ihr vertrieben hatte. »Ich kann die schreckliche Vergangenheit, den Tod meines Mannes, nicht mehr rückgängig machen. Ich kann Emil nicht seinen Vater zurückbringen. Aber ich kann durch meine Entscheidungen im Hier und Jetzt eine positive Zukunft herbeiführen. Und das tue ich.«

Sie trat einen Schritt auf ihn zu. »Ich bin dankbar für die Gefühle, die du wieder in mir erweckt hast. Und ja, ich gebe dir eine zweite Chance.«

Ein glückliches Lächeln glitt über sein Gesicht. Sanft zog er Marieke näher und sah ihr tief in die Augen. »Wir sind jetzt zusammen. Das ist alles, was zählt. Keiner weiß, was das Morgen bringt. Aber ich fühle, dass es gut wird. Das habe ich vom ersten Augenblick an, als ich dich gesehen habe.«

Nachdem er die Kuchengabel auf den Teller gelegt hatte, zog er Marieke so nah an sich heran, wie es nur ging. Ihr schlug das Herz bis zum Hals, und sie genoss das Knistern zwischen ihnen genauso wie die Wärme seiner Nähe.

Glücklich schmiegte sie sich in seine Arme. Mit den Lippen wanderte er langsam küssend über ihr Gesicht, bis er ihren Mund erreichte und den Kuss vertiefte.

»Glaubst du denn, dass du mich lieben könntest?«, fragte er leise, nachdem sich ihre Lippen voneinander gelöst hatten.

Sie schaute ihn an und strich mit einer Hand sanft über seine Wange. Sie wusste, dass sie überreagiert hatte, weil sie ihren Gefühlen nicht trauen wollte. Aber die Angst um Emil hatte ihr gezeigt, dass sie ihr Familienglück selbst sabotiert hatte und dass sie mutig sein und annehmen musste, was das Leben ihr schenkte.

Ruhig lächelte sie und glaubte, im Anblick von Marcs Augen zu versinken, die tiefblau wie das Meer waren. »Ja. Das tu ich. Davon bin ich überzeugt.«

# Epilog

*Auf einer Fähre nach Helgoland im Spätsommer.*
*Bei strahlendem Sonnenschein und warmen Temperaturen.*

In Gedanken versunken saß Marieke an Deck der Fähre und schrieb, während Emil und Marc Getränke aus dem Bord-Restaurant holten. Nachdem sie ihre Sonnenbrille gerade gerückt hatte, las sie noch einmal den Brief.

*Lieber Daniel,*

*Emil und ich sind nun schon seit drei Monaten in St. Peter-Ording. Und was soll ich dir sagen? Uns gefällt es richtig gut hier. In der Zeit ist viel passiert. Emil hat einen neuen besten Freund gefunden: Anton, der Sohn meiner Chefin und neuen Freundin Jule. Emil, Anton und sein Hund Schröder sind unzertrennlich. Du wirst es nicht glauben, aber sie haben Berta, meine Vermieterin, und ihre alte Liebe Keke wieder zusammengebracht – ohne dass sie es überhaupt gemerkt haben. Irgendwann hat Keke seine Tage fast komplett in Bertas Reetdachhaus verbracht. Und das alles durch unseren Kuchen-Club. Liebe scheint tatsächlich durch den Magen zu gehen, hat Berta lachend zugegeben.*

*Unsere Kuchen sind nach wie vor ein Renner, und wir können uns vor Aufträgen kaum retten. Aber inzwischen gibt es noch etwas Neues in St. Peter-Ording: Die Oma-Kuchen als Mini-Edition im* Käppchenkuchen, *gefertigt von Frau Neubert. Oma-Kuchen to go sind der große Hit der Nachsaison!*

*Leider kann ich nicht mehr so oft an dein Grab kommen wie früher, weil wir jetzt über fünfhundert Kilometer entfernt wohnen. Aber meine Mutter kümmert sich darum.*

*Und noch etwas ist in meinem Leben passiert: Du würdest lachen, glaube ich. Aber stell dir vor, ich bin endlich wieder glücklich. Ich habe einen Mann kennengelernt, den ich sehr liebe. Er verkauft unsere Mini-Cupcakes in seiner Cafébar. Emil mag ihn auch sehr. Er hat ihn sich quasi als Ersatzvater ausgesucht und blüht in seiner Gegenwart richtig auf. Du wärst stolz auf ihn, wenn du ihn sehen könntest.*

*St. Peter-Ording ist schon irgendwie ein magischer Ort. Erst hier konnte ich meine Ängste vor neuen Gefühlen verlieren und kann Dinge zulassen, von denen ich vorher nie zu träumen gewagt hätte. Ich habe mit der Vergangenheit Frieden geschlossen und gelernt, dass es sich nicht lohnt, in ihr zu leben. Hättest du das für möglich gehalten? Ich glaube, dir wäre es leichter gefallen als mir.*

*Meine Oma Friedel hat immer gesagt, Veränderungen gehören zum Leben dazu. Und wenn sich nichts mehr verändert, dann ist man tot. Jetzt habe ich verstanden, wie viel Wahrheit darin liegt.*

*Daniel, ich werde dich immer lieben und trage dich weiterhin in meinem Herzen. Du sollst nur wissen, dass ich mich für das Glück entschieden habe. Ich muss dir nicht sagen, dass ich dieses Leben am liebsten mit dir und Emil zusammen geführt hätte. Und meine Beziehung mit Marc ist anders, als unsere gewesen ist. Aber er macht mich und Emil glücklich. Wenn ich ehrlich bin, weiß ich auch, dass du es so gewollt hättest.*

*Deine Marieke*

Sie riss das Blatt von ihrem Schreibblock ab und faltete ein Papierschiffchen daraus. Dann ging sie zur Reling und blickte hinunter auf die wogende Nordsee. Bewusst atmete Marieke die salzige Luft ein und blickte der hohen Steilküste aus Buntsandsteinfelsen entgegen, der sich die Fähre inzwischen immer mehr näherte. Ein paar Möwen folgten dem Schiff und landeten zwischendurch an Deck.

Ja, sie war glücklich mit ihrem Leben, und sie wollte für sich und Emil genießen, was ihr gegeben wurde. Marcs Liebe, seine Zuversicht, sein Halt und seine Ruhe, die half, wenn sie sie selbst nicht hatte, das alles war ein so kostbares Geschenk, das Marieke nun endlich bereit war anzunehmen.

Sie öffnete die Hand und ließ das Papierschiff aufs Meer segeln. Und sie verfolgte seine Fahrt auf den Wellen, bis es nicht mehr zu sehen war.

*Sky above, sand below, peace within.*

# Nachwort

Liebe Leserinnen und Leser,

ich hoffe, Sie hatten Freude an meinem neuen Roman, und ich konnte Sie für ein paar kurzweilige Lesestunden ins wunderschöne St. Peter-Ording entführen.

Dieses Mal habe ich unter anderem mit den Oma-Kuchen ein Thema gewählt, das mich persönlich auch immer wieder beschäftigt.

Warum das so ist?

Nun, der Duft und Geschmack von Oma-Kuchen gehören zu meinen frühesten Kindheitserinnerungen. Selbst gebackene Kuchen gab es zu allen Festen in meiner Familie, zu denen meistens mehr Leute gekommen sind, als es in der Wohnung Stühle gab. Es standen immer Leute in der Küche herum, die im Stehen aßen oder sich dabei an Türrahmen lehnten. Ich hatte es gut, denn als kleines Kind gab es für mich immer einen Sitzplatz. Entweder auf dem Schoß meiner Eltern, meiner Oma Friedel oder auf dem einer meiner Tanten. Es waren Feste, bei denen immer laut gelacht und geredet wurde, die Kaffeemaschine im Dauereinsatz war und es vor allem selbst gebackene Kuchen und Torten gab. So viele, dass die bunt zusammengewürfelten Teller und Tassen meist am äußersten Tischrand Platz fanden.

Die Familie meiner Mutter kam ursprünglich aus Samplatten in Ostpreußen. Dort hatten sie einst einen großen Gutshof, und es gehörte zum damaligen Leben dazu, dass viel gebacken und gekocht wurde und die Familie in der großen Küche zum Essen zusammenkam. Diese Tradition haben sie später mit ins Ruhrgebiet gebracht und pflegten sie hier ausgiebig weiter. Besonders wenn Familienfeste anstanden, wurden zahlreiche Kuchen und Torten aufgetischt – es sollte schließlich jeder satt werden. Die Reste wurden danach immer zum Mitnehmen in Alufolie oder Tupperdosen eingepackt und auf alle Familienmitglieder aufgeteilt.

Ich erinnere mich gut daran, dass meine Tanten Emma und Emmi schon Tage vor einem Fest mit den Vorbereitungen angefangen haben. Ihre Spezialität war, neben Donauwellen, Buttercreme- und Sahnetorten, ihr selbst gemachter Mohnkuchen. Sie wären nie auf die Idee gekommen, dafür fertige Backmischungen oder Ähnliches zu nehmen. Für die Zubereitung wurden ausschließlich frische und unbehandelte Zutaten verwendet. Den Mohn mahlten sie per Hand, mit einer speziellen Mühle, wie es sie heute nicht mehr gibt. »Das war richtig viel Arbeit«, sagt meine Mutter heute noch, wenn wir darüber reden. Bedauerlicherweise war ich nie dabei, wenn sie Mohnkuchen gebacken haben, ich kann mir aber vorstellen, dass der Aufwand dafür nicht unerheblich gewesen ist.

Mein Platz war von klein auf am Küchentisch meiner Oma Friedel, der mit einer Plastikdecke zum Backtisch umfunktioniert wurde. Dort backten wir zusammen in regelmäßigen Abständen Kekse und Kuchen. So kam es, dass ich schon als kleines Mädchen Kuchenrezepte auswendig kannte, bevor ich lesen und schreiben lernte. Ich habe alle Kuchen meiner Oma Friedel gern gegessen, aber besonders einer war mit seinem Duft und Geschmack mein absoluter Lieblingskuchen: Käsekuchen mit Streuseln. Und das ist auch heute noch mein Lieblingskuchen.

Ich weiß nicht, wie es Ihnen geht, aber ich habe nie wieder einen besseren Kuchen als den von meiner Oma Friedel gegessen. Glücklicherweise ist das Rezept auch über ihren Tod hinaus erhalten geblieben. Und jedes Mal, wenn ich den Kuchen backe, den süßen Duft rieche und den Geschmack auf der Zunge habe, ist es fast so wie früher. Kindheitserinnerungen erwachen, und ein warmes Gefühl der Dankbarkeit erfüllt mich. Ich sitze wieder als kleines Mädchen auf dem Schoß meiner Oma am Kaffeetisch. Es wird laut gelacht und geredet, die Kaffeemaschine gluckert in der Küche vor sich hin, Leute stehen in den Räumen im Gespräch, Opa bringt eine Plastikschüssel mit Schlagsahne ins Wohnzimmer, die herumgereicht wird – und es kommt mir vor, als wäre das alles erst gestern gewesen. Ich glaube, dieses Gefühl nennt man Glück, wenn

Erinnerungen so kostbar sind, dass man sie für nichts auf der Welt eintauschen möchte.

Falls Sie nun auch in alten Erinnerungen schwelgen und Appetit auf Oma-Kuchen bekommen haben – kein Problem! Das Rezept für den Käsekuchen mit Streuseln meiner Oma Friedel finden Sie im Anhang sowie ein köstliches Rezept für ein Kuchentopping von der Firma *Kuchentratsch*, wo Sie übrigens auch Oma Irmgards Karottenkuchen bestellen können.

Egal, ob Sie nun Lust auf Selberbacken oder einen fertigen Kuchen bekommen haben, genießen Sie ihn, und vergessen Sie nicht: Jeder Moment ist kostbar. Sie haben es sich verdient!

Alles Liebe
Ihre Tanja Janz

## Rezept

### Oma Friedels Käsekuchen
### (Wahlweise mit oder ohne Streusel)

Zutaten für den Boden:

250 g Mehl
1 Ei
125 g Zucker
125 g Butter
eine halbe Tüte Backpulver

Zutaten für die Quarkmasse:

200 g Zucker
Saft von einer Zitrone
5 Eier getrennt
125 g Butter
1 Päckchen Käsekuchenhilfe
375 g Magerquark

Zubereitung:

Für den Boden Butter und Zucker schaumig rühren. Das Ei unterrühren. Das Mehl mit dem Backpulver mischen und unter die cremige Masse rühren. Mit einem Knethaken zu einem glatten Teig verrühren. Mit zwei Dritteln des Teigs den Boden einer Springform auslegen. Das restliche Drittel für den Streuselbelag zurückstellen.

Für die Quarkmasse die Butter mit dem Zucker schaumig rühren. Die Eier trennen und das Eigelb unterrühren. Den Quark und die Käsekuchenhilfe unter die Masse rühren. Den Saft einer Zitrone unterrühren. Zum Schluss das steif geschlagene Eiweiß unterheben.

Die Quarkmasse in die Springform geben. Der zurückgestellte Teig kann nun als Streusel auf die Quarkmasse gegeben werden (der Kuchen kann auch ohne Streusel gebacken werden).
Fertig und ab in den Ofen!

Der Kuchen kann im Umluftherd bei 180 Grad eine bis eineinhalb Stunden gebacken werden. Der Kuchen ist fertig gebacken, wenn kein Quark an einem Holzstäbchen kleben bleibt, welches zur Garprobe in den Kuchen gepikt wird.

Frische Sahne schmeckt ganz wunderbar zum Käsekuchen!

## Karottenkuchen mit Frischkäse

Zutaten für den Teig:

200 g Mehl
50 g gemahlene Mandeln
1 TL Natron
¼ TL Muskat
1 ½ TL Zimt
150 g brauner Zucker
1 TL Vanille Extrakt
3 Eier
100 ml Rapsöl
¼ TL Salz
4 EL Joghurt
200 g geriebene Karotte
50 g gehackte Walnusskerne und ein paar Nüsse für die Verzierung

Zutaten für die Frischkäsecreme:

300 g Frischkäse
120 g (weiche) Butter
1 Prise Salz
1 TL Vanilleextrakt
120 g Puderzucker

Zubereitung:

Das Mehl mit den gemahlenen Mandeln, Natron, Zimt und Muskat in einer Schüssel vermengen.

Als Nächstes Zucker, Vanilleextrakt und Eier schön cremig schlagen. Dann das Öl hinzugeben und gut verrühren. Geriebene Karotten, Joghurt und Salz unterrühren und zuletzt die Mehlmischung und einen Teil der gehackten Nüsse hinzufügen.

Die Backform (Ø18 cm) mit Backtrennspray vorbehandeln und den Backofen (Umluft) auf 185 Grad vorheizen. Dann den Teig in die Form geben und ca. 30 Minuten backen. Vor dem Herausnehmen eine Stäbchenprobe durchführen.

Ist der Kuchen abgekühlt, mit einem Tortenschneider in zwei Platten teilen.

Frischkäse, Butter, Salz und Vanilleextrakt werden mit einem Handrührer zu einer cremigen Masse verarbeitet. Den Puderzucker hinzufügen und unterrühren. Die Creme in den Kühlschrank stellen, bis der Kuchen vollständig abgekühlt ist.

Die Creme (ca. ein Drittel) dann mit einer Teigkarte auf dem unteren Boden verteilen, die restliche Masse gleichmäßig auf und um den Kuchen herum auftragen. Die restlichen Nüsse als Verzierung für den Kuchen verwenden.

Fertig! Guten Appetit!

# Danke

An das ganze Team der Agentur Schlück. Insbesondere an meine Agentin Kathrin Nehm, die mir stets mit Rat und Tat zur Seite steht und sich um die Verwirklichung meiner Bücher kümmert.

An alle Mitarbeiter von HarperCollins. Ein besonderer Dank gilt meiner Lektorin Daniela Peter, durch deren kluge Ratschläge und unermüdlichen Einsatz das Buch am Ende zu diesem Sommerroman geworden ist, der mir Lust auf den nächsten St.-Peter-Ording-Besuch gemacht hat.

An *Kuchentratsch* aus München. Danke für die tolle Kooperation für dieses Buch. Ich liebe Oma Irmgards Karottenkuchen. Omakuchen forever!

An alle Leute in St. Peter-Ording, die mich jedes Mal mit so viel Begeisterung und Herzlichkeit am schönsten Ort der Welt willkommen heißen. Um ein paar stellvertretend zu nennen: Helena Nedbal vom Landhaus Dircks, Helga Herbers vom Hotel Zweite Heimat, die Belegschaft der Buchhandlung Tewes und Kai Mein, der mich mit Blasen an den Füßen nach langer Irrfahrt mit seinem Taxi irgendwo in Brösum aufgegabelt hat.

An meine Oma Friedel, die dieses Buch leider nie lesen wird. Ich bin mir sicher, sie hätte es toll gefunden, ihren Namen und das Käsekuchen-Rezept in einem Buch zu lesen.

Und nicht zuletzt an meine Leser, ohne die es den mittlerweile achten St.-Peter-Ording-Roman nicht geben würde. Ihr seid die Besten, und dieses Buch ist auch euch von ganzem Herzen gewidmet!

Zum Schluss bleibt noch eins zu sagen: Wir sehen uns. Irgendwo. Aber ganz bestimmt am schönsten Strand der Welt – in St. Peter-Ording.

Tanja Janz im Januar 2020